アズラエル家の次男は半魔2

CHARACTERS
ファング
聖騎士団で部隊長を務める、リンダの兄。リンダにとって憧れの存在。
カイン
アズラエル家三男。辛辣なところもあるが、リンダを心から想っている。
リンダ
アズラエル家の次男で、淫魔の血を引く青年。封じられていた魔力を取り戻し、念願の聖騎士になる。

ハワード
聖騎士団の部隊長で、なにかとリンダを気にかける。
ラルィーザ
かつてリンダを襲った魔族。
タグ
リンダが配属された部隊の隊長。
ケネス
リンダが行動をともにする先輩聖騎士。
ラッチフォード
ギグス村の神父。

第一章

「えー……じゃあまずは、ようやく、よーうやく完成したアズラエル家の新居に乾杯！」

今回の祝いの席の幹事である四男フィーリィが、天に向かってグラスを突き上げる。と、食卓に居並ぶ兄弟……アズラエル家の面々が「乾杯！」「かんぱ～い」と口々に告げて同じくグラスやコップを持ち上げた。

がしかし、そこで「ですがぁ！」と声が上がる。誰が発したかというと、先ほど乾杯の音頭をとったばかりのフィーリィだ。林檎ジュースの入ったカップをぶつけ合おうとしていた八男のガイルと九男のシャンが「おっとっと」と前のめる。ギリギリでカップの衝突を回避して顔を上げたガイルがぱちぱちと目を瞬《またた》かせた。

「え～、なんで乾杯しないの？」

可愛らしく首を傾《かし》げるガイルに、フィーリィがにやりと笑ってみせる。

「なんとっ、お祝い事がもう一個あるからです」

グラスを持つ手とは反対の手の人差し指を立てた彼を見て、他の兄弟が「なになに」と顔を見合わせた。戸惑う兄弟たちの中で、一番奥に座る長男ファングは腕を組み目を閉じて、そのはす向かいに座る三男のカインは「やれやれ」と肩をすくめ、なにか知っているような態度を取っている。

そしてもう一人、ガイルとシャンの間に挟まれて座る次男リンダが「あ」と声を上げた。

「それって、もしかして俺の話？」

素《す》っ頓狂《とんきょう》な声を出したリンダに、フィーリィがわざとらしく鼻の頭に皺《しわ》を寄せて「そぉ～だよ」と喚《わめ》く。なんで張本人が忘れてんだよ、とぶつぶつ文句を言いながら。

「えっ、リン兄どうしたの？　お祝いってなに？」

隣に座るシャンにシャツの裾《すそ》を引かれて、リンダは「あ、えっと、そのなぁ」と優しく微笑《ほほえ》みながら言葉を濁《にご》す。

「はいはいはい。じゃあ、リンダからみんなに報告」

フィーリィの視線を受けたリンダが少し気恥ずかしそうに首の後ろに手をやった。そして「あー、その」とゆっくりと切り出す。

本題を話さないリンダに、五男のヴィルダは「はやく～腹減った」と喚《わめ》き、双子の六男と七男のアレックスとローディは「どうかしたの？」というように揃って右方向に首を傾《かし》げている。

「えっ、と……その、みんなのおかげで、俺、聖騎士の試験に……合格したんだ」

一瞬、しん……と食卓が静まり返る。痛いほどの沈黙の中、リンダが「いや、しました。したんです」と言い直して、それから気恥ずかしげに何度も瞬《また》きをしながら、ぺこりと頭を下げた。

「マジでぇっ？」

ヴィルダの言葉を皮切りに、場が、わぁっ、と盛り上がる。

「リンダおめでとう～！」

「よかったねぇ、リンダ」

一番に祝いの言葉を口にした双子が、そろってパチパチと拍手をしてくれた。ガイルとシャンはそれぞれ「リンダ、せいきし様になれるの？　ほんと？」「すごぉい」と右と左の腕を引いてキャッキャと喜んでいる。

「すげぇー。ってか、もっと早く教えてくれよ～。なんか試験の後『どうだったん？』って聞くに聞けないしさ。気になってたんだよなぁ」

ヴィルダは頭の後ろで腕を組んでそう言うと、最後に「おめでとう」ととびきりの笑顔を見せてくれた。

「あー……、ありがとう」

「俺が試験対策に付き合ってやったんだから、受かって当然だろ」

照れながら何度も頭を下げるリンダに、カインがふんぞり返って鼻を鳴らす。フィーリィに「一番面倒見てやってたし、一番心配してたもんな」と言われて、ギッと厳しい視線を向けていた。

「よく頑張ったな、リンダ」

一番最後に、長男であるファングが重々しく口を開く。そちらに顔を向けると、ファングは真っ直ぐにリンダを見ていた。

「だが、まだ聖騎士としての入り口に立ったにすぎない。これからだぞ」

「……あぁ」

一緒になって喜ぶだけで終わらない、ファングらしい言葉だ。リンダは身を引き締める思いで口を引き結び、しっかりと頷《うなず》いた。

「ねー、じゃあもう乾杯しようよ。俺、腹減りすぎて倒れそう」

ヴィルダが、テーブルの上の料理を見据えたまま訴える。兄たちは顔を見合わせて、弟たちは笑って、それぞれグラスとカップを差し出す。

「じゃあ改めて……、んんっ」

フィーリィがグラスを持ち上げて、喉の調子を整える。

「ようやく完成したアズラエル家の新居と、次男リンダの聖騎士合格を祝って……乾杯！」

「かんぱーい！」

フィーリィの音頭に合わせて、皆思い思いの高さでグラスやカップをぶつける。

両脇から差し出されたカップに、手に持ったグラスを挟まれながら、リンダは「さぁ、みんなでごちそうを食べよう」と家族の顔を見渡した。


リンダ・アズラエル、二十一歳。アズラエル家の次男。学園を卒業して、昨年まではアズラエル家の家事を一手に担っていた。アズラエル家の父母は既に亡くなっており、大人の誰かが、小さな弟たちの面倒を見る必要があったからだ。

長男ファング、三男カイン、そして四男フィーリィは聖騎士として働き、街を守っている。五男ヴィルダ、六男アレックス、七男ローディは学生だ。毎日「宿題が多すぎるんだよ」と文句を言いながら、元気に通っている。八男ガイルと九男シャンは、昨年までリンダが自宅で面倒を見ていた。

リンダは幼い頃から「聖騎士になりたい」という夢を持っていたが、それが叶わないこともわかっていた。なぜならリンダには、魔力がからっきしなかったからだ。

聖騎士は類《たぐい》まれな剣と魔法の才能、そして知恵を持つ者だけがなれる「ヴァレンザーレ国の誉《ほまれ》」である。剣や勉強は努力でどうにかできるが、魔法だけはそうはいかない。生まれ持っての才能が必要なのだ。

というわけで「聖騎士になりたい」という本音を隠して、家族のために家事に育児にと奮闘していたのだが……、一昨年の初秋、ある事実が発覚した。なんとリンダは兄弟の中で一人だけ、皆と血が繋がっていなかったのだ。そう、リンダはアズラエル家の養子だったのである。

リンダは、聖騎士であった父が同僚の聖騎士から託された孤児であった。そのことを知っていたのは、ファングと、そしてカインのみ。が、二人ともそれをリンダに伝える気はなかった。同じ兄弟と分け隔てなく接し、日々を過ごしてくれていたのだ。

そんな兄弟の気遣いも知らず、のほほんと過ごしていたリンダであったが、結局のところその事実を知ることとなった。しかも我が身をもって。リンダは「淫魔の血」に目覚めてしまったのだ。

リンダの実母は淫魔であり、リンダもその血を色濃く受け継いでいた。そう、リンダはなんと、魔力がないのではなく、淫魔の力ごと魔力を封じ込められていたのだ。

それからというもの、淫魔の力に魅了された同級生に襲われたり、その血を狙った魔族に狙われたり、そのせいで家が半壊状態に陥って建て直しを余儀なくされたり、色々……本当に色々なことがあった。一昨年の秋から冬にかけては、思い出すと頭を抱えたくなるくらいの事件に次ぐ事件の連続であった。

（本当に、とんでもない年だったな……）

新しい自室で、リンダは「はぁ」と溜め息を吐きながら日記を閉じた。見られたら困る内容なので、自分以外が開けないように魔力を使ってきっちり鍵をかけておく。

机の引き出しの中にきちんと日記をしまってから、リンダは部屋を見渡した。

「広くなったよなぁ」

アズラエル家は、約一年……いや、作業が始まったのが去年の年の初めで今が春なので、しっかり一年以上の時間をかけて建て直しの工事を行った。前の家は「手狭」というほど狭くはなかったが、やはり男八人で過ごすのに余裕があるとは言えなかった。が、今回家を建て直すにあたって、それはもう広々と生まれ変わった。なぜならファングが、アズラエル家の隣にあった空き地を買い取ったからだ。

まさか土地まで買うなんて、とギョッとしたが「費用は全部俺が払うから、なにも心配しなくていい」と言われてしまえば文句を言うこともできず。

ついでに、改築に伴ってこれまで聖騎士団の詰所《つめしょ》近くで一人暮らしをしていたファングも、アズラエル家に帰ってくることとなった。八人でもぎりぎりだったのにさらに人数が増えるなんて、たしかに階数を二階三階と増やしでもしない限り、さらに狭くなっていただろう。

（しっかしまさか、こんな力技を使うとは）

以前はリンダとカインとフィーリィがそれぞれ一人部屋、ヴィルダとアレックスとローディが三人部屋、そしてガイルとシャンが二人部屋だった。が、今回の改築で各々《おのおの》に部屋があてがわれることとなった。ガイルとシャンは「えぇ〜一緒の部屋がいい」と言い張ったので、しばらくはガイルの部屋で二人一緒に過ごすことになるようだが、ゆくゆくは分かれることになるだろう。

年中組はそろそろ一人部屋が欲しいと思っていたところだったようで、それぞれ大いに喜んでいた。

「いやぁうちって金あるのかないのかわかんねぇし、『一人部屋が欲しい』なんて我儘《わがまま》言えなかったんだよなぁ。あぁ〜持つべきものは聖騎士で金持ちの兄ちゃんだな。これからはもっと我慢せずにねだろうっと」

と、遠慮がちなのか欲深いのかいまいちわからない感想を述べていたヴィルダは、カインに「調子に乗るな」と頭を小突かれていた。

その場面を思い出して「ふっ」と笑ったリンダの耳に、コンッ、と控えめなノックの音が届く。

「あ、はい」

顔を上げて扉を見やる。と、「いいか？」という問いかけとともに、カインが顔を覗かせた。

「カイン……ふはっ」

先ほど思い出していた場面をまた頭に浮かべてしまって、リンダは思わず噴き出す。と、顔を見るなり笑われたカインが不快そうに眉根を寄せた。

「あ？」

「や、悪い。ただの思い出し笑いだ」

ふーん、と興味なさそうに鼻を鳴らしたカインは、後ろ手に扉を閉めて部屋の中に入ってくる。そして、ざっと中を見渡した。

「部屋の中のもの、前とほとんど変わってねぇじゃん」

「え？　あぁ、うん。特に物も増やしてないしな」

部屋は広くなったが、置いてあるものは変わらない。学園に入学した年から使っている机にベッド、本棚……大物はそれだけだ。衣装ダンスはクローゼットになったので処分した。フィーリィやカインは、自分の金で家具を買い替えたりしたようだが、リンダは前の家から持ってきたものを使っている。

「欲しいって言えば、俺が金出したのに」

「は？　カインが？　なんで？」

そっぽを向いてそんなことを言う弟は、やはり聖騎士としてそれなりに稼いでいるのだろう。兄を気遣う弟の優しさに、リンダはむず痒《がゆ》い気持ちで「まぁ、ありがとうな」と感謝の意を伝えた。

「なんか兄さんにも同じようなこと言われたけど、俺は今使ってるやつで十分だからさ」

そう言うと、カインが逸《そ》らしていた顔をリンダに向けてきた。その眉間の皺《しわ》が深くなっているような気がして、リンダは首を傾《かし》げる。

「どうした？」

「兄貴も？　……ちっ、考えることは一緒かよ」

舌打ちをするカインに、リンダはぱちぱちと瞬《またた》く。後半はぶつぶつと呟《つぶや》くような声だったのでよく聞こえなかったが、なにやらファングに不満があるらしい。

「どうしたんだよ。兄さんがどうかしたか？」

「……なんでもねぇよ」

「ふぅん？」

なんでもない、というカインをこれ以上詮索《せんさく》しても答えは返ってこない。そこらの塩梅《あんばい》をきちんと心得ているリンダは、「まぁいいけどさ」と話を切り替えた。

「それで？　どうしたんだよ、こんな時間に」

壁にかけた時計の針は、そろそろ日付が変わることを教えてくれている。今日はお祝いということもあり、兄弟揃って散々飲んで食べて大いに盛り上がった。おかげで、少し就寝時間が遅くなってしまったが、たまにはいいだろう。

まだ完全に引っ越しを終えていないファングだけは一人暮らしの家に帰ったが、弟たちはみんなもう自分の部屋に戻って寝ているだろう。いや、フィーリィだけは酒瓶を抱きしめてリビングのソファに転がっていた。一応ブランケットは掛けてやったが、風邪をひかずに済むだろうか。

「あー……」

しばらく何事かを言い淀《よど》んでいたカインが、後ろ手に回していた片手をリンダに差し出してきた。

「ほら」

「ん？　わっ」

なにかを投げて寄越されて、リンダはわたわたと両手を広げて受け取る。手の中に落ちてきたのは、細長い箱だった。

「なんだこれ。開けていいのか？」

「あぁ」

振ってみると、かたかたと中になにかが入っている音がした。リンダは丁寧に包装紙を開いてみる。……と、包みの中には立派な木の箱が収まっていた。

「よっ、……っと。って、これ、ペン？」

ぱこっ、と蓋《ふた》を外した箱の中には、一本のペンが入っていた。あえて艶《つや》を消したような木炭色のペンは、すらりと細身で手に持つとよく馴染《なじ》んだ。重すぎず軽すぎず、ペン先もほどよい太さだ。

「すごく手に馴染《なじ》む良いペンだな……、ってもしかして、これ俺に？」

「そうだよ」

リンダは驚いて目を見張る。ペンはそれなりに高級そうに見えたし、まさかカインから贈り物をもらうなんて思ってもいなかったからだ。

「や、嬉しいけど。いいのか？」

「お前、家計簿だのなんだの、よく書き物してるだろ。それに、聖騎士団に入ったらなにかと書類仕事も多いし……、あー……」

早口でそこまで言ってから、カインが天を仰いだ。そして、思い切ったようにリンダに顔を向ける。

「聖騎士の試験に合格した祝いだよ。……よく頑張ったな」

思いがけない祝いの言葉に、リンダは目を見開き、そしてそれをきゅっと細めた。

「ありがとう。カインや、みんなが協力してくれたおかげだよ」

それは世辞でもなんでもなく、事実だった。リンダが聖騎士の試験に合格……、いや、そもそも挑戦できたこと自体、家族の協力あってのものだったのだ。


リンダはもともと、自分で望んでアズラエル家の家事を一人で担っていた。そのために、外に働きにも出ていなかったのだ。魔力を取り戻したからといって、今さら「聖騎士になりたい」とは兄弟にもなかなか言い出しづらかった。

しかし、一昨年前の冬。聖騎士でありフィーリィの上司でもあるハワードに「半魔でも試験を受ける資格はある」と聞いて、やはりどうしても夢を追いかけてみたくなったのだ。

そこでまず、長男であるファングに相談を持ちかけた。最初は少し渋った様子だったが、それでも兄はリンダの夢を否定しなかった。以前にちらりと「本当は聖騎士になりたかった」と伝えていたからかもしれない。

「試験は受けてもいい。だが、聖騎士はなりたいといってすぐになれるものではない。勉学に集中できた学生の頃ならいざ知らず、今の生活の片手間でできる挑戦ではないぞ」

試験の許可を得た上できっちりと釘を刺されて、リンダは「それは、そうだよな」とうなだれた。

たしかに、今の生活のままでは試験に合格なんて夢のまた夢だ。ましてや家には幼い弟が二人いる。リンダが仕事に出てしまったら、誰が面倒を見るというのか。

現実問題、試験に挑戦できるのは二人が学園に入学してからか……と覚悟していたのだが、その問題は意外な方法で解決することとなった。なんと、ガイルとシャンが国の運営する特別魔力養育幼稚舎に入学することになったのだ。

特別魔力養育幼稚舎とは、学園に入る前の子供の中でも特に魔力に優れる者を、文字通り養い育むための施設だ。基本的には主要な都市の学園のそばに併設されており、国の認定を受けた者だけが通える。名前は堅苦しいが、ようは優秀な人材を確保し育てたいという国の取り組みだ。ファングやカイン、そしてフィーリィといった優秀な人材を輩出するアズラエル家は、前々から注視されていたらしい。

ガイルとシャンはその適性試験に見事合格した。アズラエル家でも初めての快挙だ。たしかにガイルは既に物を動かすなどの魔法を使えたが、まさかシャンにも魔力の才能があったとは、リンダも驚きだった。

入学にあたっては、本人たちの希望も聞いた。もし二人が「行きたくない」と言うのであれば、もちろんそのまま家で面倒を見るつもりだった。三年や四年試験を受けるのが遅くなったとしても、どの道聖騎士の夢を諦めるつもりはなかったからだ。

しかし、リンダの予想に反して二人は「いってみたい！　僕、にいちゃんたちみたいな聖騎士になりたいもん」「そのためには、魔法のおべんきょうしたほうがいいんだよね？」とあっさり入学を希望した。ガイルとシャンは、リンダよりよほどしっかりと未来を見据えていたのだ。

幼稚舎が学園に併設されているということもあり、送り迎えはヴィルダたち学生組が請け負ってくれた。どうせ自分たちも同じ方向に行くのだから、わざわざリンダが出る必要もないだろう、と。

これによって、リンダが家に縛られる理由がなくなったのである。

リンダはガイルとシャンの幼稚舎入学を機に、ファング以外の家族にも「聖騎士の試験を受けたいと思っている」と伝えた。リンダが養子であること、また淫魔の血を引いていることは伏せた上で。

理由はわからないが、なくなったと思われていた魔力が復活した、なので聖騎士の試験に挑戦できる、してみたい、と頭を下げて願ったのだ。

一度は自主的に主夫の道を選択したリンダの突然の方向転換に、しかし家族は意外にも肯定的だった。「え〜、いいじゃん」「リン兄頑張って」「僕も聖騎士になりたい」と盛り上がって、応援してくれたのだ。ただ一人、カインだけを除いて……。

「お前はほら、最初の頃結構反対してたし……。結局は俺の魔力の調整とか試験対策とか手伝ってくれるようになったけど、その……正直今も反対してるのかと思ってた」

リンダはもらったばかりのペンを手の中で転がして、視線をさまよわせた。

カインはリンダの挑戦に対して「俺は反対だ」と一人強固に反対し続けていた。まぁ、最終的には諦めたのか、リンダの安定しない魔力を整える訓練に付き合ってくれたり、実技試験の特訓をつけてくれたりしたが。

「反対に決まってんだろ」

カインは「ふん」と鼻を鳴らして腕を組んだ。

「淫魔の力だって安定したとはいえ、どこでどうなるかまだわからねぇし。お前、あいつに襲われたこと、忘れたわけじゃないよな？」

「それは……」

カインのいう「あいつ」がどちらのことを指しているのかわからず、リンダは言葉を濁《にご》す。リンダは以前、淫魔の力のせいで何度か命や貞操の危機に陥った。たとえば、昔学園で一緒だった同級生の騎士に襲われたり、はたまた、上級魔族に目をつけられたり……。どう考えても平穏無事とはほど遠い。

「自分の身も守れない奴が聖騎士になるなんておかしな話だろ。それで市民を守れるのか？」

「……っ」

カインの言葉に、リンダはとっさに返事ができず、ぐ、と息を呑んだ。しかし、ここで怯《ひる》むわけにはいかない。なぜならリンダは、聖騎士になるのだから。

「っ、ま、守れ……」

「なんてな。前はそう思ってた」

どうにか絞り出した言葉を遮《さえぎ》られ、リンダは握りしめていた拳《こぶし》をがくっと下に落としながら「へ？」と間抜けな声を上げた。

「でも、お前が……リンダが本気で聖騎士になりたい、街や、そこに住む人を守りたいって思ってるって……本当は、ずっと前から知ってたしな」

途中、照れたように言葉を濁《にご》しながらも、カインが続ける。

「だからまぁ、いいんじゃね？　……ってことで、それ」

それ、と顎《あご》で手の中のペンを指されて、リンダはきょとんとそれを見下ろす。

「聖騎士になるなら、ちったぁ見栄えの良いの使えよ。商店街のくじ引きでもらった安物じゃ、格好つかないだろ」

「……あぁ」

リンダは、ペンを見て、カインを見て、またペンを見て。そして、じわじわと口端を持ち上げた。

つまりこのペンには、カインなりの「おめでとう」と「これから頑張れ」の気持ちが込められているのだろう。リンダはペンをしっかりと手のひらに包んだ。

「大事にする」

握りしめると、自身の熱がペンに移って、なんだかほかほかと温かく感じる。カインはどこか気まずそうに頭の後ろをかいてから「素直なら素直で、調子狂うな」とそっぽを向いて口を尖《とが》らせた。

「こっちの台詞だ」

笑いながら拳《こぶし》でカインの胸を小突く。と、カインはひとつ瞬《まばた》きをしてから、真剣な目でリンダを見下ろした。

「聖騎士で、一から十まで丁寧に教えてくれる奴なんてほとんどいない。そんな暇はないからだ」

「ん？」

なんの話が始まったのかと思って、リンダは目を瞬《またた》かせる。

「お前がどこの部隊に配属されて、どんな仕事を任されるかはわからないけど……。どこでも、まず自分で考え自分で答えを見つけるってことを意識しとけよ」

言葉を切ったカインの、そのとろりと蕩《とろ》けそうな蜂蜜色の目を見ながら、リンダは視線だけで頷《うなず》いた。

「リンダ。聖騎士になったら、周りをよく見ろよ。よく見て、よく学べ。そんで、学んだことはそのペンで書き取ってしっかり覚えろ」

思いがけず真摯《しんし》な目をするカインにそんなことを言われて、息を呑む。手の中のペンを、もう一度しっかりと握りしめてから、リンダはしっかりと頷《うなず》いた。

「ああ、肝に銘じておく」

真剣に頷《うなず》くリンダを見て、カインは「よし」と言うと、片頬を持ち上げた。そして「あー……あとは、淫魔の力か」と、悩ましげに顎《あご》に手をやった。

「う……」

「たしかに、俺と……まぁ、兄貴の協力もあったし、リンダの魔力はかなり安定した」

「あ、あぁ」

淫魔としての血に目覚めたばかりのリンダの魔力は、それは不安定だった。どうしても淫魔の本能が暴走して、精気を欲してしまうのだ。特に魔力とみると、それを「餌」として認識してしまうようで、目の前で魔法を使われて淫魔化してしまったこともある。

ファングとカインはそんなリンダのために、定期的に精気を提供してくれた。そして、聖騎士になるため「力を調整できるように」と魔力の出力を細かに調整する訓練まで付き合ってくれたのだ。

おかげでリンダは、ある程度の魔法は問題なく発動できるようになったし、誰かが魔法を使ったからといってむやみやたらと精気を求めることもなくなった。元々半魔だからか、魔法の扱いにも長《た》けていた。魔法のみでの対決なら、フィーリィにも負けないほどだ。

「けど、リンダが絶対に淫魔として暴走しない、とは言えない。その確証はないだろ？」

「う、ん」

どんなに安定してきたとはいえ、「絶対」ではない。もしも聖騎士の任務中に淫魔としての力に目覚めてしまったら……、市民を守るどころか、確実に恐怖や不安を抱かせてしまうだろう。

「そこんとこ自覚して仕事に励めよ」

カインの言うことはもっともだ。日頃皮肉や嫌味を言うことの多い弟だが、こと聖騎士の仕事に関してはとても真面目に、真摯《しんし》に向き合っている。リンダもまたそうありたい、とペンを握った拳《こぶし》を、とん、と胸に打ちつけた。

「絶対、どんな時も忘れない」

今ここで聞いたカインの言葉は、しっかりと胸に刻みつけたと知らせるように。

「んじゃ、はい」

「ん？」

手を掴まれて、するりとペンを取られる。「あ」と声を出して視線で追うと、それは机の上に置かれてしまった。そして空いた手は、カインの手に包まれる。

「なんだよ」

「聖騎士の仕事が始まるまでは特訓が必要、だろ？」

カインはそう言って、リンダの腕を引きながらグッと体で押してくる。リンダは、あ、という間もなく、ベッドの上に仰向けに倒されていた。

「はっ、ちょ、カイン」

「安心しろ。鍵はかけたし、防音の魔法は既に張ってある」

「お前いつの間に……、いやまぁ、大事だけど」

今から行われるであろう行為を他の兄弟たちに知られるわけにはいかない。だから、部屋の音が漏《も》れないようにするのは重要なことだ。

「お前の魔力がより安定するように、いくらでも付き合ってやるから」

倒れたリンダに覆いかぶさるように、カインが身を進めてくる。

「カイン……、ん」

両手で押し返そうとするものの、カインから吸い慣れた精気の気配が漂ってきて、リンダは、ひく、と唇をわななかせた。

「特訓、だろ？」

「あ、あぁ……」

そう言われると、強く否定することもできない。リンダはカインの胸に当てていた手からゆるゆると力を抜いていく。「これは特訓、欲に負けたわけじゃない」と言い聞かせながら。

＊

「ん、ん」

唇に、カインの唇が重なっている。何度も舐《な》められ、吸われて、唇はふやけそうだし、舌は痺《しび》れたようにじんじんとしている。

「まだ吸うなよ、……まだだ」

「んぁ、カイ、ン」

上顎《うわあご》を撫《な》でてくるカインの舌には、ねっとりとした精気が絡みついている。リンダは思わずそれを吸おうとして、すんでのところで耐えた。

目の前に極上の蜜を垂らされているのに「舐《な》めるな」と言われているような気分だ。リンダは、ふう、ふう、と荒い息を吐きながら懸命に欲と戦う。

「……っふ、んぐぅ」

舌を、ぢゅっ、と吸われて、リンダは思わずカインの背中に手を回してしまう。そのまま手を頭のほうに持っていって、髪に手を入れくしゃくしゃにして、自分のほうに「来て」と言わんばかりに力を入れて……

「んっ！」

リンダはどうにか腕を下ろして、自分で自分の手を掴む。

「んー……、だいぶお利口になったな」

口を離したカインが、親指で濡れた唇を擦《こす》りながら笑う。

「前はむしゃぶりついて、吸い付いて、なにしても離れなかったのに」

「はぁ……、はっ」

「縋《すが》りついて『離れないで、ちょうだいよ』って。可愛かったなぁ」

よしよしと愛玩動物のように頭を撫《な》でられて、リンダはベッドに手をついたまま荒い息を何度も吐く。そして、膝を擦《こす》り寄せてから「い、まは、もうしない」とどうにか首を振った。

リンダの精気を安定させるため、まずファングとカインはかわるがわるリンダに精気を供給してきた。長年淫魔としての力を封じ込めていたせいか、リンダが数週間と置かずに精気の枯渇に陥ってしまったからだ。二人はそれぞれ当番を決めて（リンダの与《あず》かり知らないところで）、数日ごとにリンダを寝室に招いてくれた。

なぜ寝室なのかというと、そのほうが都合がいいからだ。なにしろ、精気の一番効率の良い摂取方法は粘膜や肌を通しての吸収。つまり口や、性器などの接触が必要になる。兄弟の誰に見られるかわからない場所では、口を合わせる……ましてや肌を触れ合わせるなど絶対に無理だ。

それにリンダは精気を吸収すると、「精気酔い」の状態になりやすい。まさに酒に酔ったようにへろへろになるし、さらにそれを超えると、まるで別人のように淫蕩《いんとう》な性格になってしまうのだ。おそらく、淫魔としての本性がさらけ出されるのだろう。

定期的な精気の接種を半年以上続けて、ようやくリンダは断続的な「飢え」から解放された。

「よし！　これでもう兄さんとカインから精気をもらう必要はなくなったんだよな」と喜んだのもつかの間。即、ファングとカインに「そんなわけないだろ」と冷静に断言された。

リンダが行っていたのは、あくまで十数年分の飢えの解消、ただそれだけだ。つまりそう、リンダはようやくスタート地点に立ったにすぎない。淫魔として魔力を操っていくには、そこからさらに訓練が必要だろう、とファングは教えてくれた。

なによりもまず、与えられるばかりだった精気を「我慢する」必要があった。精気を前にしても、淫魔の力が暴走しないようにするためだ。

半分とはいえ淫魔の血を引くリンダは、やはり精気に弱い。目の前で垂れ流されると、どうしても気を取られてしまう。なにせ目の前に大好物を並べられているのと同じなのだ。涎《よだれ》だって溢れるというものだろう。

ファングとカインは、それまで散々リンダに精気を与えていたくせに、今度は「吸収してはいけない」と言うようになった。精気を吸わない訓練だから、と。リンダの中の淫魔は「そんなことってあるかよ〜」「意地悪してないで精気くれ」とやいやい騒ぐが、リンダは毎回、どうにかこうにかそれを黙らせている。

――今もまた、リンダはカインによって訓練を受けている最中である。口の中、柔らかな粘膜に直接精気を注がれながら、それでも「吸収しちゃいけない」「自ら吸ってはいけない」と言われている。もはや拷問にも近い行為だが、リンダはこれに耐えなければならない。餌を前に、待て、を強いられる犬のように、リンダは「くぅ」「ふぅ」と鼻を鳴らす。

「カイン……う、カイン」

リンダは暴走しそうになる自分をどうにか押さえつけて、救いを求めるようにカインの名を呼んだ。

「どうした？」

カインは機嫌よさそうにリンダの髪を撫《な》でてくる。あぐらをかいた自分の上に、向かい合うようにしてリンダをのせたまま。

リンダは彼の潤《うる》んだ唇に自身の親指を当てる。く、と下唇を下げるように指を押し込むと、カインはあっさり口を開いた。尖《とが》らせた舌先から、とろりと精気が滴《したた》る気配がする。リンダは無意識のうちに喉を鳴らしてから、腰を揺らした。

（おいしそう。おいし、そう）

カインのその精気が、あまりにも美味《おい》しそうで。リンダは「あぁ」と濡れた息を漏《も》らしてカインを熱い目で見つめた。尻のほうが、どうにもむずむずと疼《うず》いて仕方ない。

「んんっ」

淫魔の姿になった時いつも飛び出てくる尻尾が「出たい、出して」と騒いでいる。それをどうにか押さえつけながら、リンダは首を振った。

「大丈夫。平気」

「あ、そう」

カインはそう言うと、リンダをころんとベッドに転がした。脚でカインを挟み込むように座っていたせいで、転がるついでに自然と脚が開いてしまう。カインはその間に身を差し込み、のし、とのしかかってきた。カインの股間の昂《たかぶ》りが、リンダの陰茎を布ごしにグッと押し上げてくる。

「欲しくないのか？　淫魔にならない？」

「んぐ」

リンダはカインを押し返すようにその厚い胸板に手をやるが、そこに力なんてほとんど入っていない。脚を開くことによって自然とゆるんだ後孔から、とろ……と蜜が溢れてきた。そこに挿れて、擦《こす》って、精気を注いでほしいと淫魔の本能が囁《ささや》いている。

（淫魔になりたい。思い切り羽を出して、尻尾出して巻きつけて……。そして、ぐちゃぐちゃになるまでかき混ぜて、出して、いっぱい出して。それから、それから……）

欲望は際限なく湧いてくる。それを察しているのだろうに、カインはリンダの脚を折り曲げるようにしながら持ち上げる。自然と上向いた尻、ちょうど穴のあたりに、カインがボトム越しに陰茎を強く擦《こす》りつけてきた。

「はっ、あ……！」

ぐりっ、と服の上から穴を擦《こす》り上げられて、リンダは目を見開く。じゅわ、と漏《も》れた蜜のせいで下穿きがぺたりと穴に張りついた。にちゃ、ぬちゅ、と情けない音がして、リンダの頬がカッと熱くなる。

「……っ、精気、吸ってない。淫魔にもなってない。もっ、いいだろ」

後で下穿きを替えなければならない、と頭の隅で考えながら、リンダは目を逸《そ》らしつつカインに主張する。かれこれもう一時間以上、差し出される精気を吸わずに耐えている。この特訓を始めたばかりの頃は開始数秒で角と羽と尻尾を飛び出させて、ちゅうちゅうと口に陰茎にと吸い付いていたので、かなりマシになったほうだ。

「そうだな。かなり我慢強くなった」

カインがわざとらしい笑みを浮かべながら頷《うなず》く。この表情をする時の彼は、大抵ろくなことを考えていない……と警戒したその時、カインの指がリンダの股間の、その下に伸びてきた。

「たとえ俺がお前のここに精気を注ぎ込んでも」

「ひぐっ」

カインの無骨な、しかし長くしなやかな指が布ごしにリンダの臀部《でんぶ》を撫《な》でる。ぐちぐち、と濡れた音は聞こえているはずなのに、カインはそれを無視して親指の腹で穴の縁をふにふにと押す。

「吸ったり、淫魔になったりなんてしないもんな」

「んぅっ、ん、……カインっ、おま」

なんでそんなに意地悪なんだよっ、と言いかけて、あまりにも子供のような物言いになりそうで唇を引き結ぶ。とりあえず、無言でぽこぽこと胸板を叩いてから、「……しないっ」と拗《す》ねたように唇を尖《とが》らせた。

と、カインが眉間に皺《しわ》を寄せて「はぁ」と溜め息を吐く。

「それは淫魔の力じゃねぇの？」

「は？　いんっ、まの力なんて……あっ」

淫魔の力は使ってない、と言いかけるが、ボトムの隙間からするりと入り込んできた手にそれを阻《はば》まれる。

「ん、カインっ」

「今日の特訓おしまい。とりあえず、一回出しとけ」

限界だろ、と耳元で囁《ささや》かれて、リンダは視線をさまよわせた後、こくりと頷《うなず》く。

「出した分は、ちゃんと『いれて』やるから」

特訓中に精気を吸うのは禁止だが、それが終わればカインはリンダが満足するまで精気を与えてくれる。腰が砕けそうなほどどろどろに甘い、極上の精気を。

リンダは思わずごくりと喉を鳴らしてから、カインの胸を押しのけようとしていた手を、彼の肩にするりと回した。

自ら脚をわずかに開いたリンダを見て、ぎら、と目を光らせたカインには気づかないまま、視線を下に逸《そ》らす。

「っカイン、……出した、い。出させて、くれよ」

素直に言わなければ、この意地悪な弟は「別に、嫌ならまだ続けてもいいけど？」と言い出しかねない。特訓をすることはやぶさかではないが、今日は引っ越し祝いだなんだと色々あって疲れてしまった。これ以上は体も心も持ちそうにない。

「っなぁ、カイン……頼むよ」

多少切羽詰まったように名前を呼ぶと、わずかに笑みを浮かべたカインがリンダの陰茎をゆるく握りしめた。

「任せとけ。全部俺が、してやるから」

軽く頬に口づけをして、カインがリンダの腰を抱え上げる。リンダはされるがままに脚を開きながら「っあ」と声を出し仰《の》け反《ぞ》った。

たっぷりと精を吐き出して、その分、いや、その倍以上の精気をじっくりと注がれて。リンダはようやく飢えから解放されたのであった。

第二章

(なんか、カインと兄さんとは、肌を合わせるのも当たり前になってきたなぁ)

精気をもらいはじめた頃は恥ずかしくてたまらなかったのに、今では当たり前のように精気のやり取りをしている。

(俺は助かってる……っていうか、それがなきゃ聖騎士にもなれなかったわけだけど。二人はどう思ってるんだろう)

負担じゃない、とは言ってくれているが、本当に迷惑じゃないのだろうか。ファングがアズラエル家に戻ってくるのも、自宅とファングの家とを行き来するリンダの不便さを慮《おもんぱか》ってのことだろう。

（解決策は、俺が精気の供給や、吸うのを我慢する特訓……みたいなのを受けなくてもいいほど魔力を安定させる。それか、俺が他に精気を供給してくれる人を見つけること……、か？）

なんとなくしっくりこなくて、リンダは内心首を傾《かし》げる。

「では聖騎士団新人団員の諸君、これからの君たちの頑張りに期待している」

朗々と響いた言葉に、リンダはハッと瞬《まばた》きをする。一瞬だけ意識を飛ばしていたが、今は、なによりも大事な聖騎士団の入団式の真っ最中だ。

壇上では、獅子のたてがみのような豊かな金髪を靡《なび》かせた、聖騎士団団長のアーザック・ラドウィンがにこりと微笑《ほほえ》んでいた。一見優しそうに見える彼だが、「炎帝」と呼ばれるほどずば抜けた火属性の魔法能力を持ち、魔族の一個小隊であれば指先ひとつで燃やし尽くすと言われている豪傑である。

（こ、この人を前によく考え事なんてできたな、俺は）

ぼんやりと気を抜いてしまった自分の横面を内心で平手打ちしながら、リンダは改めて姿勢を正す。

——季節は春。ついにリンダは聖騎士としてはじめの一歩を踏み出していた。今日は入団を祝い、今後の健闘を誓うための「聖騎士団入団の式典」だ。

式典は、聖騎士団詰所《つめしょ》のちょうど真ん中に位置する「誓いの聖堂」で行われていた。天井はかなり高く、並んだ小窓からは眩しい光が燦々《さんさん》と降り注いでいる。正面には聖騎士団の紋章である鷲《わし》と獅子が描かれたステンドグラスがあり、太陽の明かりを透かしてきらきらと輝いていた。広々とした聖堂内には、数十人の新人聖騎士が横三列に並び、それを眺めるような形で、左右に聖騎士団幹部や来賓《らいひん》が控えている。

来賓《らいひん》は、国の中枢機関の各上層部やこの街の市長などが招かれていた。まさに、錚々《そうそう》たる顔ぶれだ。聖騎士団は、国にとってそれほどに重要な機関なのである。

聖騎士団はヴァレンザーレ国に五つ存在する。国を東西南北、そして中央で分けて、各地域を守る要となっているのだ。リンダが所属するのは、東の聖騎士団。つまりアーザック・ラドウィンは正式には「東の聖騎士団団長」となるわけだが、基本的には皆自身の管轄の聖騎士団を「聖騎士団」とだけ呼んでいる。区別するのは、各地の聖騎士団が一堂に会する時などだけだ。

そしてリンダは、その聖騎士団に、今まさに入団せんと式典に臨んでいた。

(俺が……、ついに俺が、聖騎士に)

アーザックの挨拶の後は、彼から新人団員全員に騎士団の紋章が刻まれた徽章《きしょう》を渡される。

ステンドグラスに描かれている紋章と同じく、上部には鷹《たか》、そして下部には獅子が施されている。天高くよりあまねく国を見下ろし敵を逃さないという鷹《たか》、敵に向かって地を駆り喰らい尽くす獅子……という意図が込められているらしい。ようは、聖騎士はどんな敵も逃さず国を守る、という意思の表れだ。

(鷹《たか》のように、獅子のように、国を害する万事を排す)

新人団員は一列になって、アーザックのいる壇上に上がっていく。アーザックはにこやかな顔で一人ひとりに徽章《きしょう》を手渡していた。「これからの活躍に期待しているぞ」とでも伝えているのか、受け取った新人聖騎士は皆一様に頬を紅潮させて「はいっ」と興奮した様子で頷《うなず》いている。

徽章《きしょう》の授与は順々に進んで、いよいよリンダの番が回ってきた。

（お、大きい……）

アーザックの前に立って、リンダはようやく聖騎士団団長の大きさに気がついた。離れた場所から見上げるだけではわからなかったが、彼はとても大きかった。ファングと同等か、少し勝るくらいだ。なにより存在感……その身を包むオーラというものだろうか、その圧がとても強い。実際よりひと回りもふた回りも体格がよく見える。

「リンダ・アズラエル」

「はい」

リンダは声が上ずらないようにと意識して低い声を出し、アーザックの前に進む。徽章《きしょう》を持つアーザックの手は、よくよく見ると細かな傷だらけだった。

「聖騎士団の一員として、大いに励んでくれたまえ」

「はっ……、はい」

定型文のようなひと言ではあったが、彼が言うとずっしりした重みがある。リンダは返事に詰まってしまったことを恥じながら、アーザックから徽章《きしょう》を受け取った。

「式典の後、すぐに団長室に来ること。いいな」

（……え？）

徽章《きしょう》を介してアーザックと繋がったその瞬間、彼がリンダにだけ聞こえる声でぽつりと呟《つぶや》いた。

リンダは返事もできないままに、思わずアーザックを見上げる。

アーザックはそれ以上なにも言わず、にこ、と微笑《ほほえ》んで次の新人団員へ視線を移してしまった。

少し歩みを崩してしまったものの、リンダもまた、なにもなかったような顔をして頭を下げ、壇上から下がる。アーザックが、あえてリンダにだけこっそりと伝えてきたのだ。下手に騒ぎ立てるわけにはいかない。

（な、なにかしたか？　まさか式典の最中に考え事をしていたのが見えた？　いやでも、それならわざわざ団長室に呼び出す必要ないだろうし。でも……）

まさか入団早々ぼうっとしたことを叱責でもされたら、そしてそれを兄弟に知られでもしたら……、ファングやカインは呆れるだろうし、フィーリィに至っては絶対腹を抱えて笑うだろう。

その後式典の間中、リンダはビシッと直立不動で姿勢を正したまま、頭の中では「やばい、やばいぞ、どうする」と不安をこねくり回していた。

＊

式典の後、廊下で賑わう新人団員の間を縫《ぬ》って、リンダは足早に団長室へ向かった。

（こ、ここで間違いない……よな？）

そして訪れた団長室。重厚な扉の前には「従卒《じゅうそつ》」と呼ばれる聖騎士が二人並んでいた。彼らは団長や副団長など位のある聖騎士に一人ずつ付いて、身の回りの世話などを任されるのだという。

おそらくアーザックの従卒《じゅうそつ》だと思われる聖騎士は、リンダを見るとにこりと笑って「団長がお待ちです」と中に招いてくれた。年の頃はリンダと変わらない……もしくは下であろうに、とても落ち着いて見える。リンダはしっかりと頭を下げてから、団長室に入った。

中には、三人の男がいた。いずれも聖騎士の制服を身につけている。真ん中の執務机に腰掛けるのは、団長アーザック。その左隣には副団長のグラント・カーターが控えていた。こちらも団長に負けず劣らずの偉丈夫《いじょうぶ》で、表情が柔和でない分さらに厳《いか》つく見える。見た目通り大変厳しい人物で、「聖騎士の規則を破った者は、副団長から世にも恐ろしい罰則を受けるんだ」などと噂されていた。言わずと知れた有名な聖騎士なので、もちろんリンダも顔と……その真偽不明の噂は知っている。

(団長、副団長と……こちらは?)

アーザックの右隣には、見たことのない団員が立っていた。ぼさぼさした金髪に眠そうな目、どことなく丸く見えるのは猫背のせいだろうか。なんというか……聖騎士らしくない聖騎士だ。

誰だろうか、と失礼にならない程度に眺めていると、アーザックが「よく来てくれた」と相変わらず柔和な笑みを浮かべてリンダの敬礼を解《と》くように促してくれた。

そして「早速本題だが……」と、早々に話を切り出す。

「君を呼び出したのは他でもない、君の『半魔の力』について話があったからだ」

「……え。あ、はいっ」

一拍遅れて、リンダは真っ直ぐに姿勢を正して頷《うなず》いた。

(はんま、はんまって、半魔……だよな? ここで? こんな急に?)

うろたえたリンダに気づいているのかいないのか、アーザックは気にした様子もなく話を続ける。

「君が試験の時に申告してくれたので、我々は君が半魔であることをもちろん承知している。……が、知っているのはごく一部の者だけだ」

「……は、い」

たしかに、リンダは聖騎士試験の時に「自分は半魔である」旨を申し出た。嘘をついたところで、いつバレないとも限らない。それで落ちたらそこまでだと覚悟して、包み隠すことなく伝えた。が、結果的にはこうやって聖騎士になっている。

試験の際は「それは周りに公表しているか？」とだけ聞かれた。ここは人間の国であるため、それ以外の生き物……特に「魔」のつく者は生きづらい。見た目が人間に近い者は、それを隠して生活していることのほうが多いのだ。

リンダはこれも正直に「兄弟の一部だけには知らせているが、家族のほとんどが知らない。他は誰にも明かしていない」と答えた。

その後どういう判断が下ったのかはわからなかったが、とりあえずその場ではそれだけで話は終わってしまい、今この瞬間に至るまで「半魔」の件については触れられなかった。

「君は兄弟の一部に知らせている、と答えたようだが、それはこの団に所属するファング・アズラエル、カイン・アズラエル、フィーリィ・アズラエルのいずれか、かい？　それとも全員？　もしくは他の兄弟が知っているのか？」

「長男ファング、三男カインのみです。それ以外の兄弟は、お……自分が半魔であることを知りません」

後ろに組んだ手に、ぐ、と力を入れながら、リンダは簡潔に答える。アーザックは「なるほどな」と頷《うなず》いてから、自らの傍らに立つ副団長と……名前のわからない金髪の団員に目配せをした。

「じゃあ、予定通りいいかな？」

視線を受け取った副団長と団員は、ちらりと目を合わせてから頷《うなず》いた。

「ファング・アズラエルとカイン・アズラエルは信用に足る団員です。万が一があっても、口外することはないでしょう」

「私もそう思います〜」

どうやら既に話し合いは進んでいたらしい。リンダの答えがなにかしらの決定に繋がったようだ。

「え、っと……？」

「さて、リンダ・アズラエル」

戸惑うリンダに、組んだ手に顎《あご》をのせたアーザックが、柔和に微笑《ほほえ》んでみせた。全体的に優しい雰囲気を醸《かも》し出しているのに、どこか胡散臭《うさんくさ》さにも似た怪しさを感じてしまうのは、裏が透けないその笑顔のせいだろうか。

「君の所属部隊が決まった」

唐突なアーザックの言葉に、リンダは思わず「は？」と漏《も》らす。そして慌てて唇を引き結ぶと
「は、はい」と重々しく頷《うなず》いた。

「君はこの、タグ……タグ・グリーンの部隊に入ってもらう」

タグ、と呼ばれて、金髪の男が右手を上げた。謎の団員、改めタグはリンダに笑顔ともつかないにやけ顔を見せる。歯に衣《きぬ》着せず評するならば……なんというか、とてもやる気のない笑顔だ。

「タグでぇす。部隊長やってます。よろしくね」

「タグ、部隊長……？」

リンダはタグに視線を向ける。こう、聖騎士らしいピリッとした雰囲気がなさすぎて、逆に不安になった。同じ部隊長であるファングとは、まるきり、正反対といってもいいほど違いすぎる。

その気持ちが表情から溢れてしまったのだろうか、「ふっ」と軽く噴き出したアーザックが、組んでいた指を解《ほど》いてタグを指す。

「風態は怪しいが、君が所属する部隊の隊長としては適任なんだ。そう胡乱な目で見てくれるな」

「あっ、いや」

誤魔化すように首を振ってから、リンダはアーザックの言葉の意味に考え至り動きを止める。

「君が所属する」とリンダを特定した言い方、そしてその前に話していた「半魔」の話題。つまり、もしかするとタグは……

「あの、もしかしてタグ隊長は……」

「お祭しの通り」

タグはそう言うと、細めていた目をぎょろりと開いた。目の真ん中では、人間ではありえない縦長の瞳孔が光っている。リンダは思わず軽く息を吸って、わずかに背を反《そ》らす。

やはりタグは、リンダと同じ「魔」の力を持った者だった。

「私の部隊には、魔の力を持つ者が秘密裏に所属しているんだ」

「ひ、秘密裏、に？」

ごく、と息を呑むリンダに、グラントが厳しい視線を向ける。

「リンダ・アズラエル」

「……はっ、はい」

「新人とはいえ聖騎士たる者がそう簡単に動揺するな」

冷たい言葉でぴしりと言い切られて、リンダは背筋を伸ばす。そうだ、自分は聖騎士としてここに立っているのだ。しかも目の前にいるのは、組織の長たる騎士団長、そして副団長、さらにこれから自分が所属する部隊の隊長だ。リンダは手にグッと力を込めて反対の手首をきつく握る。

「失礼しました」

硬い声を出して顎《あご》を引くリンダに、グラントが「うむ」と重々しく頷《うなず》く。……が、肝心のタグのほうは、人外の目を瞼《まぶた》の裏に隠してから「まぁまぁ〜」と気の抜けた声を出した。

「私はそういうの気にしないんで。リンダくん、のんびり構えてていいからね」

えらく砕けた物言いに、グラントがキッとタグを睨《にら》みつけた。なんとなくだが、相性の悪そうな二人である。

「タグの部隊は全員がなにかしら魔に関わりのある者だ。いわば、特殊部隊だな」

「特殊、部隊ですか」

聖騎士にそんな部隊があるなど聞いたこともない。リンダはにわかに信じがたく、目を瞬《またた》かせた。

がしかし、団長であるアーザックが言うのだから間違いはないのだろう。

「もちろん口外厳禁だ。君が半魔であることを知っているファングとカインにも。規則違反が判明したら……わかるな？」

「は、はい」

わかるな、の内容がよくないものであることは十分に察せられた。よくて除団処分、最悪の場合は……命に関わるかもしれない。

リンダはこくこくと頷《うなず》いて、そして「はて」と首を傾《かし》げた。

「あの……」

ためらいがちに発言を求めると、相変わらず厳しい顔をしたグラントが「なんだ」と許可を与えてくれた。リンダは唇を湿らせてから、先ほど浮かんだ考えをそのまま口に出してみる。

「半魔の力を使う特殊部隊なら……、その、黙っていても自ずと正体がバレてしまうのではないでしょうか？　聖騎士団の中にあって魔族とバレずに過ごすのは、至難の業《わざ》では？」

聖騎士は、やはり聖騎士だ。ファングやカインを見ていればわかるが、実力はかなりのものだし、察しもいい。どのように魔の力を行使するかわからないが、そういった動きをしていれば気づかれてしまうものではないのか。

そう思いながら問うてみれば、アーザックとグラントはちらりと視線を合わせ、タグが「ははは～」と気の抜けた笑いをこぼした。

「あ、いやいや。特殊部隊、なんて言い方をしたほうが悪かったね。うーん……、まぁ正体がバレることはないかな、まずない、うん」

「まずない？」

なぜそう言い切れるのか、ときょとんとしていると、アーザックとグラントも、タグの発言に同意するように頷《うなず》いていた。

リンダが「なぜ」と問う前に、タグが「まぁ」と話を続ける。

「私の部隊に入ってみたらわかるよ」

優しげ……というより、どちらかというと情けない笑みを浮かべた男は自信ありげにそう言って、うんうんと頷《うなず》いてみせた。

第三章

「リンダ〜。お前あの『雑用部隊』所属になったんだってなぁ〜」

なはは、と笑いながら肩を組んでくるのは、弟のフィーリィだ。リンダは「うるせぇ」と言ってその腕を外すと、ぺっ、と空中に投げ出す。

聖騎士になって三日、案外すぐに訪れた初半休。リンダは台所に立って久しぶりに手の込んだ夕食を作っていた。

フィーリィもちょうど半休だったらしく、夕方に帰ってきて（午前で仕事は終わりだったはずなので、今までどこかで遊んでいたのだろう）、台所に立つリンダにニヤニヤしながら寄ってきた。

「なんで雑用だよ。他部隊の前処理や後処理が多いってだけで、仕事はちゃんとやってんだろ」

「そりゃあ自分とこの部隊だけじゃ案件の処理ひとつできないからだ。他の部隊の前準備や尻ぬぐいなんて、言ってみりゃ雑用だろ」

ひぃひぃとひとしきり笑って、フィーリィは目元の涙を拭《ぬぐ》った。

リンダはその顔を見て「雑用じゃない！」と言ってやりたくなったが、それをどうにか抑える。

タグの言った「部隊に入ったらわかる」とはこのことだったのだ。

（わかるっていうか、これは、あー……、これはぁ）

リンダが所属することになったタグ・グリーン部隊は、聖騎士団の中でも比較的「出来の悪い部隊」と認識されている隊であった。

タグ部隊は、主に住民への聞き込みや調査、そしてそれを基に適した部隊への任務の割り振り。そして各部隊の対応が終わった後に、「その後いかがでしょうか」ともう一度現場に赴《おもむ》く……といった、いわば住民の御用聞きのような仕事をしている。実際に魔獣退治等にあたるわけではないので、人数は他の隊に比べてかなり少なめ。かつ、ほとんど戦闘に関わらないので、花形である「剣を振るって戦う聖騎士」とはほど遠い。なので「雑用部隊」やら「お荷物部隊」と呼ばれることが多いのだ。

聖騎士といえば剣と魔法で市民を守るのが役目だ。それが、書類を片手に街や詰所《つめしょ》をばたばたと走り回ることのほうが多いのだから、からかわれるのも多少仕方ない……とは思う。リンダとて、夢に描いていた聖騎士の仕事とはほど遠すぎて、がっかりと肩を落とすことも少なくない。

（しかもまぁ、上司がこれまた強烈なんだよなぁ……）

リンダは直属になった上司の顔を思い浮かべて、「はぁ」と溜め息を吐いた。そんなリンダを見て、フィーリィが「お」と声を上げる。

「疲れた？　嫌になった？　俺が『あー仕事行きたくねぇ～』って言う気持ちわかった？」

なぁなぁ、としつこく絡んでくる弟を、リンダはキッと睨《にら》みつける。

「こんくらいで嫌になったりしねぇよ。ほら、暇なら洗濯物取り込んでこい」

顎《あご》で庭のほうを指すと、フィーリィは「はいはーい」と言ってそちらに向かっていった。

以前であれば「嫌だよ～、家事なんて俺の仕事じゃねぇし」と悪態をついていただろうが、最近はめっきりそんなことも言わなくなった。リンダが聖騎士になるために勉強をすると言い出してから、率先して家事を手伝いはじめたのも、フィーリィだった。

（なんか、変わったよなぁ）

フィーリィは「家事はリンダの仕事だろう」とよく言っていたので、リンダが働きに出ることを嫌がるかと思っていたのだが、そんなことはまったくなかった。

以前カインにそのことをちらりと漏《も》らしてみたところ、カインは「当たり前じゃん」と呆れたような顔をして鼻で笑った。

「フィーリィはああ見えてブラコンだからな。お前に、一緒の職場に来てほしいんだよ」

「俺に？」

「学園の時も、ちょろちょろお前の後ついて回ってただろ。違う学年のくせして、わざわざ俺たちの教室まで来て。覚えてねぇの？」

そう言われてみれば、学園時代リンダはよくフィーリィと昼食を食べていた。あの頃カインとは疎遠（というより、一方的に避《さ》けられていた）だったし、クラスでは「双子の弟と比べて魔法も使えない落ちこぼれ」という扱いで友達もいなかったため、とても助けられていた。

しかし「ブラコン」と呼ぶほどだろうか、とリンダは首を傾《かし》げた。たしかに就職してからも家を出ず、どんなに遊び回っても必ず家に帰ってはくるが、それほど兄弟が好きとは思ってもいなかった。

「あいつに『一番好きな食べ物は？』って聞いてみろよ。面白い答えが返ってくるぜ」

カインが腕組みをしながら放った言葉を思い出し、リンダは「なぁ、フィーリィ」と洗濯物を取り込んで戻ってきた弟に話しかける。

「お前の好きな食べ物ってなに？」

「ん？　リンダの作った飯」

間髪を容れずに答えが返ってきて、リンダはぱちぱちと瞬《またた》く。

「は、俺の？」

「うん。どの店で食べても『リンダの飯のほうが美味《うま》い』って思うもん」

フィーリィは「当たり前じゃん」といったように答えるが、リンダは驚くばかりだ。

「そ、そっか。なんだよ、嬉しいこと言ってくれて。……じゃあ今度お前の好きなやつ作るな」

「まじ？　やった～」

フィーリィは特段照れた様子もなく、タオルを畳《たた》みながら嬉しそうに笑っている。なんだかリンダのほうがこそばゆくなってしまって、野菜を刻む手が軽く感じた。この歳になっても、弟から慕われるというのは嬉しいものだ。

「じゃあさ、フィーリィ。俺と一緒の職場で働けて嬉しいか？」

なんてな、と冗談まじりに茶化そうとしたら、顔を上げたフィーリィがにっこりと満面の笑みをリンダに向けてきた。

「おー、めっちゃ嬉しいよ」

「……ぅえっ？」

思わず、野菜を取り落としそうになってしまった。リンダは慌てて転がりかけた芋《いも》を掴む。

「リンダが聖騎士団にいるってだけで嬉しいし、俺が活躍するとこもたくさん見てほしい」

「へ、へぇ、そうなんだ」

これまたなんの照れも衒《てら》いもなく、屈託のない表情でフィーリィが告げる。リンダはどぎまぎしながら頷《うなず》くことしかできない。想像の中のカインが「だから言っただろ」と皮肉な顔つきで笑っていた。

『あいつは無自覚ブラコンなんだよ』

カインが話の終わりに言っていた言葉を思い出し、リンダは「た、たしかにそうかもしれない」と内心頷《うなず》きながら、芋《いも》に包丁を刺した。

「リンダ、今日の夕飯なに～？」

「ミートローフと、春野菜のキッシュと、あとデザートに林檎のパイ」

「え～、めっちゃ美味《うま》そう。味見したい、味見」

「洗濯物畳《たた》んだご褒美に。な？」とはしゃぐ弟は、聖騎士としては先輩だが、家ではまだまだ子供っぽい、可愛い弟だ。

リンダはくしゃりと相好を崩してから「わかったわかった」と大仰《おおぎょう》に頷《うなず》いてみせた。

「もうすぐガイルとシャンを迎えに行くから、その前におやつ準備していってやるよ」

「やった～」

フィーリィは本当に嬉しそうな歓声を上げて、俄然《がぜん》張り切って洗濯物を片付けはじめる。

（なりは大きくなっても、まだまだ子供だよなぁ）

フィーリィは年長組と年中組のちょうど中間なので、大人と子供、どちらとして扱っていいのか困る時がある。しかし、こう素直に兄弟としての好意を伝えられると「やっぱり可愛い弟だよな」という気持ちが湧き上がってくるというものだ。

リンダは鼻歌を歌いながら、刻んだ野菜をボールに流し入れた。

「あ、そうだリンダ」

「ん～？」

「聖騎士団でさぁ、意地悪されたら言えよ？　相手は俺がとっちめてやるから」

視線を手元にやったまま返事をすると、フィーリィがあっけらかんと明るい調子でとんでもないことを言った。

「はぁ？」

驚いて顔を上げると、フィーリィはガイルの小さな靴下をちまちまと折っている。とても「とっちめる」なんて物騒なことを言ったようには見えない。

「『あのタグ隊』っていうことで馬鹿にしてくる奴とかいると思うからさぁ、そういう奴がいたら言えよ、ってこと」

「な……。大丈夫だよ、聖騎士だぞ？　そんなことで馬鹿にしてくる奴いないだろ」

学生の頃ならいざ知らず、職場にいるのは聖騎士だ。皆清廉潔白な人物たちばかりだろう。……が、フィーリィは「ちっちっ」と指を振った。

「どんな組織にも一定数馬鹿な奴はいるんだよ。俺もまぁ下っ端のほうじゃあるけど、リンダになんかあったら絶対力になるから」

「え？　あ……」

なんと言っていいのか。リンダは返事に困って、首を傾《かし》げてしまう。と、そこではたと気づく。

「いや、お前もさっき馬鹿にしてただろうが」

フィーリィが「雑用部隊」とげらげら笑っていたのはつい先ほどのことだ。リンダが唇を尖《とが》らせて文句を言うと、フィーリィは悪びれた様子もなく「わはは」と笑った。

「ごめんごめん。でも俺はいいの」

「いいわけあるか」

戸惑って損した、とぐちぐち言いながらボールの中にひき肉を加える。と、畳《たた》んだ洗濯物を抱えたフィーリィが、おもむろに立ち上がった。

「でもマジな話、なんかあったら言えよな。ほら、アズラエル家って聖騎士多いからさぁ、比べられたりやっかみくらったり、色々あんのよ」

「……フィーリィ」

たしかに、アズラエル家は魔力が強い家系で、聖騎士を輩出している。望むと望まざるとにかかわらず、他の兄弟と比べられることは多いだろう。もしかするとフィーリィも、ファングやカインと比較されて、なにか言われることがあったのであろうか。

弟ではあるが、フィーリィとて聖騎士の先輩だ。もう二年以上きちんと務め上げているフィーリィは、十分立派な聖騎士といえるだろう。もしかすると一連の会話は、フィーリィなりのアドバイスなのかもしれない。

「てか、リンダがいじめられてるとか、兄貴たちにバレた時のほうが絶対やばいからさ。あっちにバレるより俺に相談したほうがいい。絶対いい」

「え？　……お、おう」

いじめられることを前提で話されるのもなんだが「ファングたちにバレるとやばい」とは何事だろうか。ファングはリンダになにかあっても「自分で解決しろ」と言うだろうし、カインに至っては「いじめられるとかだっせぇ」と言いかねない。

やばい、本当にやばいから、と繰り返しながら部屋を出ていくフィーリィを見送りながら、リンダはこっそりと首を傾《かし》げた。

＊

「いじめられたら」なんてことを話していたせいかどうかわからないが、休み明け一日目、リンダは早速年若い聖騎士に絡まれていた。

「お前さぁ、雑用部隊の新人だろ？　これ、総務に持っていけよ」

目の前に差し出された書類を、リンダは「どうしてくれようか」という気持ちで眺める。ぱっと見たところ重要ではなさそうな無記名書類なので、たしかにリンダが運んだところで問題はないのだろう。相対する相手も、さすがに重要な書類を任せようとするほど馬鹿ではないようだ。

「お断りします。それは俺の仕事じゃないので」

現在リンダは、上司に頼まれた書類をそれこそ総務に運んでいる途中だ。もしもにこやかに「すまん。今どうしても手が離せなくて！　悪いがこの書類も一緒に運んでくれないか？」と頼まれたのであれば「もちろんいいですよ」とふたつ返事で引き受けただろう。が、相手は明らかにリンダを馬鹿にする気満々だった。そもそも「タグ部隊」ではなく「雑用部隊」と呼ぶ時点でこちらを舐《な》め切っているのがよくわかる。

（馬鹿にしやがって）

年若い聖騎士は二人、横に並んで廊下を塞《ふさ》いでいる。リンダは書類を手に抱えたまま二人をじろりと睨《にら》み上げた。

しかし、二人はリンダの睨《にら》みなどどこ吹く風、気にした様子もなくにやにやと嫌な笑いを浮かべたままだ。

「俺たち忙しいんだよ、お前のとこみたいな『暇な部隊』じゃなくてさぁ」

「……俺も十分業務で忙しいので」

む、として答える。これは嘘でもなんでもなく、事実だ。雑用部隊、なんて言われているが、その実とても仕事が多い。戦闘に駆り出されることこそ少ないが、やれ「魔族を見た気がする」と言われれば通報先に走って現場を確認し（これがまた勘違いが多く、骨折り損になることが多々ある）、本当に魔族が出たとなれば手が空いている部隊に「至急出動願います」と依頼を飛ばし、報告をまとめて、提出して、それが複数同時に起こるわけで……意外にも、やることが多いのだ。

しかし、男たちはそう思ってくれないらしい。顔を見合わせて、どっ、と笑うとわざとらしく壁を叩いた。

「忙しいのでぇ、だってさ」

「お前らが忙しかったら俺らはそれ以上だ。忙しすぎて死んじまうな」

大きな声を出して笑う二人の前で、リンダは「むむむ」と口を引き結ぶ。これが職場の人間でなければ「うるせぇ！」と一喝し無視して進んでいるところだが、さすがにそうもいかない。

（俺の態度が悪いと、部隊に迷惑かかるし。兄さんやカインたちもなにか言われるかもしれねぇし）

さっさと立ち去りたいが、彼らが道を塞《ふさ》いでいては進むこともできない。だが、明らかにリンダの邪魔をしている彼らは本当に「忙しい」のだろうか。

(俺に構ってる暇があるなら、さっさとその「お忙しい仕事」に戻れよ)

リンダはむかむかする気持ちを抑えながら、一歩下がってぺこりと頭を下げた。

「すみません、他の仕事を思い出しましたので失礼します。お忙しい中こんな新人に構っていただきありがとうございました」

慇懃《いんぎん》無礼《ぶれい》な物言いを逃げ口上に、リンダはさっさと踵《きびす》を返す。書類は急ぎではないのでまた後で提出しに行けばいい。幼稚な嫌がらせに付き合うくらいなら、二度手間になるほうが幾分かマシだ。

(ったく。聖騎士は素晴らしい人しかいないって思ってたのに)

聖騎士は憧れの存在だったが、いざ組織の中に入ってしまえば色々なものが見えてくる。フィーリィの言っていた「どんな組織にも一定数馬鹿な奴はいるんだよ」という言葉はたしかにその通りかもしれない。いや、さすがに「馬鹿な奴」とまでは言わないが、色々な人物がいるのはたしかだ。

「急になんだよ~。これ持っていけって、おーい雑用」

リンダが引いたというのに、二人はひらひらと書類を振りながらしつこく追いかけてくる。

(いや、やっぱり馬鹿だ)

新人団員を追いかけ回すのは、絶対に聖騎士の仕事ではない。リンダは苛々《いらいら》しながら、聞こえないふりをして早足に歩く。

「なぁ」

肩を掴まれて、ぐいっ、と無理矢理振り向かせられる。リンダは思わず、キッと相手を睨《にら》みつけた。

「お」

怒りを込めたからだろうか、相手が少し驚いたような表情を見せた。

「お前、ファング隊長やカインさんの兄弟なんだろう？　あんまり似てないよな」

「……」

ファングやカイン、そしてフィーリィも、雰囲気は違うが「美形」と言われることが多い。しかしリンダはひと目見て「美形だね」「格好いいね」と言われることはほとんどない。顔自体はどうやら淫魔の母ではなく、人間であった父に似ているらしい。まぁそんな顔にもかかわらず、変な輩《やから》に目をつけられることは多々あるが。それはおそらく、淫魔の血のせいだろう。

兄弟の名前を出されて、リンダは目をすがめる。

「ははっ、その顔はちょっとファング隊長に似てるかも」

「あ、わかる。いつも眉間に皺《しわ》寄ってるしな……って、これ隊長に言うなよ？」

急に怯《おび》えたように小声になったのは、彼らもやはりファングを恐ろしく思っているからかもしれない。

(兄さん、どんな印象持たれてるんだよ……)

一瞬だけ兄に思いを馳《は》せてから、リンダは首を振る。

「そんなこと言いません。言いませんから、もう俺に構わないでください」

交換条件のようになってしまったが、しつこく構ってこないのであればもうなんでもいい。リンダは掴まれた腕を振って、離してもらおうと試みる。

「え～、どうしようかな」

この期に及んでまだリンダをからかい足りないらしい。「いい加減仕事しろやっ」という言葉を呑み込んで、リンダは腕を掴む男をジッと見つめた。リンダの視線をもろに食らった男は「お？」と不思議そうに目を瞬《また》かせた。

「お前、……全然美形じゃない、けど、なんか構いたくなる顔してるな」

全然とはなんだ、と文句を言いたくなったが、口を噤《つぐ》む。リンダに見つめられた聖騎士は、どことなくぼんやりとした表情でわずかに首を傾《かたむ》けていた。

その表情を見て、リンダはハッとして視線を逸《そ》らす。しかし男は、腕を掴んでいるのとは反対の手でリンダの顎《あご》を掴んだ。そして、く、と自分のほうへ向ける。

「いっ！」

「おい、怪我はさせるなよ」

無理矢理首の向きを変えられて、思わず痛みに声を上げる。と、背後に立って腕組みしていた聖騎士が、眉根を寄せたのが見えた。発言から察するに、あくまでからかうことだけが目的だったようだ。

腕を掴む聖騎士の目つきが変わったことで、リンダは内心「まずい、かな」と焦る。淫魔の力を使ったつもりはないが、興味を持たれるとどうもそちらの方面に考えてしまう。しぱしぱと目を瞬《また》かせてから、できる限り男から顔を逸《そ》らす。

「離してください」

ぼそぼそと抗議するも、目の前の男はじろじろとリンダを見るばかりで、一向に手を離す様子がない。後ろの聖騎士のほうはさすがにまずいと思ったのか「おい、手は離しとけ。こんなところ先輩に見られたら……」と気まずそうに早口で男を急《せ》かす。

と、その時。

「見ーたぞ、見ーたぞ」

ふいに、歌うような声が響いて、リンダを掴まえていた男の手が跳ねる。リンダもまたびくりと肩をすくめて、声がしたほうに顔を向けた。

「後輩をいじめるなんて聖騎士にあるまじき行為だよなぁ。ましてや新人じゃん？　あ〜かわいそうに〜。こりゃ部隊長に報告すべき案件だな」

芝居がかった言い方をしながらこちらに近づいてきたのは、小柄な聖騎士だった。艶《つや》やかな灰色の髪をさらりと揺らして、自分より背の高い聖騎士を、まるで見下すようにツンと冷たく見やっている。

「おま、ケネス……！　なにかっていうとすぐ告げ口しやがって、この……」

「はぁ〜？　責任転嫁すんなよ。どう考えても告げ口されるようなことするほうが悪いだろ。っていうかいい加減、うちの新人の手ぇ離せ」

小柄な聖騎士……ケネスがそう指摘すると、リンダの手を掴んでいた男が「ちっ」と舌打ちをして腕を離す。思ったより強い力で掴まれていたらしいそこは、じわ、と赤く色付いていた。

ケネスはちらりとそれを見やると、大仰《おおぎょう》に「あ～」と叫んだ。

「痛そうだな～かわいそうだな～！　反省もしてないようだし、やっぱり部隊長じゃなくて副団長あたりに話をしておいたほうがいいな、こりゃあ」

「おま……っ」

副団長といえば、自分に厳しく他人にも厳しい「規則の鬼」と呼ばれるグラント・カーターだ。岩の如き固い信念を持つ副団長の名前を出されて、男たちどころか、リンダもブルッと身を震わせる。

「あらら震えてかわいそうに。意地悪な先輩にいじめられて、かわいそうな新人だぜ」

両手を口に当てて悲愴感の交じった顔をするケネスに、聖騎士の一人が憤慨《ふんがい》したような顔をして拳《こぶし》を振り上げる。が、もう一人が「おいっさすがにまずいだろ」と宥《なだ》めて、男の腕を取った。

「もう行こうぜ。こいつならマジで副団長に告げ口しかねない」

「……っち！」

ケネスはバタバタと慌てて去る男たちを、にこやかな笑顔で見送っている。表情だけ見たら柔らかな雰囲気だが、「とっとと行けやこのうすのろども」と小声で言っているので、どうにも穏やかとはほど遠い。

「あ、ケ、ケネス……さん」

リンダは手首に手を当てたまま、ケネスの後頭部に声をかける。と、にこやかな笑みを浮かべていたはずのケネスが、冷たい半眼でリンダを振り返った。

（げ……）

「ちっとも帰ってこねぇからなにしてるかと思えばよぉ～。まじでなにしてんだよ。あ？　油売りたいなら厨房に行け！　びっしゃびしゃに油売って揚げ物作ってもらえ！　そうじゃねぇならとっとと総務行って帰ってこい！　こっちはガキのお使い待ってられるほど暇じゃねぇんだよ」

げ、と思ったその瞬間。まるで暴風のような叱責が飛んできて、リンダはその風にさらされながら「す、すみません」とかろうじて謝る。

「すみませんで済んだら聖騎士はいらねぇんだよ。おら、とっとと書類持って総務に走れ！　百数える間に戻ってこいよ！」

「……っんな無茶な！」

言いながら、リンダは走り出す。なにを言い返したところで「先輩にそんな口きいていいと思ってんのか？」と返されるのがわかりきっているからだ。

「それが終わったら俺と聞き込みだから。詰所《つめしょ》前に集合なっ！　走れっあと八十！」

後ろから声が飛んできて、リンダは「はいっ」とだけ返事をして、慌てて駆け出した。


ケネス・クランストンはリンダの直属の上司だ。つまりタグ隊のメンバーであり、「魔」の力を持つ者……なのだが、その力の実態は、リンダにもわからない。タグ隊の隊員はそれぞれどんな特性を持っているのか、また半魔なのか魔族なのか、はたまたまったく別のなにかなのか、それら全てをできる限り口にしないようにしているからだ。

「私たちは特殊部隊だからねぇ。仲間の力を知っている……ということがいつか弱みになってしまうかもしれない。まぁ知った時は知った時だけど」

これは、入隊してすぐタグに言われたことだ。「相手がどんな力を持っているかは、できる限り詮索《せんさく》しない」これはタグ隊の暗黙の了解であるらしい。

ケネスは二十二歳、リンダのひとつ上だ。どうやらカインと同時期の入団らしいが、二人の関係性は今のところなにも見えない。というより、お互いあまり関わりがないように見える。

肩まである灰色の髪に、リンダよりまだ小柄な体。どちらかというと「可愛らしい」印象を受けるケネスだが、その中身は見た目とは真逆である。気性は荒いし、態度はでかいし、口も悪い。ひと言言えば十倍になって返ってくる。はっきり言って暴君だ。

タグ隊は、隊長のタグを除くと五人しか隊員がいない。副隊長のラズリー、隊員のジョシュア、ティーディア、ケネス、そしてリンダだ。ケネスはリンダが来るまで一番若手だったらしく、リンダが入隊したことをそれはそれは喜んでいた。「よーうやく俺にも手下ができたぜ」と。

ケネスはタグ含め他の隊員に下働きさせられているようには見えない（仕事を頼もうものなら「はぁ～？　なんで俺がやらなきゃいけないんすか?」と凄《すご》む）ので、今さら下ができたところで……という気はするのだが、ケネス本人は名実ともに揃った下僕（でいいだろう）が得られてほくほくなようだ。ケネス以外はのほほんとした人柄の隊員（タグ含め）しかいないのだが、行動をともにするのはほぼケネスなのであまり意味はない。

「おっ、……はぁ、お待たせしました！」

リンダはぜいぜいと荒い息を吐きながら、詰所《つめしょ》前に駆け込む。門の前に立っていた当番の聖騎士が「お気の毒に」という目で見ているのがわかったが、それに視線を返すこともできず、リンダはケネスに向かってしっかりと頭を下げた。ケネスの性格はタグ隊だけでなく、聖騎士の多くが知っている。

「おー、待たされた待たされた。んじゃ行くか」

詰所《つめしょ》前の壁に身を預けていたケネスが、ゆるりと体を起こして歩き出す。リンダはその横に並んでから、一緒に足を進めた。

「さっきみたいの、よくあるのか？」

歩きながら、装備一式に漏《も》れがないか確認していると、横から声がかかった。

「え、さっき？」

「ああいう、他の隊の奴に絡まれたりとか」

ちらりとこちらを見上げたケネスの視線で、先ほど聖騎士に絡まれたことを言っているのだと気づき、リンダは「あぁ」と手を打つ。

「いや、今日が初めてです」

聖騎士団内を歩いている時にちょこちょこと陰口らしきものを言われているな、という場面に遭遇することはあったが、実際面と向かってからかわれたのは初めてだ。

「ふーん」

気のない返事をしたケネスはそれきり黙ってしまった。

もしかして心配してくれたのだろうか、とリンダはちらりと上司を見やる。

「ああいうの、これからも結構あると思うからさぁ」

「は、はい」

「じゃんじゃん上に言えよ。放っとくと害虫ばりに湧いてくるから、早いとこ根絶やしにしろ。隊の仕事にまで影響が出たらうざい」

心配……ではないのかもしれない。これは単純に「自分に迷惑が及んだら面倒だから」と思っているようだ。リンダは「はは……、はい」と乾いた笑いとともに頷《うなず》いておいた。

ケネスは前を向いたまま、ずんずん進んでいく。聖騎士の制服を着ていると街の人から注視されることが多いのだが、ケネスは絶対にそちらに反応したりしない。

「あ、聖騎士様だ」

そう声を上げた子供に、リンダはにっこりと笑って手を振っておく。が、ケネスはやはり前を向いたままであった。どこまでも自分を貫き通すその姿勢は、ある意味尊敬に値する。……かもしれない。

「ケネスさん、今日の聞き込みってどこに？」

「関所だ」

歩きながら問いかけると、ケネスが面倒そうに答えた。

「関所……」

関所は、街の入り口に設けられている。魔族や魔獣の侵入を防ぐために、街に入るにはきちんと身分を証明する必要があるのだ。関所は騎士が交代で守っているが、時折見回りも兼ねて聖騎士も訪れることになっている。しかし本日タグ隊は、見回り当番ではない。

(関所が魔族に襲われたって話は入ってないし、既に侵入された後っていうならわざわざ関所に行く意味はないよな。ということは……)

「なにか『関所』で問題が起こっているんですか？」

「お、察しがいいじゃん」

ケネスが片眉を持ち上げて「よしよし」と犬猫を褒めるように労《ねぎら》ってくれる。

リンダたちが呼ばれるのは基本的に「魔族が関わっているのか判断が微妙な事件」の時だ。初めの頃はリンダも単純に「雑用」の仕事だと思っていたのだが、それは若干違うということが最近になってようやくわかってきた。

(単純に雑務を任されているんだと思ってたけど……、なんていうか、それだけじゃない)

頭に浮かんだ考えをまとめようとした時、ケネスが「関所っていうか、そこに収容されてる奴の話だ」と話を切り出した。

「ギグスっていう辺鄙《へんぴ》な村からやってきた奴が、街に入る前に立て続けに体調を崩した。変な病気を持ち込まれても困るからってことで関所で寝かしてる。これで三人目だ」

「村、ですか？」

リンダが首を傾《かし》げると、ケネスがちらりとそれを見て「そ」と素気なく頷《うなず》く。

「病気でも流行ってんのか？　って聞いても『村のみんなは元気だ』って言うばかり。でも村から来た奴らは全員日に日に弱っていく。原因はまったく不明」

「そ、それは……」

リンダは思わず顎《あご》に手を当てて考え込む。これから聞き込みに向かうようだが、果たして大丈夫なのだろうか。

「検査では変な菌もなにもでなかった。感染症でもなさそうだし大丈夫じゃね、ってことで話を聞きに来たのが今日の目的。新種の奇病かはたまた魔族の影響か、謎の解明のために俺らが派遣された、って話。わかったか？」

ケネスの話を聞いて、リンダは「はい」と素直に頷《うなず》く。

それからしばらく歩いて、リンダたちは目的地である関所に辿り着いた。横長の、堅牢な石造りの建物を見上げて、リンダは小さく喉を鳴らす。

「行くぞ」

ケネスはなにも気負った様子もなく、関所の門番に「どうも、聖騎士団からきました～」と話しかけている。おおよそこれから謎の病気について聞き込みにいく人の様子ではない。

(ケネスさんって心臓に毛が生えてるよな)

謎の病気に罹患しないとも限らないので、怖くないといえば嘘だ。しかし、ケネスの堂々とした姿を見ていると恐れていることすら馬鹿らしく思えてくる。

「んじゃ行くぞ。相手は病人らしいから、そこらへんわきまえて話せよ」

「いや、どう考えても気をつけるのはケネスさんでしょ」

思わずぽろりとそう漏《も》らすと、「へぇ？」とケネスが腕を組んだ。リンダは自分の発言を振り返り、慌てて「あ、やべ」と口を押さえるが、時既に遅し。

「言うじゃねぇか、新人。詰所《つめしょ》に戻ってからも、その台詞よぉく覚えておけよ」

面倒な人に面倒なことを言ってしまった。と、思いながらも、リンダは「は、はい」と肩を落として返事をしておいた。多分詰所《つめしょ》に戻ったら剣術の（一方的な）稽古に付き合わされるのだろう。

「はい～、じゃなくて、はいっ、だぞ」

ふん、と顎《あご》を反《そ》らすその顔はまぁまぁ可愛らしいのだが、どうしてこうもツンツンとげとげしているのか。

(でもまぁ、一番反抗期がひどかった頃のカインに比べたら……まだマシかな)

カインが聞いてもケネスが聞いても怒りそうなことを考えながら、リンダはケネスの後について詰所《つめしょ》の中へと足を踏み入れた。


「なるほど。……熱もないし、食欲もある。けど、どうしてだか倦怠感がひどくて体が動かない、ってことか」

「は、はい」

簡易的なベッドに身を横たえた老年の男性は、ケネスに向かってこくりと頷《うなず》く。一応上半身は起こしているが、今にも倒れ込んでしまいそうだ。リンダは他のベッドからクッションを取って、男性の背中に当てるように差し出した。

「あぁ、聖騎士様ありがとうございます」

すりすりと手を擦《こす》るように拝まれてしまって、リンダは「いえ」と軽く首を振る。ケネスから「けっ。いい子ぶりっこしやがって」という視線を感じだが、とりあえず無視しておいた。

「前も聞かれたかもしれないけど、村で病気が流行ってるんじゃないのか？」

「まさか。村の皆は元気そのものです。だからそこで育った作物をこうやって街まで売りに来たわけですし」

老人は自分の胸にドンと手を置いて、そして「ごほごほ」と咳き込んだ。どう見ても「元気そのもの」という様子ではない。リンダはちらりと振り返ったケネスと目を見合わせる。

「でも、ギグス村から来た連中、軒並み倒れてんだぜ？　しかもみんな同じような症状で」

ケネスの問いに、老人は言葉に詰まったかのように黙り込んでしまった。部屋は違うがこの老人の他に三人、詰所《つめしょ》の中で寝込んでいる。

しばし悩むように黙り込んでいた老人が「実は」と重々しく口を開いた。

「あまり、こう、大きな声では言いたくないのですが……」

「なんでだ？」

「いや、その、村の評判が悪くなると困るので。作物を売る時に『あの村の物は買えない』と言われると商売が……」

老人の言葉はわからないではない。一度悪い噂が広まれば、それは商売にも影響してくる。村で育てた野菜を売ることを生業《なりわい》としているなら、なおさらだろう。しかしその心労も、ケネスには通じない。

「ふぅん。まぁ三人も関所で止められている時点で手遅れだと思うけどな」

「ケ、ケネスさんもうちょっと言い方ってものが……」

遠慮も配慮もない物言いに、リンダは思わずケネスを諌《いさ》める。それから、がっくりと肩を落とした老人に「大丈夫ですよ」と声をかけた。

「あなた方がここで止められていることは、関所の係や聖騎士団、騎士団の者しか知りません。俺たちも故意に噂を広めるつもりはありませんので」

安心させるようにゆっくりとした口調でそう言うと、老人は目に涙を光らせて「おぉ、ありがとうございます」と頭を下げた。ケネスの「けっ」という声が聞こえた気がするが、無視して「それで」と老人に話の先を促す。

「大きい声では言えない、その事情というのは？」

老人は、は、としたように口を結んで、そして観念したように肩を落とした。

「実は、村で……、ゆ、行方不明事件が、何件か起きていまして」

「はぁ？　行方不明？」

老人の発言に大きな声を出したのはケネスだ。億劫《おっくう》そうに灰色の髪をかき上げて、足を組む。

「そんな報告一件も上がってねぇが？」

老人の住む村であるギグス村も、東の聖騎士団の管轄内である。行方不明事件など起これば、もちろん聖騎士なり騎士なりが出動して調査するはずだ。が、リンダはもちろん、ケネスにも思い当たる事件報告はないようだ。

「あ、いや、行方不明とはいっても、行方不明じゃないといいますか」

「どういうことだ？」

はっきりしない物言いに、ケネスが片眉をつり上げる。ひっ、と怯《おび》えて肩をすくめる老人は背中のクッションに身を預けたまま「つ、つまり」と声を絞り出す。

「その……行方不明になった人間は、全員既に見つかっているのです」

「なんだそれ。じゃあ犯人も捕まってるってことか？」

「あ、いえ……それは、まだ捕まっておりません」

ますます状況がわからない。リンダはケネスにちらりと視線を送る。ケネスもまたリンダを見てわざとらしく片眉を上げてみせた。

「し、しかし……犯人の目星はもうついているのです！」

不審な顔をしたリンダたちに言い訳するように、老人が胸の前で手を組み合わせる。

「半魔が、村に居着いた半魔が犯人なんですっ！」

老人の言葉に、ケネスの肩がぴくりと跳ねる。それはごくわずかな動きではあったが、彼を注視していたリンダにはその変化がよくわかった。

「あの半魔が……村をおかしくしてしまった！　きっとこの体調不良も半魔のせいに違いありませ

ん！」

体力が落ちてこけた老人の頬には、嫌な影が差していた。血走ったその目を見ていられなくて、リンダはわざとらしくない程度に視線を落とす。なんとなく、自分が責められているような気持ちになってしまったからだ。

ケネスは動じた様子もなく「へーぇ？」と顎《あご》を持ち上げると、組んでいた足を解《ほど》いて、どん、と両足を床に落とした。

「そりゃあ大変だ。詳しくお聞きしますよ」

不敵に笑ったケネスは、すっかり「仕事」の顔になっていた。


ギグス村は穏やかな村だった。人口は百人ほど、ほとんどが農業や畜産を営んでおり、至極平和でのどか。が、数か月前から奇妙な事件が多発するようになった。なんと、村の若者が行方不明になるのだ。

初めは村長の娘のメアリー。それから農家のラリィの息子カーター、その友人のアイリスに、ジョンに、アンドリュー……既に八人ほど。みんな揃って夜に忽然《こつぜん》と姿を消して、そして、次の日には家に戻ってくる。

行方不明になった者は特に目立った外傷もなく、至って健康。しかし不思議なことに、誰一人として行方不明になっている間の記憶を有していない。

「どこでなにをしていた？」

と尋ねても、「えっと……」と曖昧に首を傾《かし》げるだけ。

初めは騎士なり聖騎士なりに報告しようとした村長はじめ村人たちであったが、外聞を気にしてそれをやめてしまった。なにしろ、被害らしい被害が出ていなかったからだ。誰も怪我をしていないし、一人として欠けることなく帰ってくる。

それになにより、犯人らしき人物には既に目星がついていた。その「犯人らしき人物」とは昨年村に越してきたヒューイという若者。明らかに人間離れした長身と長い手足を持つ、「半魔」だ。

ヴァレンザーレ国は半魔の居住を許可している。半魔であることを隠して生きている者が圧倒的に多いが、中にはヒューイのように、どうしても「見た目」で隠せない者もいる。

ヒューイは都会の飲食店で働いていたが、農業に興味を持ち、田舎暮らしを始めたのだという。もっぱら野菜作りに精を出す真面目で大人しい性格で、初めは見た目で警戒していた村人も、徐々に打ち解《と》けていった……らしいのだが、行方不明事件をきっかけに風向きが変わった。

「『だって、半魔ですよ？　どんな力を持っているのか知れたものではないじゃないですか、恐ろしい』、だってさ。か〜っ、なにかあるとコロッと手のひら返すお前らのほうが恐ろしいわ」

前半は先ほどまで相対していた老人の真似をして、ケネスが「べっ」と赤い舌を突き出す。リンダは苦笑して「ちょっとケネスさん」とたしなめながらも、心の中では少々気落ちしていた。

（まぁ、そう言いたくなる気持ちもわかるな）

関所からの帰り道。リンダとケネスは人通りの少ない道を見回りついでに歩きながら、先ほど老人と話した内容を振り返っていた。

「目星がついている」なんて言っていたが、ようは「得体の知れない事件なので、犯人は半魔に決まっている」という根拠のない言いがかりだったのだ。

「ここまで話したのだから、絶対に解決してくださいね。証拠を揃えて、ヒューイを処罰してください」

最後にはそんなことまで言い出す始末で。リンダとケネスは互いに視線を合わせて肩をすくめるしかなかった。

「まぁ実際、半魔はなにかしらの能力を有している場合が多いし、疑われるのもしょうがない話ではあるんだけどな」

頭の後ろで腕を組みながらボヤくケネスに、リンダも「そう、ですね」と同意した。半魔の犯罪率は、決して低くない。自身の優れた魔力を使って悪事を働く半魔が「まったくいない」とは言い切れないのだ。

「でも、半魔が犯罪に及ぶのは、故意じゃない場合も多いんですよね？」

たしかめるようにリンダが問いかけると、ケネスは「そうだな」とあっさり肯定を返してきた。

「そもそも半魔はこの国では立場が弱いからな。魔を持つ者は嫌われて当然って風潮だし。責められて、追い詰められて、やむにやまれず犯罪に……っていう事件は多い」

幾度となく魔族の脅威に晒《さら》されてきたヴァレンザーレ国の国民は「魔」を厭《いと》っている者が圧倒的多数だ。半分とはいえ、魔を有している「半魔」を憎む気持ちもわからなくはない。

「半魔のほうは、人間社会からはみ出さないように気をつけてる、っていうのにな」

「……」

憎まれないように、はみ出さないように、追い出されないように。半魔はそうやって生きていることが多い。それは、ここで問題を起こしたら生きていく場所を失うからだ。

半魔にとって、人間の国のほうが、魔族の国よりもよほど「生き残る可能性」が高い。実力主義の魔族の国では、弱い者はことごとく淘汰《とうた》されていくからだ。半魔のような半端者は、あっという間に養分にされてしまう。だからこそ、半魔はでき得る限り人間の世界で生きていこうとする。

「ケネスさん」

「ん〜？」

「今回の件、俺たちの部隊が担当になるんじゃないですか？」

基本的に、リンダたちは聞き込みをした後、その案件をどこの部隊に割り振るか決める。指定された部隊が、問題解決にあたるのだ。

リンダの言葉を聞いて、大体の質問に間髪を容れず返答してくるケネスが、わずかに言葉を切った。そしてその一瞬の間のあと「なんで？」と肯定とも否定ともとれぬ返事を寄越す。

「俺たちの仕事って、なんていうか……立場の弱い半魔を救済する、って意図もあるんじゃないかと……思って」

リンダは少し迷った後、前々から思っていたことをためらいがちに口にしてみた。

「どういうことだ？」

ケネスな素知らぬ顔で前を向いている。街灯がぽつぽつと灯りはじめ、ケネスの、中身とは裏腹に繊細な鼻先を照らす。

「タグ隊って、魔族か魔族じゃないか、よくわからない事件の時に聞き込みに行くことが多いじゃないですか。それこそ、半魔が起こした事件……かもしれない、って時とか」

「おう」

これまでにも、リンダはそういった事件の聞き込みに、よく駆り出されていた。

「まず一番に話を聞きに行くことで、その件に半魔が関わっているかどうか確認しているのかな、と。これまでも何度か思うことがあって……。で、今回の聞き込みで、なんとなく『そう』じゃないかと確信しました」

「へぇ」

タグ部隊が一番に聞き込みに駆り出されるのは、なんらかの目的があるのではないか、とは前々から思っていた。雑用を隠れ蓑に、まず「確かめたいこと」があるのではないか、と。

「半魔が関わっていない場合は速やかに他部隊に処理を回し……」

「半魔が関わっていた場合は？」

「それが故意かどうかを判断する」

そしてそれが故意でない場合、できる限り穏便に解決へと導く。そういった仕組みができあがっているように思えて仕方ない。そのために、わざわざ半魔の者を集めて部隊を作っているのではないだろうか。

「他の部隊に任せた場合、たとえ半魔に悪意がなくとも……そういったことは考慮されない場合が多いだろう、と思いました」

ギグス村の老人の反応は、この国のほとんどの者の反応と同様だ。普通の人間と半魔がいた時、優先されるのは確実に前者である。

タグ隊に配属されてからというもの、リンダは「タグ隊」がなんのために存在するのか、とよく考えていた。雑務のための部隊であれば、「魔」の力を持つものを集める必要はない。かといって、力を活かして陰ながら犯罪者をこらしめている様子もない。とすれば、タグ隊に求められているのはなんなのか。

「じゃあなに。俺たちが半魔のために動いているって？」

「そう思います。事件記録を見ても、タグ隊が動く案件は『半魔』が関わっている件が圧倒的に多く見えました」

タグ隊は雑用が主で、自分たちから事件を解決しようと動くことは少ない。が、まったくのゼロでもないのだ。年に数回だけ、ぽつぽつと案件を担当している。決まって「半魔」が関わっている時だけ。

ほぼ確信に近い思いで問うたのだが、ケネスはそれを「はん」と鼻で笑った。

「その目的はなんだよ。ヴァレンザーレの誉《ほまれ》たる聖騎士が、半端者の半魔をわざわざ特殊部隊まで作って助けるとでもいうのか？」

前を向いたままだったケネスが、リンダに視線を送ってくる。小馬鹿にしたようなその視線は、リンダの心に冷水をかける。

たしかに、どうして半魔を特別に助けるのか、と問われると明確な理由はすぐには出てこない。

半魔を助けることが国益に繋がるかと言われると、そうではないからだ。

「ヴァレンザーレで……」

ぐ、と言葉にリンダは、それでも下唇を噛んでから意を決して口を開いた。

「この国で、半魔は弱い立場であると言えます。……ヴァレンザーレの誉《ほまれ》たる聖騎士は、弱い立場の者を見捨てない」

先ほどのケネスと同じ「ヴァレンザーレの誉《ほまれ》たる聖騎士」という言葉を、まったく違う意味で返す。

「……と、俺は思います」

リンダは幼い頃から聖騎士に憧れていた。国を守る、聖なる騎士。彼らは決して悪を見逃さない。そして、決して弱き者を見捨てない。

それだけは間違いない、と確信を抱き、強い視線でケネスを見やる。

「……ふっ、はは」

しばし無言でリンダと睨《にら》み合っていたケネスが、不意に噴き出した。いつもの馬鹿にしたような笑いとは少し違う、心から「面白い」と思っているような笑い方だ。

「あ〜、おっもしろい」

「は、え……ケネスさん？」

真面目な話をしていたと思っていたのだが、突然笑われてしまって、リンダは戸惑うしかない。

一体全体、なにが面白くてケネスは笑っているのだろうか。

「追々教えていくか〜って思ってたけど、ちゃんとわかってたんだな。意外と優秀じゃん、新人」

「お、追々？」

突然機嫌よさそうに話し出したケネスに、リンダは首を傾《かし》げてみせる。と、ケネスは「そ」と短く頷《うなず》いた。

「まずはうちの部隊でも腐らず仕事続けられるか、って適性を見てたんだよ。ほらまぁ、基本雑用が多いしな。なんたって『雑用部隊』だし？」

「はは……」

「それで音を上げるようなら、鍛え方を考えようと思ってたけど。……お前、意外と周り見てるな。いつの間に事件記録なんて読んだんだ？」

たしかに、目の前の仕事をこなすことで精一杯であれば、リンダも気づかなかっただろう。今回のギグス村の件に関しても、いつも通りの処理が妥当だと思っていたかもしれない。

「それは……」

（カインが、『周りをよく見ろ』って言ってくれたからだ）

一から十まで教えてくれる聖騎士なんていない、自分で考え自分で見つけろ、とカインは教えてくれた。

そう教えてくれた時のカインの真摯《しんし》な眼差しを思い出し、リンダは胸元でグッと拳《こぶし》を握る。

「まぁ、無能な新人が来るよりは、察しのいい奴のほうがマシだわな」

褒めているのかいないのか、ケネスは「あっはは」と高笑いしてそう言うと、不意に表情を引き締めた。

「概ねお前の言う通りだ。俺たちは『同じ立場』として半魔の気持ちや置かれた境遇がよくわかるからな」

ケネスにしては落ち着いた、珍しい物言いだ。リンダは黙って話の続きを待つ。

「ただ半魔を救済するだけじゃねぇぞ。追い詰められた半魔が起こす事件は、一歩間違うと大事件に繋がるからな。その影響が社会全体に及ばないようにするってことも目的だ」

事件は未然に防ぐべし、と強く言い切るケネスは、たしかに聖騎士だ。リンダは上司の言葉に「はい」と重々しく頷《うなず》いてから、拳《こぶし》を握った。

「……あん？」

と、その時。ケネスがなにかの音に反応したかのように動きを止めて、遠くに視線を向けた。

「おい、騎士様も見回りみたいだぜ」

「え？」

ケネスの視線を辿ると、リンダたちと同じようにきょろきょろとあたりを見回しながら歩く騎士の集団を見つけた。暗闇だし、かなり遠くのほうにいるから気づかなかった。

（ケネスさん、よく気づいたな）

ケネスは、人の気配に聡《さと》いところがある。たとえば部隊の執務室でも、背後の足音だけでそれが誰かをずばり言い当てるのだ。なんというか、動物並みに耳や目がいい。

しばしケネスの横顔を見つめてから、リンダも騎士たちに視線を移す。

騎士もまた、聖騎士と同じく街を守る存在である。大きな違いは魔法を使うか使わないか、というところだろう。騎士は戦闘の際、肉弾戦を主としている。

また、聖騎士は国の管轄だが、騎士はその地域ごとに運営されている組織だ。元はただの「自警団」だったものが「騎士団」と名前を変えた、という歴史もある。よく「聖騎士に張り合って騎士って名前にしたんだ」と言われているが、真偽のほどは定かではない。

聖騎士と騎士、合同で訓練を行うなど交流や親交はあるが、決して仲が良いとはいえない。どちらかというとお互い張り合っている節がある。

「お」

騎士たちのほうもこちらが目に入ったらしい。先頭に立っていた隊長らしき人物が、リンダとケネスを上から下まで値踏みするように眺める。

「どうもこんばんは。見回りですか？」

「えぇ。そちらも同様のようですね、お疲れ様です」

互いに当たり障りのない雰囲気を醸《かも》し出しているが、騎士団の隊長の目には明らかにリンダたちを侮《あなど》っている気配が漂っていた。なにしろ、ケネスもリンダも体格がいいほうではない。対して騎士たちは皆筋骨隆々で、腕組みしてリンダたちを見下ろしている。

「見回りは俺たちに任せていただいて大丈夫ですよ。この時間からは魔族や魔獣より、酔っぱらいや人間の問題のほうが多いですからね。その体格じゃ、簡単に投げ飛ばされちまうでしょ」

はっはっ、と笑う騎士団の隊長に悪意はあるのだろうか。いや、ある。間違いなくある。後ろに並んだ騎士たちがこそこそと含み笑っているのがその証拠だ。

「はっはっは〜っ」

ケネスは騎士が笑うのに合わせるように、胸を反《そ》らせて大きく笑った。が、その目はにこりとも笑っていない。

（あ、あぁ〜。怒ってる、絶対怒ってる）

聖騎士団と騎士団と間には、目に見えない溝《みぞ》が存在する。ほんのちょっとの溝《みぞ》なのだが、これが思いのほか深く、小石を投げても底に当たる音がしないというほどだ。

多くの聖騎士は騎士のことを「腕っ節にばかり頼ってる筋肉集団」と思っており、多くの騎士は聖騎士のことを「お上品な戦闘ばっかりする高慢ちき集団」と思っている。ちなみに上述の印象はリンダが考え出したものではなく、ケネスが言っていたことだ。

「あっそうですか。じゃ、見回りは騎士様にお譲りして詰所《つめしょ》に帰りますね〜。頭を使う仕事がたんまり残っているので助かりますぅ」

そのケネスはというと、隊長の煽《あお》りをしっかりと受けて、かつ、やり返していた。感謝したように両手を合わせてはいるが、暗に「おめぇらみたいな筋肉至上主義には頭を使う仕事なんてねぇだろうし？」と言っているのがわかる。というより、その馬鹿にしきった表情からびんびんに伝わってくる。

「ちょ、ケネスさん」

ひく、と口元を引き攣《つ》らせた隊長の顔を見て、リンダはケネスの制服の裾《すそ》を引く。

「売られた喧嘩は五百倍にして返せって隊規で決まってただろ？」

「ないですよっ、そんな物騒な規則」

こそこそと小声で話していると、明らかに苛ついた様子の騎士団隊長が眉根を寄せた。

「で？ 帰るのか、帰らないのか？」

こちらは一歩も引かないが、という態度で道を塞《ふさ》ぐ彼に向かって、「あぁん？」と顎《あご》を突き出したケネスを慌てて取り押さえる。そして「帰ります帰りますっ」と声を張り上げその場を去ろうとした……その時。

「その声、もしかしてリンダか？」

思いがけず名前を呼ばれて、ふ、と顔を上げる。声のしたほう……隊長の後方に目をやって、リンダは思い切り顔をしかめた。

「げっ……！」

「リンダ、やっぱりリンダじゃねぇか」

隊長を押し退《の》けんばかりの勢いで前に出てきたのは、リンダの学園時代の同級生であり、元いじめっ子であり、リンダが精気を吸ってしまって以来やたらと構ってくるようになった、オーウェン・エヴァンスであった。柔らかそうな茶髪を靡《なび》かせて「久しぶりだな！」と白い歯を見せている。

（なっ、なんでよりによってこいつが……っ）

「あ？ 新人、知り合いか？」

「オーウェン、知り合いなのか？」

ケネスと隊長の言葉がかぶる。一瞬、お互いキッと睨《にら》み合ってから、ふんと顔を逸《そ》らしてそれぞれの部下に目を移す。

「あ、えっと……」

「知り合いです。というか、それ以上の存在です」

言葉を濁《にご》すリンダに対して、オーウェンは目を爛々《らんらん》と輝かせて拳《こぶし》を握った。

「はぁ？　それ以上っ？」

オーウェンの発言に反発するように声を上げるが、目の前にずんずんと進み出てきた男は、リンダの反発などまったく気にした様子もない。それどころか、脇に垂らしていたリンダの手を取って、グッと握りしめてきた。

「会いたかった……！」

リンダの腕に、ぞわわっと鳥肌が立つ。気持ち悪すぎて「うぇっ」と嫌悪の声が漏《も》れてしまったほどだ。

「その制服着てるってことは……聖騎士になれたんだな。すげぇじゃねぇか」

「いや……」

（学生時代散々『魔力なし』とか『落ちこぼれ』とか馬鹿にしてきたお前に、今さらそんなこと言われても）

もはや嫌悪を通り越して呆れの感情しか湧いてこない。

リンダは掴まれていないほうの手で額を押さえた。短いやり取りしかしていないが、既に頭がガンガンと痛い。

ケネスと騎士団隊長はそんなリンダとオーウェンを交互に見やって、それぞれ「ほーう」「はーん」と顎《あご》を擦《こす》っている。

「なんだ、訳ありか？」

問いかけてきたのは、騎士団隊長のほうだった。ケネスに対する怒りも残ってはいるようだが、どうやらオーウェンとリンダの事情のほうに興味をそそられたらしい。

「はい。ちょっと事情があって、俺はこいつの近況すら知れなくなってて」

オーウェンは憎たらしいほど爽やかな……、それでいて同情を誘うような哀れな表情を浮かべている。

「いや、お前……」

事情もなにも、オーウェンは職務中にリンダを襲って、カインに撃退されたのである。リンダの淫魔としての力が作用したせいでもあるので、不可抗力といえなくもない。が、ベタベタと触ってきたり口づけ……いや、それ以上のことをしようとしてきたり、散々だった。そのせいで一時期カインと仲違いまですることになって、リンダにとっては「ろくでもない思い出」である。

「情けない話なんですけど、こいつの家族に付き合いを反対されているんすよ」

その事件以降、オーウェンはリンダに何度か接触しようとしていたようだが、それをことごとくカインが潰していたらしい。……と、なにかの折にカイン本人から聞いた。街中で偶然遭遇することもあったが、リンダはそそくさと逃げ去っていた。

しかし、オーウェンの言い方だと、リンダもオーウェンと仲良くするのを望んでいるように聞こえてしまう。それを家族に邪魔されているのだと。

しかも「付き合いを」なんて言うと……

「へぇ、恋仲なのか」

「ちっ、がいますよっ！」

やはり、誤解したらしいケネスが興味津々といった顔でリンダに問うてくる。リンダは力一杯否定して、ついでにオーウェンに掴まれている腕を引き剥《は》がそうとした。が、まるで蛸《たこ》の吸盤のように吸い付いていて離れない。

（このくそ馬鹿力野郎！）

ぐぎぎ、と力を込めていると、今度は騎士団隊長が腕を組んでうんうんと頷《うなず》いた。

「今どき男同士も珍しいことではない。別に隠さなくていいぞ」

とんでもない勘違いをした上に、さらに変な誤解まで積み重ねてきた。どうやらリンダが照れや恥ずかしさから否定したと思っているらしい。リンダは「違います違います」とひたすら首を振るしかない。

「そこにきて聖騎士と騎士だもんなぁ。ますます気まずいだろうけど、頑張れよ」

「あぁ。俺も聖騎士は好かんが、だからといって恋路を邪魔するつもりはないぞ」

急に理解のある上司になったケネスと騎士団隊長が、うんうんと頷《うなず》き合っている。どこまでも気の合わなそうな二人なのに、突然足並みを揃えるのは勘弁してほしい。

「いや、違うんです。まじで、本当に、違うんです……ってかいい加減手ぇ離せよ！」

前半は上司に、後半は未だに手を握っている（あまつさえすりすりと撫《な》でてくる）オーウェンに向かって叫び、リンダは絶望した。上司はすっかり勘違いしているし、騎士団隊長の背後からは「オーウェンの恋人だってさ」「へー」「聖騎士相手なんて、オーウェンもやるな」といった声がこそこそと聞こえてきたからだ。

（違うっ！　こいつは俺の淫魔の力に当てられて、一時的に俺に魅入《みい》られていただけで！　そして俺を襲おうとしたから弟に毛嫌いされていて、俺だって近づくことすら嫌で……、その……）

全てをぶちまけたいが、話す内容を考えただけで「これは、言えない」とうなだれてしまった。まず前提として半魔であることを話さなければならない。しかしもちろん、そんなこと言えるわけがない。

「これで職場公認だな、リンダ」

「……っ、お前なぁっ！」

なぜかしたり顔をしているオーウェンに腹が立つ。むかむかと苛立つ気持ちのままにその油断した腹筋に遠慮なく拳《こぶし》を打ち込む。と、さすがに怯《ひる》んだらしく、掴まれていた手がゆるんだ。

「何回でも言いますけど、俺はそいつと恋仲なんかじゃありません！」

これ以上ここにいても誤解を解《と》くことは難しいだろう。そう判断して、リンダはオーウェンの手を振りほどき距離を取る。なにしろリンダは正直に事情を話せないし、オーウェンはどうやらリンダをとことんからかう気らしいからだ。

（こいつ、魅了の力なんてとっくに切れてるくせに、こんなことしてくるなんて。……くそっ、嫌がらせにもほどがあるだろ）

ぎっ、とオーウェンを睨《にら》みつける。と、男はわざとらしく眉を持ち上げて陽気な表情を作ってみせた。やはり、先ほどの言動はリンダをからかったものらしい。

「なんだよリンダ、つれねぇな。長いこと会えなかったから拗《す》ねてんのか？」

どかんっ、と頭の中で爆発音がした。怒り心頭に達するとはまさにこのことだ。

しかし、リンダは閉じた唇の中でぐぐぐっと歯を食いしばって耐えた。そして、ケネスの腕をガシッと掴むと「失礼しますっ！」と勢いよく頭を下げる。

「え、いいのか？　おい新人、あんまり拗《す》ねた態度取ってると恋人が離れていくぞ」

とんちんかんなケネスのアドバイスはこの際無視して、リンダは後ろを振り返らないまま、ずんずんと来た道を戻った。

第四章

「騎士団に恋人がいるならいるって言えばよかったじゃねぇか、水くさい」

「だぁから恋人じゃないですってば」

何度目かわからないやり取りをしながら、リンダは詰所《つめしょ》内をケネスと並んで歩いていた。仕事上がりのため体はくたくただが、まだ軽口を言い合えるだけの元気はある。今日は珍しく残業が多かったため、少し遅くなってしまった。きっと、ガイルやシャンはもう寝ている頃だろう。

ギグス村の件は、副隊長のラズリーに報告したところ「これは……うん。うちの隊が調査にあたることになりそうだね」とあっさり認められてしまった。ちなみに、ケネスが「こいつ、うちの隊の目的、ちゃんとわかってたみたいですよ」と伝えたところ、驚いたような顔をした後、にっこりと嬉しそうに微笑《ほほえ》んでくれた。まるで「やるじゃないか」と褒めるように。

「優秀な新人が入ってくれて、とても嬉しいよ。これからもよろしくね」

そう言われて握手したラズリーの手は、とても温かくて、なぜかリンダはグッときてしまった。

仲間に認められるというのは、こうも嬉しいものなのだろうか。家事もまた大事な仕事ではあるが、こうやって人と関わり合いながらする仕事は、また違った充足感がある。

とにもかくにも、今日の業務は終了だ。「閉店、閉店」と内心で呟《つぶや》いて、リンダは「はぁー」と溜め息を吐いた。充実していようとなんだろうと、疲れるものは疲れる。

ちょうど同じタイミングで席を立ったケネスに「あ、途中まで一緒に帰りませんか？」と声をかけたのは、リンダだ。ケネスは目をぱちぱちと瞬《また》かせながら「新人、お前珍しい奴だな」と言った。

「あんまり俺と一緒にいたがる奴いないけど。仕事以外では、特に」

「そうなんですか？」

ケネスは尖《とが》った性格の人物ではあるが、一緒にいるのが辛い、というほどではない。色々な性格の男兄弟に囲まれて育ったリンダにとっては、「個性的だな」という程度のものだ。まぁ、強烈といえば強烈ではあるが。

そこからぽつぽつと仕事の話をして、そして先ほどの騎士団と遭遇した時の話に戻った。リンダとしてはもう蒸し返したくない話題ではあるが、ケネスは興味津々だ。

「別に隠さなくていいだろ、恋愛は自由だ」

「なんっかいでも言いますけど、あいつは恋人なんかじゃないんですって。俺、学生時代あいつにいじめられてたんですよ？」

「なるほど、好きな子ほどいじめたいってやつか」

「だぁーもぉ」

ああいえばこういう、とリンダは髪をかきむしる。ケネスは大口を開けて笑っていた。……と、その時。

「リンダ」

不意に名前を呼ばれて振り返る。後ろには、えらく体格の良い人物が立っていた。

詰所《つめしょ》を出てすぐの薄暗闇の中、その人物が「誰か」ということにリンダはすぐに気がついた。

「あれ、兄さん！」

そこに立っていたのは、ファングだった。リンダは驚いてファングに駆け寄る。

「どうしたの？　今帰り？」

「タグ隊長に用があって部隊に寄ったら、さっきお前が仕事を終えたばかりだと聞いてな。追いかけてきた」

「そうなんだ。兄さんも仕事終わり？」

脇に抱えられた荷物を見て問うてみると、ファングが「あぁ」と頷《うなず》いた。そして、リンダの横に立っているケネスにちらりと視線を送ってくる。ケネスは察したように、ピシッと背筋を伸ばした。

「タグ・グリーン隊、ケネス・クランストンです」

聖騎士団では、目下の者から名乗るのが礼儀となっている。姿勢を正して敬礼をするケネスに、ファングは「ファング・アズラエル隊、隊長のアズラエルだ。いつも弟が世話になっている」と名乗った。

こうやって名乗り合うということは、お互い顔を合わせるのは初めてだったのだろうか。リンダはそんな二人の顔をちらりと交互に眺めてから、「なんか、ありそうでない組み合わせだよなぁ」と呑気なことを考えていた。見るからに厳《いか》つく物静かな雰囲気を漂わせるファングと、見た目は細身で華やかだけれど中身は暴れん坊なケネス。

(なんか、うん、変な感じの組み合わせだな)

うんうん、とこっそり頷《うなず》いていると、ケネスが「あの、アズラエル隊長」とファングに声をかけた。

「新じ……リンダ・アズラエルの恋を邪魔してる兄弟って、アズラエル隊長のことなんですか？」

ケネスがあっけらかんとした口調で問うた内容が理解しきれず、一瞬、リンダは笑顔のままで固まった。というより、瞬間的に気絶していたのかもしれない。

「恋路？　……邪魔？」

そして、ファングの低い……地を這《は》うような低音の声に、意識を取り戻す。

「ケケ、ケ、ッケネスさんっ？」

なんてことを言うのだ、とまずケネスの名を呼ぶ。次いで、なぜかどす黒いオーラを振り撒《ま》きだした兄を見て「ひぃっ」と仰《の》け反《ぞ》った。

「リンダの恋路とは、なんの話だ？」

「え？　騎士の恋人の話ですよ。なんか兄弟に反対されてる〜って言ってたからてっきり兄貴のファング隊長が反対してんのかと思って」

とんでもない内容をさらりと口に出すケネスに、リンダは「どわーっ！」と喚《わめ》く。

「騎士の……恋人？」

「違う違う違う！　いないいないいないない！　兄さんもう聞かなくていいから！　違うから！」

どうしてだかわからないが、話を聞けば聞くほどファングの周りの気温が下がっていく気がする。

リンダは首……というか全身をぶるぶると震わせてケネスの言葉を否定した。いや、まったくの誤解なのだし焦る必要はないはずなのだが、ファングから怒りの波動を感じるとつい言い訳をしたくなってしまう。これはもう、長年兄弟として育ってきたが故の、習性のようなものだ。

「さっき仲良く手ぇ繋いでたじゃん」

「繋いでない！　掴まれただけです！」

ぎゃんっと喚《わめ》くものの、ケネスは不思議そうな顔で首を傾《かし》げている。まさかとは思ったが、あのオーウェンの言葉を本気で信じていたらしい。素直といえば素直なのかもしれないが、これはまずい。この状況は非常によろしくない。

「リンダ」

リンダはぶるりと身を震わせてから、おそるおそるファングを見上げた。

「は、はい……っ」

「今日は俺もアズラエル家のほうに帰る。荷物の片付けもあるからな」

恋人云々の内容には触れないまま、ファングが宣言する。リンダは突然ころりと変わった話題についていけないまま「は、え、あ、うん？」と曖昧な返事をした。

「ケネス・クランストン」

ファングがケネスの名を呼ぶ。

「有益な情報提供感謝する。その問題は把握していなかったが、リンダの恋については前向きに検討していく」

どこまでも真面目に答えるファングに、ケネスもまた真面目に「うす。よろしく頼みます」と頷《うなず》く。リンダだけがただ一人、このやり取りに目眩《めまい》を覚えて天を仰いだ。

「リンダ」

名前を呼ばれて、リンダはそろりとファングに目を移した。

「行くぞ」

長年兄弟をやっているだけあって、リンダはファングの声の調子で彼の気分がわかる。嬉しそう、楽しそう、あまりないが悲しそう、そして……怒ってそう。

（おこ……ってるな、怒ってる、うん怒ってる）

いきなり後輩に「弟の恋路の邪魔してやるな」と頭でっかちな兄扱いされたことに対してなのか、それともなにか別の理由なのか。なんにしても、眉間に刻まれた皺《しわ》がその不機嫌さを物語っていた。ファングは自分の機嫌をあまり表に出すほうではないが、唯一わかりやすいのは、その皺《しわ》の数と深さである。

「あ、でも……ケネスさん、途中まで一緒にって……」

半分は本音、半分は助けを求めるような気持ちでケネスを見やれば、彼はまたもや「理解ある上司」のような顔をして頷《うなず》いていた。

「俺のことはいいから、ちゃんと兄ちゃんと話して帰れ」

な、とウインクまで飛ばされて、リンダは「はは……」と乾いた笑いをこぼすことしかできない。怒れるファングの誤解も解《と》かなければならないが、この上司の誤解もしっかりと解《と》いておかないと、後々面倒なことになりそうだ。というより、既に大変面倒なことになっている。

「彼氏もさ、脳筋だけどいい奴そうだったし、人柄が伝われば兄弟にも認めてもらえるんじゃないか？」

失礼なのかどうなのか、かなり見当違いな応援を寄越して、ケネスがうんうんと頷《うなず》く。妙に声を張り上げるものだから、ファングの耳にもしっかりとその内容は届いたらしい。「はぁ」と、溜め息ともつかない重たい吐息が聞こえて、リンダの肩が跳ねる。

「えっと、あの、はい、帰ります、帰りますから」

これ以上ここにいても、損はあれど得はあるまい。リンダはすっかり暗雲を背負ってしまったファングの背を押すようにして、一路アズラエル家に向かって歩き出す。

「それじゃあケネスさん失礼します」

挨拶もそこそこにぺこぺこと頭を下げると、ケネスは「おう、またな」と手を持ち上げた。多分、心底悪い人ではないのだろう。まぁ、多分。

＊

「で？」

一人掛けのソファに腰掛けたファングが、ゆったりとリンダに問いかけた。

「で、……っていうのは」

ここはアズラエル家、ファングの部屋だ。新たに設けられた長男の部屋は、他の兄弟の部屋と同じく広々としている。というより、まだ物が少ない。ファングが忙しすぎるせいで、なかなか引っ越し作業が進んでいないからだ。今部屋にあるのは、大きなベッドと一人掛けのソファと書類がこんもりと盛られた作業机だけ。ファングがソファに座ったので、必然的に、リンダはベッドに腰掛けるしかない。

ちなみに。ベッドを運んでしまって、一人暮らしの家ではどうしているのかと問うてみたところ、

「寝袋で寝ている」というとんでもない答えが返ってきた。野営でもあるまいし、と思ったがファングは至って真面目な顔をしていた。そして不審な顔をするリンダに気づいたからか「たまに詰所《つめしょ》の仮眠室も使っている」と言い訳のように付け加えてきた。リンダはますます眉間に皺《しわ》を寄せてしまったが、ファングにはその表情の意図が伝わっていないようだった。

ファングの部屋は、家の一番奥、廊下の突き当たりにある。リンダたちが帰宅したのは夜半を過ぎた頃だったので、みんな既に寝てしまっていた。

今夜の夕飯当番はフィーリィだったらしく、食卓の上には卵料理が並んでいた。フィーリィはなぜか卵を使った料理ばかり作るのだ。

リンダとファングは無言でそれを食べ終え、気まずいまま（と思っているのはリンダだけかもしれないが）にそれぞれ風呂に入った。そして、こそこそと自室に入ろうとしたところで「リンダ」と呼び止められた。このまま何事もなかったかのように眠るものかと思っていたリンダは肩を跳ねさせて、断頭台の前に連れ出される囚人のような気持ちで、ファングの部屋に向かったのだった。


「恋人ができたのか？　しかも、騎士の」

重々しくそんなことを言われてリンダはとっさに首を振った。

「ちっ、違う。俺に恋人がいないなんて兄さんもわかってるだろう？　あれはケネスさんの勘違いなんだ」

「勘違い？」

ファングが片眉を上げたので、押すならここだ、とリンダは畳《たた》み掛けるように話を続ける。

「いやあの、今日見回りの途中に騎士団の人たちと会って、そのうちの一人が、えっと……同級生でさ。で、なんか悪ふざけで『恋人なんだ』みたいな話になって。うん、あくまで悪ふざけ」

「なるほど」

リンダは身振り手振りを交えながら今日の出来事を話す。もちろん嘘ではないが、オーウェンのことなど伏せている部分も多い。というより、伏せまくりだ。

(っていうか俺、なんでこんなに焦って言い訳してんだ?)

リンダに恋人がいようといまいと、ファングに不利益はないはずだ。疑問に思う気持ちはあるのだが、しかしやはり後ろめたい気持ちもある。なんというか、不貞行為が露呈したようななんとも言えない気まずさがあるのだ。

(は、なんで不貞行為？　だって、俺と兄さんは……)

ちくちくと痛む自分の気持ちにしっかりと向き合う前に、ファングが口を開いた。

「その同級生というのは、以前お前を追い回していた奴じゃないんだな?」

「……えっ?」

「オーウェン・エヴァンス。お前が誤って精気を吸ってしまった、あの男ではない、と?」

ファングの、あまりにも鋭すぎる指摘にリンダは思わず言葉に詰まってしまう。まずなにより、オーウェンのフルネームがファングの口から出てきたことに驚いた。まさか、ファングがそこまでしっかりオーウェンの情報を把握しているとは思ってもいなかったのだ。

「え？　え？　いや、あの、えー……」

右に左にと視線を動かして、必死で言い訳を探した。これでは「そうです。兄さんの言う通りです」と言っているようなものだ。

惑うリンダを見て、おもむろにファングが立ち上がった。そしてリンダのそばまで歩いてくると、ギシ、と片膝をベッドに下ろす。覆いかぶさるように肩に手を置かれて、リンダは仰《の》け反《ぞ》るようにして兄を見上げた。

「どうなんだ？」

嘘や言い逃れは許さない、と言わんばかりのその態度に、リンダは「あの、その」と散々言葉を濁《にご》してから、がっくりとうなだれた。

「そう……だよ、そう。相手はあいつ、オーウェンでした」

半ば自棄《やけ》のようにそう言って、リンダは今にものしかかってきそうな兄の厚い胸板を手で押した。

「って、え、ちょっと、なになに？」

厚みのある体でもって、ぐぐぐ、と押されて、リンダは両手を胸の前に置いたまま、ころんとベッドに倒れてしまう。前も後ろもファングの匂いに挟まれて、なんだかクラクラしそうだ。

「ん？」

というより、本当にクラクラしている。リンダはひくひくと鼻を動かして、自身に覆いかぶさるファングを見上げた。

「兄さ……、なんか、精気出してない？」

思わず舌舐《したな》めずりしたくなるような芳《かぐわ》しい精気の香りに、リンダは慌てて両手で顔を押さえる。

別に精気の匂いは鼻で感じ取っているわけではないので、そこを隠したところで意味はないのだが……まぁ気分的な問題だ。

(う、それにしても……なんて美味《うま》そうな)

カインもそうなのだが、ファングの精気は体に馴染《なじ》みすぎていて、差し出されると自動的に舐《な》め取りたくなってしまうのだ。だからこそそれを「我慢する」という特訓はかなり役に立った……が、なんの予告もなしに垂れ流されると、淫魔の腹は「くぅ」と切ない音を立ててしまう。

「なんだ、吸わないのか。……まさか、既に誰かの精気で満たされている訳じゃないな」

「は？　え？」

ファングのざらついた手がリンダの顎《あご》を持ち上げた。体温の高い手で顔に触れられると、それだけでじわじわと頬が熱を持ってしまう。

「奴の精気を吸って、満たされているのか？」

「んっ、なわけないだろっ、ケネスさんとか、他の騎士もいたし」

奴というがオーウェンのことを指しているだろうことを察して、リンダはぶんぶんと首を振った。

「他の人間がいなかったら吸っていたのか？　恋人の精気を」

「はぁ？　ち、違うっ。恋人っていうのもあいつがふざけて、いや、俺をからかって……」

なぜそうなる、と口を挟もうとするが、ファングの猛攻は止まらない。

「ふざけて？　からかって？」

ファングが口端を持ち上げて「はっ」とかすかに笑う。笑顔自体が珍しい兄だが、だからこそその嘲笑《あざわら》うような笑い方が恐ろしい。怖いもの見たさとはまた違うが、とにかくその顔から視線を外せない。外したが最後、喉元に食らいつかれそうな、そんな恐怖を感じるからだ。

「奴は本気だろう」

「本気、って、オーウェンが？　そんなわけない、だって『俺』相手だぞ？」

「……どういうことだ」

牙を剥《む》く獣のような顔をしていたファングが、わずかに目を見開いて動きを止める。そして、ゆっくりと問いかけてきた。まるで、リンダの真意を見極めるように。

「どういう、って……言葉のままだけど」

「リンダが相手だから、本気じゃないと？」

「そりゃそうだろ。兄さんやカインならまだしも、なんで俺なんかを好きになるんだ」

なんの冗談かと笑い飛ばそうとして、見上げたファングがまったく笑っていないことに気がつく。

「兄さん？」

ファングの黒い瞳に、リンダが映っている。不思議そうに首を傾《かし》げて、きょとんと兄を見上げて。

そんなリンダが揺れて細まって、消えた。ファングが目を閉じたからだ。頬に睫毛《まつげ》の影を作ったファングは、一瞬後にスッと切れ長の目を開く。

「どうして、自分に向けられた愛情が本物でないと思えるんだ？」

思いがけない言葉に、リンダは「え」と目を瞬《またた》かせる。

「いや、そりゃあ、オーウェンなんて一番信用ならない男だし……、それに、俺が誰かに好かれるなんてことなんてまずないし」

最初のほうは力強く、そして後半は少し早口でリンダは告げた。

「なぜだ。なぜリンダが好かれない？」

重ねて問われて、リンダは目を瞬《またた》かせた。なぜ今この時にそんなことを真面目に問うてくるのか。

戸惑いながらも、リンダは「なぜって」と頭の中で答えを整理した。

「俺なんて、兄さんやカインたちに比べたら別になんの取り柄《とりえ》もないし、顔がいいわけでもないし、なにかあったとしても、それは多分淫魔の力だ」

「淫魔の？」

えらくしつこく聞いてくる兄に、リンダは困ってしまった。ファングにこんな風に問い詰められることなんてほぼない。ファングは厳しい人物だが、「答えは自分で見つけろ」というような性格で、根掘り葉掘り問い詰めて答えを探させるような人ではないからだ。

「うん。いや……好かれるとしても、それは淫魔の力のおかげかなって。だってほら、俺自体には……なにもそんな魅力なんてないから、さ」

それでも精一杯答えらしいものを探して伝える。

しかし、こんなことを今さら言葉にしたところで、兄の怒りは収まるのだろうか。

「リンダ」

名前を呼ばれて顔を上げ、自分がうつむいていたと気づく。ファングを見ると、兄はいつも以上

に難しい顔をしていた。しかし、怒っているそれとは違う。どこか、リンダを心配しているように
も見えた。
「え、兄さん？」
気がついたら、誘惑するように流されていた精気の匂いが収まっていた。
ファングはしばし無言のままで。しばらくして、ようやく「はぁ」と重い息を吐いた。
「お前が自分に自信がないのは、長いこと魔力を封じていたせいか」
「え？」
唐突な言葉に、リンダは首を傾《かし》げる。好かれているだのなんだの、がどうしてそこに繋がるので
あろうか。見上げるリンダの腕をファングが引く。あ、という間に体を抱きとめられて、そのまま
二人揃ってベッドに転がった。
(魔力を、封じていたせい？)
ファングに言われた言葉を反芻《はんすう》して、リンダはふと過去に思いを馳《は》せる。
たしかに、リンダは魔力を使えないことで劣等感を抱くことが多かった。聖騎士になりたいのに
なれない、弟にもどんどん追い抜かれていく、兄弟の中で自分だけが落ちこぼれ、と。何度考えた
かしれない。
「や、でもそれは、俺が精気を吸わないためっていうか、人間として暮らしていくために必要なこ
とだっただろ。そんなの……」
「リンダ」

ちゃんとわかっているから、と言おうとする途中で、ファングに名を呼ばれた。先ほどまでの怒気の気配は欠片《かけら》もない、とても真っ直ぐな声だった。リンダはその変化の理由がわからず、ビクッと身を震わせた。

「淫魔の力も、なにもかも含めてお前はお前だ。なにもかもが、リンダの魅力であることに変わりはない」

なにを言われるのかと身構えたが、真正面からぶつけられたのは、思いがけず優しい言葉であった。リンダはおそるおそる目を開いて、いつもは上のほうにあってなかなかしっかりと見ることができないファングの顔を見る。力強く真っ直ぐな眉、その下にある切れ長の目、冷たくも見える黒い瞳にはいつだって燃え盛るような強い意志が宿っている。

「だが、淫魔の力があってもなくても俺の弟は……、リンダ・アズラエルは、十二分に魅力的な人間だ」

「兄、さん」

頭の上に手が伸びてくる。ぽん、と軽く叩かれた後、小さな子猫を扱うように、優しい手付きで撫《な》でられる。ゆっくりと、この話が嘘偽りのない本音だと伝えるように。

「お前はお前だ。何者と比べる必要もないし、卑下する必要もない」

ふいに、じわ、と目尻に涙が浮かんで、リンダは慌てて瞬《まばた》きをして水分を逃す。

「うわ、あれ？　ごめ……」

なぜ涙が浮かんできたのか。自分でも驚いて声をあげてしまう。

目の前の顔も滲《にじ》んで揺れて、ファングがどんな表情をしているのか見えなくなった。

「俺は」

ぼやけたままのファングが、言葉を続ける。こんなに長い話をするファングも珍しいな、と思いながら、リンダは「うん」と頷《うなず》いて先を促した。

「人間のお前も淫魔のお前も……、いや、半魔のリンダを愛している」

「……ん、え？」

驚いて目を見開いたせいで、ころりとひと粒涙が転げ落ちていった。鮮明になった視界の中、しっかりと見えたファングは、いつも通りの気難しい顔をしていた。

「え？」

「ん？」

もう一度首を傾《かし》げると、ファングも「なんだ」と言わんばかりに眉を持ち上げる。リンダは、ここで返事をしないのも変だと思い「俺も」と口にしようとするが、なんだか上手く言葉が出てこない。

(俺も……、俺も、好き？　でも愛してるって言われたんだから、愛してるって返すべきか？)

悶々《もんもん》と悩んで、自分がファングの目を真っ直ぐに見つめながら「愛している」と言っている姿を思い描く。

「あい……」

なぜだか頬がカッと熱くなって、リンダは自分の顔が真っ赤に染まっているであろうことに気づく。薄暗く部屋ではあるが、ファングにもそれは見えたらしい。少し驚いたような顔をして「リンダ」と名前を呼ばれた。

「なんだろう、わ……、ごめ、恥ず」

手の甲で、鼻の頭を押さえる。それで顔を隠せればいいのだが、そうもいかない。赤くなった頬も目元もファングからは丸見えだろう。

愛している、くらいどうして言えないのだろうか。とても簡単な言葉のはずだ。それこそ、意識しなくても言えるくらい。

「リンダ……、……リンダ？」

柔らかい声で名前を呼ばれたと思ったら、急に声が硬質になった。

「これは、どうした？」

手首を撫《な》でられて、リンダは「ひゃ」と声を上げる。驚いて身を起こすと、ファングも同じく上半身を持ち上げた。

「これ？　……あぁ」

撫《な》でられた手首がむず痒《がゆ》くて、思わずすりすりと擦《こす》りながら見下ろす。と、そこに赤黒い痕《あと》を見つけた。

「訓練でついた痣《あざ》じゃないな？　指の形だ」

ひたり、と手首にファングの指が添う。たしかにそこには、ファングの手の形にちょうど合うくらいの指の痕《あと》が残っていた。

「あぁ、これはオーウェンが……」

そういえば手首を強く掴まれたな、と思いながらオーウェンの名前を出す。と、ファングの眉間にぎゅっと皺《しわ》が寄った。今日一番ともいえるほどの深い渓谷に、リンダは息を呑む。

「っ、あ、えー……、こう、軽く掴んできて、さ」

ファングの親指が、ごし、と赤い痕《あと》を擦《こす》るように動く。思わず「いてっ」と声を漏《も》らすと、ファングが「悪い。強く擦《こす》りすぎたな」と謝る。が、手を離す気配はない。指の腹はゆるゆるとリンダの手首を撫《な》で続けている。皮膚を這《は》うその感触が生々しく、リンダは軽く息を吸った。

「あ、あの……兄さん？」

「痕《あと》は消しておいたほうがいいだろう」

絶対に、と強く言い張るファングの圧に負けて、リンダは「そ、そうだな」と頷《うなず》いてしまう。そして言った後に首を捻《ひね》る。

「どうやって？」

素直に尋ねる弟に、ファングは兄らしく頼もしい笑顔を浮かべた。にっこりというより、にぃ、という感じだろうか。とにかくその笑顔を見たリンダは、「え、えへ？」と愛想笑いにも似た笑顔を浮かべて、ずりずりと尻を動かし、わずかばかり兄から距離をとってしまった。

「あっ、う、うっ？」

どぽ、と口の中に精気を流し込まれて、リンダは堪えきれずに呻《うめ》いてしまう。仰《の》け反《ぞ》った背の後ろから、ひょろりと短い尻尾が姿を見せた。久しぶりに出てこられて嬉しいのか、ぴこぴこと跳ねて、出てこられる原因となったファングに懐《なつ》くようにじゃれついている。

「リンダ、ほら、もっと吸うんだ」

背後から降ってきた声に答えようと口を開くも、ごつごつとした指先で舌を嬲《なぶ》られて、それどころではなくなる。

「え、ぅ、ぶ」

あぐらをかいたファングの膝の間、まるで子供のようにそこに抱き上げられたままのリンダは、背後から回ってきた手に口を侵食されている。その指先からはくらくらと目眩《めまい》を起こしそうな量の精気が滴《したた》っており、リンダはすっかりその味の虜《とりこ》になっていた。ちぱちぱと吸っては呑み込み、吸っては呑み込みを繰り返す。呑み込みきれずに口端からこぼしてしまうほどだ。

この一年半ほど、何度も何度も味わってきた精気だが、やはりどうしようもなく美味に感じる。

「たくさん吸って淫魔化したら、傷は消える」

今、ファングがリンダの中に精気を流し込んでいるのは、そういう理由だ。淫魔の姿はリンダの力を解放した姿。多少の怪我であれば回復する力があるのだという。そしてその姿になるには、精気が必要だ。

……というわけでファングは先ほどから惜しみなくリンダに精気を提供してくれているわけだが。

「や、わかる、よ……、言ってることは、わか、るけど」

(でも、ちょっ、……と多すぎないか？)

けぽ、と口の端から精気が溢れてしまう。もったいない、もったいないのに呑み込む速度が間に合わない。

既にリンダの尻尾は飛び出て、耳は尖《とが》り、ちんまりとした角は突き出ている……が、ファングはまだ精気を注ぐのをやめない。

「兄さ、ん……、お、多い、多い、ってぇ」

上質な精気を大量に摂取したリンダは、精気酔いを起こしそうになっていた。訓練のおかげでだいぶ精気に慣れたとはいえ、こうも遠慮なく注がれると、意識がぼんやりしてくる。

精気酔いをすると自分の情けない姿（というより自我を失って、淫魔としての本性が出てしまう）がさらけ出されるのを知っているリンダは、口の中にあるファングの指をどうにか押し返そうと、舌先でくちくちと押しやる。が、逆に舌を掴まれてしまった。

「んぁ、に、にいひゃ」

くに、くに、と舌を嬲《なぶ》られるように甘く何度も押されて、リンダは生理的な涙を目に浮かべた。

膝を立てているせいで、自分の足先がよく見える。精気を注がれるたびに、ぴんっとつま先が伸びて、それが止まるときゅうと丸まる。足先だけが別の生き物のように、ぎゅ、ぱ、と伸びたり縮んだりを繰り返していて、それが無性に恥ずかしい。

「に、ひゃ……、にぃ」

「リンダ、もっとだ、もっと精気を呑み込め」

「ん、ぐぅっ」

さらに精気を注がれて、リンダの足先がまた伸びる。こんなにも遠慮なく精気を注がれたのは久しぶりだ。特訓の時でさえ、さすがに精気酔いをさせない程度にはファングも、そしてカインも気を遣ってくれていた。

しかし、今のファングにはまったく配慮がない。どこかタガが外れてしまったかのように、際限なく精気を与えてくる。

「全部、他の男につけられた痕《あと》など消えるくらいに」

「んく、ん、くぅ」

熱に浮かされたようなファングの声をどこか遠くで聞きながら、リンダは虚《うつ》ろな目を潤《うる》ませた。注がれる精気を呑み込むに従って、段々と体が仰《の》け反《ぞ》っていく。

（あー……、これ、やばい、かも）

とろとろと思考が溶けてきて、リンダは心地よいその「酔い」に身を任せる。

もう手首の痣《あざ》は確実に消えているだろう。そう思うのに、腕を持ち上げることができない。体の横にだらりと投げ出したまま、動かすことすらできないのだ。

「に、いちゃ……」

兄さん、と呼ぶ余裕もなくなってきて、リンダは昔の呼び名で兄を呼ぶ。そこでようやく、無表情で精気を注ぎ続けていたファングが、は、としたように手を離した。途端、リンダの顔ががくんとうつむいて、体からも力が抜ける。ファングの太い腕が胸に回り、無様にベッドに突っ伏すことだけは免れた。が、倒れなかったというだけで、力はすっかり抜けきっている。

「リンダ。……すまん、やりすぎたな」

「んぅ」

ぴたぴたと、手の甲で頬を軽く叩かれて、リンダは口を尖《とが》らせて唸《うな》る。

「ほん、と。遠慮なさすぎ……だよ」

リンダはぐったりとベッドに頬をつけたまま、文句を言う。尻だけを持ち上げるような格好なので恥ずかしい、が、どうしようもない。寝巻きの隙間から飛び出した尻尾だけが、嬉しそうにぴちぴちと跳ねて「美味《おい》しい精気をありがとう」というようにファングの頬に何度もぶつかっている。もしやあれは、お礼の口づけをしているつもりなのだろうか。

「手加減なく注いでしまった」

ファングは片手で尻尾を撫《な》でてやりながら、リンダの体を起こす。両手をついてベッドに座り込んだまま、リンダは「ん、ん」と頷《うなず》いた。半ば理性を失って、いや、淫魔化しているからか、仕草が艶《いろ》っぽくなっている。

「こっちも、どろどろだな」

ファングが器用にリンダの下穿きを持ち上げる。隙間から覗いた股間は、リンダの性器が漏《も》らした先走りでびちゃびちゃになっていた。体から出たばかりで温いからだろう。むわ、と湯気が立ちそうなほどのどろどろ具合だ。

リンダは股間を覗かれても恥ずかしがる様子もなく、「うん」と頷《うなず》いた。下穿きと股間の間で、ぬる……と幾筋かの糸が引いたのが見えて、「ぬるぬるだぁ」と感想を言えるほどだ。やはり心まで淫魔化してしまっているらしい。

「にいちゃん、俺、んん……」

話している途中に、なんだか体がむず痒《がゆ》さに包まれて、リンダはもじもじと身をよじった。そして、「ん～……、んっ！」ともやもやを払うように、顔をくしゃくしゃにして力を込めてみる。と、背中のほうで、ぽひっ、と間抜けな音がした。

「ん……んん？」

なんだか背中がごわごわする。リンダはだらりと体を起こして、自身の背中を見やった。

「ん～？」

見ると、背中の羽がひと回り大きくなっている。どうやら精気を注がれすぎたせいか、一段階姿が魔族に近づいたらしい。ファングの頬に口づけ（かどうか怪しいところではあるが）をしていた尻尾も、なんだかひと回り立派になったようだ。えへん、と言うようにぴこぴこと跳ね回っている。

「ありゃ、羽、と、尻尾……おおきくなっちゃった」

「あぁ……、すまん」

ファングは額を押さえて、溜め息まじりに謝った。なにやら自身の中で反省しているらしい。

……が、ほとんど酔っ払い状態になったリンダには、その反省の意図がわからない。

「なんで謝るの？　かっこいいじゃん」

むしろ、今のこの状況を楽しくすら思っていた。情けなくぱたぱたと小さな羽ばたきをするだけだった羽が、大きくなったのだ。扇《あお》ぐと小さな風が起こるほどの大きさになったそれを、リンダは誇らしげに動かしてみせた。

「へへ、俺の羽」

淫魔の本能に意識の全てを乗っ取られるほどではなく。かといって「俺は正気だ」と胸を張れるほど意識が正常なわけでもない。リンダは、ほどよい酩酊感《めいていかん》を味わっていた。味わいついでに、なんだか浮かれた気分になってしまう。常であれば「なんだこの羽っ」と喚《わめ》いていただろうが、今はなんだか誇らしい。

「見て、にいちゃん」

にへら、と笑って羽ばたいてみせる。ばさ、ばさ、と空気を裂く音がして、リンダはますます楽しい気持ちになった。風に煽《あお》られて前髪が巻き上がったファングは「悪かった。悪かったから、それを止めてくれ」と親指と人差し指で眉間を揉《も》み込んでいる。リンダは怒ってなどいないのに、なにを謝っているのであろうか。

「なんも謝ることないだろ？　あぁ、でもこの姿じゃ、兄ちゃんに抱っこしてもらえないな」

「……」

よいしょ、とファングの膝に尻をのせようとする……が、羽が邪魔して叶わない。羽を閉じたり開いたりしてみたが、結果は同じだ。ただただファングを仰《の》け反《ぞ》らせるだけになってしまった。

「抱っこ、じゃなくてもいいだろう。どうしたんだ？」

リンダはベッドに懐《なつ》くようにくたりと倒れ込んだ体勢で「んー」と鼻を鳴らすように唸《うな》った。その恰好のまま、ちらりと顔を傾《かたむ》けて兄を振り返る。

「精気もらうとき、兄ちゃんに抱っこされてるの、……大好きだもん」

「ほんとだよ」という気持ちを込めて、にこにこと笑って伝えてみれば、珍しくファングが言葉を詰まらせた。そして、軽く口元を手で覆いながら、ふ、と笑う。

「酔ってるな、リンダ」

「ううん？　酔ってない」

「酔っ払いはみんな、そう言うんだ」

本当に酔っていない……、いや、多少酔っているかもしれないが、完全に淫魔に思考を支配されたわけでもないのに。リンダは少しだけ唇を尖《とが》らせてから「酔ってないもん」ともう一度繰り返した。そして、羽を潰さないようにうつ伏せにだらりと寝転がってから「あーぁ、もっと精気欲しかったな」と呟《つぶや》いた。

先ほどまでは「もういらない。もういっぱい」と思っていたような気もするが、今はふわふわ気分がよくて、いくらでも精気を呑み込めそうな気がする。

「あ」

と、そこでリンダは声を上げた。そうだ、抱っこが駄目でも精気は呑めるのだ。

リンダは腕を支えに、むくっと起き上がると、四《よ》つん這《ば》いでのそのそとベッドを進んだ。そして、ファングの膝に手を置く。

「どうした？」

ファングが優しく問うてくれる。リンダはにっこりと笑ってから、背を丸めるように体を屈《かが》めた。

そして、ゆるく開いた口の隙間から、んべ、と舌を出した。

「……おい、リンダ」

途端、ファングが少し声の調子を落とす。が、リンダはお構いなしにファングの下穿きを寛《くつろ》げた。

そして、その下腹部に遠慮なく鼻を寄せる。

「ん」

すん、と匂いを嗅《か》ぐと、そこからは濃い「精」の香りが漂ってきた。鼻先には、ほどよい張りと大きさを保つ陰嚢がある。たっぷりと精気が詰まったそこは、リンダにとってはごちそうのようなものだ。弾力のあるそこに、もに、と鼻を埋める。

「リンダ」

咎《とが》めるようにもう一度名を呼ばれて、リンダはちらりと視線だけで兄を見上げた。

「ちょっとだけ、濃いの欲しいなぁ。精液、直で呑みたいなぁ」

目に見えない精気を注がれるのもいいが、精液を呑むのはまた別格だ。しかしファングは……そしてカインも、リンダには最近はたまにしか与えてくれない。精気が「濃すぎる」からだ。精液を摂取したリンダは、十中八九気を失う。だからこそ、ファングもカインも必要な時以外は直接精液を与えない。精気に飢えている時は散々与えてくれたのに、特訓をするようになってからは、それもご無沙汰だ。

(あー……、駄目。いや、駄目なんだけど。けど、あぁ……欲しい)

ここで精液を呑めば、おそらく明日は二日酔いのような状態になってしまうだろう。頭ではわかっていても、リンダは精液が欲しかった。淫魔に、精気を我慢しろというのが無理な話なのだ。

「リンダ」

「お願い。お願い、にいちゃん」

咎《とが》めるように名前を呼ばれて、リンダはそれでも甘えるようにファングを呼ぶ。そして鼻先を兄の股間にふにふにと押しつけた。

「欲しい。ちょっと舐《な》めるだけ……、ね？　ぺろっ、って先っちょ舐《な》めて、ちゅうっ、って吸うだけだから」

すんすんと股間の匂いを嗅《か》いでいるだけでリンダの気持ちは昂《たかぶ》ってしまう。これはもう、淫魔としての本能のなせる業《わざ》なので仕方ないのだ。特に今は理性が溶けきっているので、欲望を止めようがない。

「ん……おえあい」

「お願い」と甘えるように頼みながら、下穿きの端を咥《くわ》えて引っ張る。と、ファングの立派な陰茎が、まろび出てきた。わずかに力を持っているのを見て、リンダはパッと表情を明るくする。

「ほら、出さないと辛いでしょ？」

ずり、と下穿きを下げて、リンダは尖《とが》らせた舌で、ぺろ、とかすかに陰茎を舐《な》めた。先ほど風呂に入ったからだろう、清潔な石鹸の香りがするそこは、なぜだか無性にリンダの欲を煽《あお》る。

「お願い、お願い。一生懸命舐《な》めるから」

リンダは大きくなった羽をばさばさと数度はためかせて、兄を見上げる。ファングは一瞬無表情になった後、はぁ、と溜め息を吐いた。

リンダはそれを聞いて、ひく、と尻尾を震わせた。おそるおそる、という風に、尻尾がファングのほうへ進む。そして、機嫌を取るように揺れてから、ファングの腕にすりすりと絡みついた。

「にいちゃん、にいちゃん、ありがとう」

なんだかんだ言いつつ、兄が自分に甘いことを知っているリンダは、あえて「兄ちゃん」と昔の呼び方で何度も呼ぶ。と、再度溜め息を吐いたファングが、かすかに頷《うなず》いた。

「好きにしろ。ただし、呑み込むのは駄目だ」

「へへ、わかった、呑み込まない」

途端にころりと拗《す》ねた態度を引っ込めて「ありがとう」なんて礼を言う自分は、現金なやつなのかもしれない。そう思いながらも、リンダは目の前にある陰茎に、ちゅっ、ちゅっ、と口づけを落とした。

「ん、ありがとう、うれひぃ」

ちゃんと礼を言ったつもりだったが、ぱく、と先端を口に含んだせいで、言葉が不明瞭になる。

リンダは上機嫌でファングの陰茎を捧げ持って、ぺろぺろとその先端を舐《な》めた。

「ん……んぅ」

亀頭の周りを、ぬるりと舌先で辿る。ちょうどくびれた部分に沿うように舌を這《は》わせて、裏筋を下から掬《すく》い上げるように舐《な》めとる。そのまま、先端の窪みまで舌先を持っていき、硬く尖《とが》らせたそれで鈴口をつついた。じわ、と滲《にじ》んだ先走りが舌を潤《うるお》し、思わず「はぁ」と満足げな吐息が漏《も》れてしまう。

先走りでありながら、既に脳が痺《しび》れそうなほどに美味《おい》しい。リンダは両手で陰茎を握り、はぷ、と、懸命に舐《な》めしゃぶった。亀頭を口に含み口腔内でぐりぐりと舌を回して、ちゅう、と口を窄《すぼ》めて吸い上げて、優しく撫《な》でるように全体を舐《な》めて。

気がつけば口の周りは涎《よだれ》でびちゃびちゃに湿っており、リンダの目もまたとろとろに濡れていた。

「はっ、あ、あ、はぁっ」

舐《な》める合間に荒い息を吐いている、いや、息の合間に舐《な》めているのか、なにがなんだかよくわからないくらい夢中になってファングの陰茎にむしゃぶりついている。

「リンダ……」

不意に名前を呼ばれた。が、リンダはそれに気づかない。ただただひたすらファングの精液を搾《しぼ》り取ることに専念して、陰毛に頬を擦《こす》りつけるようにして、陰茎の根本をぺろぺろと舐《な》めていた。

「リンダ、こら、……リンダ」

「う……？」

両頬に手を添えられて、ぐ、と持ち上げられる。リンダはとろんとした顔で首を傾《かし》げた。どうしてこんなにも気持ちのいいことを中断させられるのか、本当にわからなかったからだ。

「終わりだ。約束しただろう？」

「あ、え？　おわり？」

手の中では、ファングの陰茎が驚くほどに硬く育っている。もう後少し舐《な》めれば、ご馳走を吐き出してくれそうだ。ひく、と震えた逞《たくま》しいそれを見下ろしてから、リンダは哀れな表情を浮かべてファングを見た。

「にいちゃん」

「もうその手は食わないぞ」

上目遣いでねだってみるものの、あっさりと却下されてしまった。

ファングはするりと下穿きを持ち上げると、リンダにとってはたまらないご馳走を、布の向こうに隠してしまった。

「あっ、あぁ～」

リンダは悲痛な声を上げて、身を起こす。そして、ファングの胸を拳《こぶし》でぽこぽこと叩いた。

「精液っ、精液のみたかったっ」

「呑み込むのは駄目だと約束しただろう」

聞き分けのない子供のようなことを言うリンダに、ファングはあくまで冷静に返してくる。リンダは、うう、と獣のように唸《うな》ってから、ファングの胸にのしかかった。

「出さなくていいの？　にいちゃん、きつくないの？」

「別に、平気だ」

あっさりと告げるファングは、本当に平気そうに見える。あんなに硬く勃ちあがっていたというのに、表情にさほど変化は見られない。

「そろそろ寝るぞ」

リンダは名残惜しく何度もファングの股間を眺める。まだ力を持ったそこは、しっかりと下穿きを持ち上げていた。その隙間から見える黒々とした陰毛すら恋しくて、リンダはしょんぼりと肩を落とす。

「ほら」

枕を置かれて、リンダはうつ伏せの体勢でそこに頭をのせた。ファングはリンダが寝つくまで眠る気はないらしい。上半身を起こしたまま、横になるリンダを見下ろしている。

「にいちゃん、寝ないの？」

「お前が寝たら寝る。湯も浴びたいしな」

リンダがべたべたに舐《な》め回してしまったせいだろう。精液が欲しい、と、申し訳ない、という気持ちが拮抗して、最終的にリンダは寝転がったまま「う～……ごめん」とわずかに頭を下げた。

「なぜ謝る。舐《な》めていいと言ったのは俺だ」

「……うん」

ファングに頭を撫《な》でられて、リンダは機嫌の良い猫のように目を閉じて、その手に額を押しつけた。掛け布団の隙間から出てきた尻尾も、ファングの手のほうにふよふよと近づいている。この尻尾は、なんだか妙にファングやカインに懐《なつ》いている。いや、尻尾の持ち主がリンダなので、結局のところは「リンダが二人を好き」ということなのだろう。尻尾は、リンダの気持ちを代弁しているだけだ。

「ね、にいちゃん」

「なんだ」

ファングに頭を撫《な》でられると、驚くほどに気持ちがいい。撫《な》でるのが上手いわけではない、どちらかというと慣れていない、ぎこちない動きだ。それでも、リンダはこの手に頭を撫《な》でられると、世界一安心する。

ただでさえ酔っ払いのように思考が溶けているのに、とろりとした安心感と眠気に襲われて、リンダはもうぐずぐずだ。

「おれね、にいちゃんのこと……すげぇ好きだよ」

「ありがとう」

堅苦しく礼を言われて、リンダはふにゃふにゃと笑ってしまう。その返事が、実にファングらしかったからだ。

リンダは笑いながら腕を持ち上げて、手首を眺めてみる。そこにはもうなんの痕《あと》も残っていなかった。ファングの言った通りだ。ファングは、いつだって嘘をつかない。

「オーウェンに、愛してる、って言われても……、全然うれしくなかった。むしろ、なんか嫌だった」

あの時、ぞぞっ、と背中に走った嫌悪感を思い出して、リンダは目を伏せる。

「そうか」

一瞬だけ、ファングの手が止まったが、それはすぐに優しく動き出す。リンダは「ふあ」とあくびしながら、むにむにと口をうごめかせた。

「でも、にいちゃんに言われた時は……、おれ、うれしくて」

眠たくなって、目が開かなくなって、自分でもなにを言っているのかわからなくなってくる。

「でも、はずかしくて。ふぁ、……なんか、へんな……」

言葉の途中にもあくびが挟まってしまう。とろとろと微睡《まどろ》みながら、リンダはそれでもとりとめのない話を続けた。

「おれ、にいちゃんのこと」

ファングのことを、自分はどう思っているのだろうか。家族であれば、愛している、なんて言葉をためらう必要はない。なにしろ、リンダにとってファングは大切な、愛すべき兄だ。

(じゃあどうして、こんなにも)

愛していると伝えるだけなのに、どうしてこんなにも胸がいっぱいになるのだろうか。言いたいことは胸の内いっぱいに詰まっているのに、どこからどう伝えればいいのかわからない。さらけ出したいのに、見られたくない。相反する気持ちがぐるぐると巡って、答えに辿り着けない。

「に、ちゃんの、こと……さぁ」

言葉にしたほうがいい気がする。なのに、口はどんどん重たくなって、考えはまとまらず、散り散りになって消えていく。

頭を撫《な》でていたファングの手は、いつの間にかすっかり止まっていた。目を閉じていてもわかるのだが、どうして、と思う気持ちも夢の中に沈んでいく。

「リンダ。俺は………」

ファングの声が大きく聞こえたり小さく聞こえたり、遠くなって近くなって、そして消えていく。その言葉の続きはもうわかっているような、それでもなんとなくそれを信じられないような。不思議な心地だった。

（そうなら嬉しい。でも、俺なんかを……、俺……）

どうして、気持ちというのはこうも定まらないのだろう。寄せては返す波のような、その行きつ戻りつに翻弄されながら、リンダは自分の願いと気持ちをその波間に沈める。

眠りに落ちるその直前、額になにか柔らかいものが触れた気がした。

＊

その日、カインが帰宅したのは日付もとうに変わった深夜だった。関所の向こうで魔獣が出たということで、カインの部隊が全員駆り出されての討伐となったからだ。それほど大きな魔獣ではなかったが数が多く、全て仕留めるのに時間がかかってしまった。

討伐自体はまぁいいのだ。カインは体を動かすのが辛いわけではない。問題はその後の書類仕事だ。

どんな魔獣が何体出たか、魔獣の種類は属性は攻撃範囲は、被害はどのくらいか、何人の聖騎士がどうやって仕留めた、どのくらいの時間がかかったか。そういったものを逐一報告しなければならない。それら全てが、次の討伐へ繋がっていくからだ。

魔獣が現れたら討伐、襲われたら討伐、をただ繰り返すだけでもいいだろう。しかしそれでは同じことの繰り返しだ。その魔獣についての対処法がきちんとわかっていれば、次回はもっと早く処理できるだろうし、少ない人数で対応できる。

「あー……」

わかっているのだが、疲れるものは疲れる。ちまちまと書類を作るのは、どちらかというと大雑把な性格のカインには向いていない。コップ一杯の水を飲み干して、コン、とそれをテーブルに置いたところで、カインは背後に気配を感じて、バッ、と振り返った。

「カインか」

「兄貴。……なんだ、今日はこっちに来てたのか」

リビングに入ってきたのは、ファングだった。寝巻きを着ているところをみると、もう寝るところだったのだろう。

そこでふと思い立って、カインは「あー」と頭をかいて尋ねてみた。

「もしかして、部屋にリンダ連れ込んでる？」

「リンダは俺の部屋でぐっすり寝ている」

連れ込んでいる、という言葉をえらく柔らかく言い直して、ファングが腕を組む。カインは苦笑いして「あぁそう」と頷《うなず》いた。

昔ほど、兄に対しての対抗意識はない。いや、もちろんなくなったわけではないが、リンダがあまりにも分け隔てなく二人に接してくるから、張り合う意味を失くしてしまっている……というのが現状だ。

自分も、そして目の前にいる兄もまた、リンダに兄弟以上の感情、いや、恋情を抱いている。しかも二人とも十年以上時間をかけている、もはや年代物の恋心だ。

「リンダが入団してから、精気の供給も不規則になったもんな。そろそろだろう、って見計らって帰ってきたんだろ？」

「そうだな」

兄は、リンダの体調を人一倍気にしている。

本人が気づいているかいないかはわからないが、リンダはここしばらく、慣れない仕事のせいでかなり疲弊《ひへい》していた。淫魔にとってなによりの精力剤は、精気だ。ファングはそれを見越して今夜こちらに帰ってきたのだろう。疲れたリンダに精気を供給しよう、と。

「休暇でもないのに、兄貴が俺より早く仕事が終わるなんて変だよな」

「そんなことはない」

カインもそれなりに忙しいが、ファングはそれに輪をかけて忙しい。なにしろ部隊の隊長なのだ。聖騎士団創立以来史上最年少で部隊長にのぼり詰めたその力は、生まれ持ってのものもあるが、それだけ努力しているということでもある。ファングがかなりの時間を聖騎士団で過ごしていることは、カインももちろん知っていた。

「ただ今日は……」

そう言って言葉を切ると、ファングは顎《あご》に手を当てて黙り込んだ。

「なんだよ。どうかしたのか？」

「少し、感情に任せて無茶をさせてしまった」

ファングの言葉に、カインは「は？」と剣呑な声を出してしまう。なにをどうしたら、この冷静な兄が「感情に任せて」しまうのだ。

「お前たちの同級生が、リンダの『恋人』を名乗っているらしいぞ。以前リンダを襲った、あの騎士だ」

それを聞いて、カインは「あぁ？」と大きな声を出しかけて、慌てて口を押さえた。

「なんだその笑えない冗談は」

「今日、見回り途中に偶然会ったらしい。リンダの上司という男に『恋路を邪魔するな』と諭《さと》された」

今度こそ、カインは「っはぁ〜？」と大きな声を出してしまった。ついでに、天を仰いで苛々《いらいら》と足を鳴らす。

「あいつ、マジのマジでいっぺん絞めてやる」

察するに、どうやらリンダの上司に「こいつの兄弟に関係を反対されているんです」とでも訴えたのだろう。堂々と嘘をつくオーウェンのしたり顔を眼裏に浮かべて、カインは盛大に舌打ちした。

友人関係（ともいえない程度の間柄ではあったが）の時にはなんとも思わなかったが、実際に害を被るとオーウェンのあの性格は実に面倒だし腹が立つ。

たしかにこの話を聞いたとあっては、さしものファングも「感情に任せて」しまうだろう。

「リンダにはまったくその気はなさそうだったがな」

「あってたまるか」

け、と吐き出すと、ファングもまた軽く頷《うなず》いた。そして、どこか思案したような顔で「ただ」と顎《あご》にやった手を止めた。

「ただ……？」

変なところで言葉を止めた兄を見やるも、ファングは考え込むように黙り込んだままだった。その黒い目は、実の兄弟であるカインにも底が見えない。ファングは常に色々なことを考えているのだろうが、その気持ちをまったく気取らせないのだ。

「リンダは、妙な劣等感……、ではないな、なんというか、自己に対する肯定感が低くないか？」

確かめるように問われて、カインは目を瞬《またた》かせる。

「んなの、ずっと前からそうじゃん」

「そうなのか？」

珍しく、ファングが目を見張った。カインは自分たちが立ちっぱなしで話をしていたことを思い出し「とりあえず、座っていいか？」と問う。ファングは無言で肩をすくめ、カインはソファにどかりと座り込む。ようやくひと心地ついた気分で「あー……」と漏《も》らしてから、立ったまま腕を組んでいるファングを見やった。

「あいつ、魔力がなかった時期が、まぁ、仕方ないとはいえかなり長かったからな。そこらへんかなり気にしてる。……っていうか、俺とかフィーリィとか、多分兄貴に対しても、勝手に比較して

『それに比べて俺は』って思ってるぞ」

「……そうか」

まさかリンダの劣等感をファングが察していなかったとは思わず、カインは内心「へぇ」という気持ちで兄を見やる。しかしそのすぐ後に、そうか、と納得した。

「リンダは、兄貴の前では『不平不満なんて言わない、いい子でいなきゃ』って感じだったからな」

リンダはいつも、ファングの前では「いい弟」でいようとしていた。弟の面倒を見て、不満は言わず、いつも笑顔で。そして褒められると嬉しそうに頬を染めるのだ。

「俺には、悟られないようにしていた？」

「っていうか、悟られたくなかったんだろ。あいつ、兄貴にだけは軽蔑されたくないんだよ」

そう、ファングはリンダの憧れだった。思わずカインがムッとしてしまうほどに、リンダはキラキラした目で歳の離れた長兄を見つめていた。そしてカインは、そんなリンダをずっと見つめてきたのだ。

「俺は双子だし、学園での様子もいつも見てたからな。あいつが、魔力がないことでめちゃくちゃ悔しい思いしてるのも……まぁ、知ってた」

聖騎士になりたいリンダにとって、魔力がないことはかなり辛いことだったのだろう。低学年の頃は、魔法の授業の後にこっそり泣いているリンダを何度も見かけた。ましてや、双子の弟であるカインは問題なく魔法を使い、聖騎士にまでなったのだ。悔しく思わないはずがない。

何度も、何度も何度も「魔力がない」ことでへし折られてきたリンダの自尊心は、ちょっとやそっとでは太く大きくはならない。

「そうか。言われてみれば……、そうだな」

ファングは、はぁ、と重たい溜め息を吐いた。

「驚いた？」

少しからかうような気持ちで問いかけると、ファングは首を振りかけて……頷《うなず》いた。

「あぁ、驚いた。驚いたな」

あまり「驚いた」とは思えない口調で淡々とそう言って、ファングが軽く目を伏せる。

「『俺なんか』と言っていた」

「リンダが？」

「あぁ。俺なんか、人に好かれるはずがない、と」

薄暗闇の中、ファングは真っ直ぐ立って揺らがない。弟であり、また、想い人であるリンダのその心の深いところに触れても、それでも揺らぐことなく向かい合っている。

「魔力を封じ込めたことが、リンダの人格の形成にも影響を及ぼしていたんだな」

「人格って……、まぁなぁ」

やたらと硬い物言いをする兄に、カインもまた真剣に考えて返す。

「あいつが……なんていうか、劣等感を持っているのは、んー……魔力のことだけじゃなくて、性格的なものもあるだろうし、一概には言えないだろ」

「あぁ」

多少言葉に詰まりながら、それでも頭の中でしっかりとリンダの顔を思い浮かべて言葉にする。努力家で、なんだって人並み以上にこなせるくせに、いつだってどこか自信がない顔をするリンダ。それでも、最近はその顔も見なくなってきた、とカインは感じていた。

本来の魔力を取り戻して、憧れていた聖騎士になるという夢を叶えるために努力して、そして本当にその夢を実現して。確実に、リンダは変わってきている。

「過去に戻ってどうこうしてやることはできないんだから、今のあいつに自信をつけてもらうしかない。……そうだろ？」

過去は変えられない。ほんの一瞬前にも、二年前にも、リンダが魔力を封じられたその時にも、戻ることはできないのだ。

カインもまた、後悔している過去がある。学園に通っている頃、自分と比較されて浮いた存在になっていたリンダに、優しく接せなかったことだ。まさかリンダが嫌がらせじみたことまでされているとは露知らず、恋心が混じった反抗期のせいで、やたらと冷たく当たってしまっていた。

叶うことなら過去に戻って、リンダに悪態を吐く自分の頭を叩いて「素直になれ！」と言ってやりたい。でも、過去には戻れない。絶対に戻れないのだ。

「……あぁ」

しばし考え込むように黙った後、ファングが頷《うなず》いた。そして「そうだな」と静かな声で同意を示し、長い息を吐く。

「お前の言う通りだ」

真っ直ぐに立って、じっと自分の手を見下ろすファングがなにを考えているのか、カインにはわからない。

「兄貴でも、悩んだり後悔したりすること、あるんだな」

ぽろ、と思ったことをそのまま口にしてみる。と、ファングが顔を上げて苦笑いを見せた。

「当たり前だ」

カインがリンダに反抗的な態度を取って困らせていたその頃、ファングは既に立派な聖騎士だった。兄というより、どちらかというと親に近い存在で、近寄りがたく、けれど、無条件にリンダに好かれていて。思い返してみれば、いつもどこか「羨ましい」という感情を抱いていたような気がする。

それが今になって、ファングもまたリンダに恋する一人の人間だと知り、少しだけ身近な存在になった。ファングもまた、リンダの言葉や態度で悩み、考え、弱音だって漏《も》らしたりするのだ。

(まぁ、兄貴は抱えてるものも多いしな)

アズラエル家の長男として家族を支え、最年少の隊長として部隊を支え、そしておそらく一人の男としてリンダを支えたいと思っている。はっきり言って、背負い込みすぎだ。

「兄貴に苦労が多いことは知ってる。けど……」

「ん?」

カインはソファに座ったままだらしなく伸ばしている自分の足を見やる。ファングと違って、真っ直ぐ揺らがず立てる足ではない。疲れたらだらけて、気合いを入れないと立ち上がれないこともある。それでも、カインとて揺るがない、譲れないものを抱いているのだ。

「それでも、リンダは譲る気ないから」

兄を見て「大変だろうな」と同情する気はあるし、できることは手伝ってやりたいと思う。

しかし、リンダのこととなると話は別だ。

「譲るも譲らないもない。リンダは物じゃないだろう」

ファングが至極真っ当な返事をしてきて、カインは「はいはい、そうですね」と笑ってしまった。

いかにも、真面目で融通のきかない兄らしい。

「だが……、そうだな。俺も譲る気はない」

顔を上げると、兄は腕を組んで堂々と立っていた。いつも通り眉間に皺《しわ》を刻みながら、どこか好戦的な目でカインを見ている。

カインもまた、その目を見返して「ふ」と不敵に見えるようにと笑ってみせた。お互い、どれだけリンダのことを思っているかは、よくわかっている。

「まぁでも、リンダが俺たちの気持ちに気づくのっていつなんだよ、って感じしないか？」

少しだけ張り詰めている空気をゆるめるようにそう言うと、一瞬きょとんとした顔をしたファングが「そうだな」と軽く吹き出す。ファングにしては珍しい、思わずといったように漏《も》れたような笑い方だ。

「なぁ、ちょっと飲まないか？」

酒をしまっている棚のほうに親指を向けて問うてみる。と、ファングが「一杯だけ付き合おう」と頷《うなず》いて食器棚へ向かった。どうやらグラスを取ってきてくれるらしい。

酒でも飲まないとやっていられない、というほどではないが、疲れた日には一杯の酒でも体に沁《し》みる。

「一生逃さないってばかりに家まで建てて、囲い込む気満々なのになぁ」

「お前も、家具を買ってやるだのなんだの言ったらしいな」

酒を準備する間、互いのリンダに対するアプローチをちくちくと責め合う。

当のリンダは気づいていないが、お互いどうにかしてリンダを自身のそばに繋ぎ止めようとしていることがバレバレだ。

「これでリンダが『好きな人ができた』とか言って、それこそ男の恋人でも連れてきたら目も当てられないな」

「まぁ、大惨事だな」

ファングが氷を入れたグラスをテーブルの上に置いて、カインがそこに酒を注ぐ。二人は同じ人物の顔をそれぞれ思い浮かべながら、コツ、とグラスの縁をぶつけ合った。

第五章

先日ファングにたっぷりと精気を注いでもらったからか、最近はなんとなく体が軽い。

リンダは模擬刀の柄《つか》を握り刀身に手を当て腕を伸ばすと、「んー」と前屈《まえかが》みになって腰の筋肉を伸ばした。

「よぅ、調子よさそうじゃん」

と、背後から、のし、と背中に重みがかかる。振り返らなくても声の主がわかって、リンダは「おはようございます、ケネスさん」と背後に向かって挨拶をした。

「はよ。体調は万全か？」

「はい」

今日は聖騎士団全体訓練の日だ。全体、とはいっても全ての隊が参加するわけではない。通常業務も疎《おろそ》かにはできないからだ。今訓練所に集まっているのは、聖騎士団全体のおよそ三分の一程度である。

訓練所には、いくつか種類がある。より実践的な訓練を行うために自然の地形をそのまま生かした演習訓練場、近接戦の訓練に特化した室内訓練場等々。今日は一番頻繁に使われる、中央に石《いし》畳《だたみ》の舞台が敷かれた本訓練所での模擬試合だ。しかも今日は、かなり特別な模擬試合が催《もよお》される。

「よっしゃ。絶対勝てとは言わないけど、絶対負けんなよ」

一体どちらなのか、と聞きたくなるようなことを言って、ケネスがリンダの腹に拳《こぶし》を打ち付けてきた。気軽な動作ではあったが、なかなかに力がこもっている。

「が、がんばります」

今日の模擬試合は、各隊の新人による対抗戦だ。本来の意図としては「新人同士がぶつかり合うことで隊同士の親睦を深めよう」ということらしいが、どの隊も目をぎらぎらさせながら、新人の肩や腰を叩いている。リンダはそれを見ながら「はぁ」と溜め息を吐いた。つまるところ、新人を使った各隊の……誇りをかけたぶつかり合いだ。

今日ここには、十ほどの隊が集まっている。対抗戦はトーナメント制ではないので、三、四回くらい違う相手と模擬戦をしたら終わりだ。一応、得物は模擬刀のみ、魔法は禁止といったルールが設けられていた。

「お、新人。お前の弟のところもいるぞ」

「え？　あぁ」

ケネスの言葉に遠くを見やると、舞台をぐるりと囲むように設置された観覧席に、カインとフィーリィがそれぞれ見えた。どちらも、所属する部隊の隊員に囲まれている。フィーリィのほうは新人らしき隊員に「頑張れ、頑張れったら頑張れ」というようにしきりに声をかけているが、カインのほうは興味なさそうにあくびをしていた。

（あ、ハワードさん）

フィーリィの隊の隊長は、ハワードだ。以前はファングも隊員としてハワード隊にいたので、なにかとアズラエル家と縁がある聖騎士である。しかもハワードは、ファングからアズラエル家の事情（両親がおらず兄弟がわんさかいる）を聞いて、隊をあげて色々と贈り物をしてくれた。

というわけで、リンダとしてもハワードはじめハワード隊の隊員たちにはとても感謝している。

ちら、と見つめていると、視線に気がついたらしいハワードが手を上げた。いつも通り穏やかで、優しい笑顔だ。

（あんなに優しい雰囲気なのに、魔獣が現れるとガラッと変わるんだもんな）

一昨年、この街が魔獣に襲われた際、リンダはハワードのすぐそばで彼が魔獣に立ち向かっていくところを見た。真っ白な制服を翻し走っていた彼の姿は、リンダにもう一度聖騎士を目指す気持ちを取り戻させてくれたきっかけのひとつだ。

ハワードの周りの隊員も、リンダに気づいて手を振ってくれた。リンダが聖騎士団に入る前に知り合ったからか、後輩隊員というより、親戚の子のように気軽に接してくれる。皆の態度をきょろきょろと見やってから、ようやくフィーリィがリンダに気がついた。

ぱくぱくと口を動かしている。どうやら、なにかリンダに伝えようとしているらしい。

（負、け、ねぇ、ぞ？）

「ふっ」

負けず嫌いな弟が伝えてきたメッセージに、思わず笑ってしまう。いくつになっても生意気で可愛い弟である。

「俺も、負けねぇよ、っと」

リンダもぱくぱくと口を開いて自分の意思を伝える。最後に、ふん、と鼻を鳴らすと、フィーリィが「べぇ」と舌を突き出した。そして先輩聖騎士にげんこつをもらっていた。なんとなくだが、フィーリィは部隊でも弟のような立場らしい。

(可愛がられていてなによりというかなんというか)

呆れたような、微笑《ほほえ》ましいような気持ちでそれを見やり、リンダははたと顔を上げた。

「そういえばケネスさん、俺の弟の顔知ってたんですね」

「ん？　そりゃ知ってるよ、アズラエル家。ファング隊長に、フィーリィに、カイン、噂くらい聞いたことある。聖騎士団にいれば嫌でも耳に入ってくるさ」

「え、えぇ……」

まさかそんなに有名だったとは思わず、リンダは軽く目を見張る。

「他にも兄弟がいるのか？」

「はい。あと弟が五人」

「ふーん」

九人兄弟といえば驚かれることが多いのだが、ケネスは意外にも反応が薄い。というより「そんなものか」とあっさり受け入れているような雰囲気がある。

「あんまり驚かないんですね。九人っていうと結構驚かれるんですけど」

「あん？　それくらいじゃ驚かねぇよ。うちは十二人兄弟だからな」

「へぇ～、……って、は？　十二人っ？」

ギョッとしてケネスを見ると、上司はなんてことない顔をして頭の後ろで手を組んでいた。

「おう。だって俺んちって……、あー、多い家系なんだよ、子供が。で、俺が長男」

言葉を濁《にご》したところをみると、もしかすると彼の半分入った魔族の血に関することかもしれない。

リンダはなんと返すかしばし悩んでから「な、なるほど」と頷《うなず》くだけにとどめておいた。

「意外でした」

「なにが？」

「ケネスさんって、下の面倒を見るのが苦……じゃなくて、こう、あまりお好きじゃないと思っていたから」

苦手、と言おうとしてそれはさすがに失礼かと無理矢理押し込める。日頃「けけけ」と笑いながらリンダを扱《しご》くケネスが、弟を可愛がっている姿はなかなか想像しづらい。

「面倒なんて見てねぇよ、金銭的に援助してるだけ」

「え？」

驚いてケネスを見やるも、彼はリンダを見ていなかった。他の隊員を見るでも、訓練所を眺めるでもない。どこか遠くのほうへと視線をやっている。

「俺以外は遠くに住んでんだ。俺は出稼ぎ」

「そ、うなんですね」

聖騎士の仕事を「出稼ぎ」と言い切ってしまうのは実にケネスらしい。が、さすがに周りに聞かれるのは外聞がよくないだろう。思わずきょろきょろ周りを見渡してしまう。タグ隊の他の隊員はタグ含め観覧席のほうで呑気に談笑しているし、他の隊はわざわざ雑用部隊に近づいてきたりしない。よって、周りには誰もおらず、心配などするまでもなかった。

(それにしても、ケネスさんって……)

なにやら色々と事情がありそうだが、果たして尋ねていいものだろうか。リンダは思い悩んだ末に口を噤《つぐ》むことにした。

ケネスは半魔だ。リンダも同じく半魔だが、人間の家族に囲まれて「人間」として暮らしてきた。しかしケネスのほうがどう生まれどう育ってきたのか、リンダはなにも知らない。リンダと同じく穏やかに暮らしてきたのかもしれないし、思いもよらない悲劇に見舞われたり、想像もつかないような苦労をしてきたかもしれない。

(なんていうか、軽々しくは聞けないよな)

ぼんやりと空を見上げるケネスを眺める。特になにか考えているようには見えないが、彼なりに悩みや問題を抱えたり、背負い込んだりしているのだろうか。

「あぁ～腹減ったな。新人、とっとと勝ってちゃっちゃと終わらせろよ」

「……」

やはりどう考えても暗い影があるようには思えないのだが。ケネスの、周囲のぴりぴりとした空気をまったく読まない発言に肩を落としながら、リンダは「善処します」と答えた。

「あん？」

と、ケネスが急に眉根を寄せた。厳しい顔で向かって右方向を睨《にら》みつけるケネスの視線を追ってみると、そこには見覚えのある隊員がいた。

「あれって……」

先日、総務部へ書類を持っていくリンダを邪魔した聖騎士たちだ。どうやら彼らの部隊の新人もまた、今日の新人対抗戦に参加するらしい。彼らもリンダたちの視線に気がついたのだろう、こそこそと耳打ちするように内緒話をして、嫌な雰囲気の笑いを浮かべている。なんというか、見るからにリンダたちを小馬鹿にしていた。

「なーんか腹立つこと言ってやがるな」

「え、聞こえるんですか？」

かなり距離があるが、ケネスは男たちの話が聞こえているらしく、にぃ、と凶悪な笑みを浮かべている。

「俺ぁ耳がいいんでな。……『雑用部隊の新人か、弱そうだな。そうだ、腕の骨くらい折ってやったらどうだ？　どうせ任務なんてほとんどないんだから腕がなくても困らないだろ』って言ってるぞ」

「はぁ？」

まさか、と思って男たちを見ると、たしかに新人に向かって自身の腕のあたりをぽんぽんと叩いてみせている。

「……まさか、冗談ですよね」

「さぁ〜。あいつらが本気かどうかなんて俺にはわかんねぇよ」

ケネスはどうでもよさそうにそう言うと、「けど」と言葉を続けた。

「うちの新人の腕を折ろうってのは腹立つな」

「ケネスさん……」

「俺の仕事が増えるじゃねぇか」

「……って、そこですかっ？」

思わず声を荒らげると、ケネスが「ふん」と笑う。

「新人。たしかにお前は弱っちそうだし、実際俺より弱いし、他の聖騎士に比べたらひょろいけど」

「慰《なぐさ》めてます？　貶《けな》してます？」

慰《なぐさ》めともなんとも言えないケネスの言葉に腕を組んで凄《すご》んでみせる、と、ケネスはリンダの威圧など気にした様子もなく肩をすくめてみせた。

「そんでも、そこらの新人隊員には負けねぇだろ」

思いがけない言葉に、リンダはしぱしぱと目を瞬《またた》かせる。そして、ぐっ、と拳《こぶし》を握りしめてみせた。

「……はいっ」

＊

「勝者、タグ・グリーン隊リンダ・アズラエル！」

高らかに名前を呼ばれて、リンダは「ふぅ」と息を吐いて模擬刀を下ろす。と、それを首筋に突きつけられていた相手も「はぁー……」と息を吐いた。尻餅をついた体勢になっていたその相手に、リンダは手を差し出す。

「ありがとう。いや、参った。めちゃくちゃ強いじゃん」

リンダの手をためらいなく握りしめながら、相手がにこやかに笑う。

「めちゃくちゃ、ではないけど。ありがとう」

衒《てら》いもなく称賛されたことが照れ臭くて、鼻先を擦《こす》りながら礼を言う。

「俺、ハワード隊のジョルジョア。ジョーって呼んでくれ」

「俺はタグ隊のリンダ。よろしくジョー」

リンダはにこりと笑って、ジョーの手を強く握りしめた。

新人対抗戦は順調に進んでいた。

リンダはこれまで三人と戦い、今のところ二勝一引き分けの結果を残している。ちなみに引き分けた相手は、カインの所属する部隊の新人だった。「剣の腕が良い」と鳴り物入りで入団したらしく、たしかに一撃一撃が痺《しび》れるほどに重かった。リンダが攻撃をかわし続けたことにより、時間切れで引き分けになったのだ。

「あぁ～！　フィーリィさんにどやされる……っ」

隣を歩くジョーの嘆きを聞きながら、リンダは目を丸くする。家では弟としての顔しか見ていないので、こうやって新人隊員に恐れられるフィーリィの姿はとても新鮮だ。

「わかる。俺もさっき先輩にめちゃくちゃ怒られた。終わったら特訓だ～ってさ」

「ひー。どこの隊も一緒だなぁ」

ジョーはリンダがあのタグ隊だとわかっているだろうが、あえて「どこも一緒」だとひと括りにしてくれた。言葉の中の小さな機微が嬉しくて、リンダは自然と笑顔になる。きっと、ジョーはいい人なのだろう。

「あれ、そういえばリンダってフィーリィさんと兄弟なんだよな。弟？」

それぞれの隊員が腕を組んで待機している観覧席に戻りながら、ジョーが話しかけてくる。日頃自身の隊の人間としか交流がないので、なんだかこんなやり取りも楽しい。こういった交流もまた、この新人対抗戦の目的のひとつなのかもしれない。新人同士の実力を知り、親睦を深め、かつ、先輩団員たちに新人をお披露目する。そしてまた、各隊同士のプライドもぶつけ合って……。なんというか、色々な目的がちらちらと見え隠れする訓練である。

「ん、いや、フィーリィが弟」

「へぇ～、そうなんだ。リンダのほうが若く見えるけどな……、ってこれフィーリィさんに言わないでっ、絶対言わないでっ、頼む」

　こそこそと小さい声で必死に頼んでくるジョーに、リンダは思わず笑った。

「言わないよ。フィーリィ、ややこしいところもあるけど面倒見はいいと思うから、よろしくな」

「まぁ、たしかに面倒見はいい、……いい、のか？」

　腕を組んで首を傾《かし》げるジョーに、リンダはまた笑ってしまう。フィーリィも相当みっちりと新人を扱《しご》いているようだ。

「とりあえず、今からこってり絞られてくるよ。かなりお怒りのようだから」

　こそ、と耳打ちするように言われてハワード隊のほうを見ると、フィーリィが一番前に、どん、と座って腕を組んでいるのが見えた。眉間に思い切り皺《しわ》を寄せて目をつり上げているのを見るに、たしかにお怒りのようだ。

「やー、ははは……。頑張れ、ジョー」

　ジョーとてまだ一敗しかしていないはずだが、負けた相手がリンダだというのがまずい。ちらりとフィーリィのほうを見ると、不貞腐《ふてくさ》れたように唇を尖《とが》らせている顔と目が合った。

「へへっ」

　思わずいつもの癖で、フィーリィに向かって勝ち誇ったような顔をしてしまう。顔の横で小さな拳《こぶし》まで作って。……と、フィーリィの背後にめらめらと炎が上がった。もちろん幻ではあるが、あながち間違いではないだろう。

「ちょっ、なに、リンダなにした？　フィーリィさんがこっち見て睨《にら》んでるけど、なに、なにした？」

ジョーに腕を掴まれガクガクと揺さぶられて、リンダは「あ、はは」と乾いた笑いを返す。

「ごめん。ついいつもの癖で煽《あお》っちゃった」

「いつもの癖で煽《あお》っちゃったぁ？　ちょ、ちょちょ、その煽《あお》りの被害に遭うのは俺なんだけどっ、ちょっととっ？」

がくんがくんと頭を揺らしながら、リンダは「ごめん、ごめん、ごめん」と謝る。

「フィーリィ負けず嫌いだから。その……よろしく」

「その情報今言わなくていいんだよぉ〜なんだよもう〜」

もはや半泣きのジョーに、リンダは申し訳なくなってもう一度「ご、ごめんな」と謝っておく。

たしかにリンダも、試合に負けた後にケネスを煽《あお》られたら「なんてことしてくれたんだっ」と相手の胸倉を掴んで揺すりたくなるだろう。

「わかった。ごめん、ちょっと待って……」

リンダはジョーの腕を解《ほど》いてから、そそ、と観覧席……のハワード隊のほうへ進んだ。

「フィーリィ……さん」

「なにか用か。タグ隊のリンダ・アズラエル」

兄弟とはいえ、聖騎士団の中では先輩と新人だ。先輩聖騎士のことは基本的に呼び捨てにできないので、リンダは「さん」付けをしてこっそりとフィーリィを呼ぶ。フィーリィは他の隊員に「お、大好きな兄ちゃんが来たぞ」とからかわれながら、リンダに近寄ってきた。

「ちょ、なんだよ。リンダが近くにいるとからかわれんだよ。なに？」

こそ、とフィーリィが小さな声で文句を言ってくる。先ほどまでの威厳に満ちた（というほどでもないが）姿はどこへやら。すっかりいつものフィーリィの喋り方だ。

「今日の夕飯の担当は俺なんだけどさ」

「は？」

「なにか食べたいものあるか？」

「あのなぁ……」

突然なんの話をしだすのか、という顔をしたフィーリィであったが、途中で言葉を止めて、む、と考え込む。

「……肉団子が入ったシチュー」

ぼそ、と耳元で告げられて、リンダは目を細める。

「それって、野菜がごろごろしてるやつ？」

「してるやつ」

リンダが問い返すと、フィーリィがこくこくと頷《うなず》いた。そして「でも、玉ねぎは小さく切って」と付け加えてくる。リンダは思わず噴き出さないように注意しながら、わかった、と大きく頷《うなず》いた。

「玉ねぎは小さく切るし、肉団子はお前の好きな楕円型にするし、一番大きいやつをやろう」

重々しい口調でそう告げてやると、途端にフィーリィがきらきらと目を光らせた。それから、は、としたように口を尖《とが》らせる。

「さっきの試合、見てた」

「おう」

「ジョーが左利きだってすぐ気づいて、左手に回り込んで連続で攻撃してたのはよかったと思う。けど、足の運びが微妙。舞台みたいに整った足場ばっかりじゃないって常に意識しといたほうがいい……と思うぜ。弟だけど、先輩聖騎士としての、忠告」

多少拗《す》ねたような喋り方ではあったが、指摘は的確だった。リンダはフィーリィの言葉を自分の中で噛み砕いて、先ほどの試合の記憶と擦《す》り合わせる。それから、「はい」と頷《うなず》いた。

「フィーリィ……さんの言う通りだ。ありがとうございます」

素直に礼を伝えると、なぜかフィーリィが胸元を押さえて天を仰いだ。なにかを堪えるように眉間に皺《しわ》を寄せて目を閉じている。

「んん～……、なんだろう。なんかこそばゆいけど、悪くないこの感じ。なに？」

「はぁ？」

リンダからしてみれば、なに、と言われても、なにがなに、という感じだ。

嬉しそうな顔を見るに、少しは機嫌も直ったらしい。ちらりとジョーのほうを振り返ると、リンダに向かって、腰の脇で小さく、ぐっ、と何度も拳《こぶし》を握りしめていた。あからさまにホッとした顔をしている。フィーリィのご機嫌が多少上向いたので安心したのだろう。

「じゃあな、また家で。あー……夕飯楽しみにしてる！」

フィーリィは機嫌よさそうにそう言うと、ハワード隊のほうへ戻っていった。リンダはその背中を見て、ほ、と安堵《あんど》の息を吐く。

(よかったよかった、……と)

リンダのほうもタグ隊に戻らなければならない。あまり他所《よそ》に長居すると、ケネスに「またお前は油を売って」とどやされてしまう。

「優秀な兄弟がいる奴はいいよなぁ、実力がなくても贔屓《ひいき》されて」

踵《きびす》を返してタグ隊に戻ろうとした、その時。比較的近い位置から棘《とげ》のある言葉が飛んできた。

(は？)

なにかと思って振り返れば、模擬刀を提げた新人団員の背中が見えた。短く刈り上げた薄い茶髪の彼は、すたすたと自分の隊のほうへ向かっていく。その先には、以前リンダをからかった聖騎士二人がいた。

「はぁ～……？」

リンダの口から、低い威嚇《いかく》のような声が出る。が、相手はリンダのほうすら振り返らずに、自分の隊で和気藹々《わきあいあい》と話している。リンダはしばしそちらを睨《にら》みつけてから、くるりと背を向けてずんずんと歩き出す。

(今のって俺のことだよな。ここにいるやつで兄弟揃ってるのなんて俺んとこくらいだし)

悶々《もんもん》とした気持ちを抱えたまま、ひたすら足を進める。

(贔屓《ひいき》？　いや、贔屓《ひいき》ってなんだよ。別に特別扱いなんてされてねぇし。ケネスさんには毎日怒られてるし。雑用多いし。めちゃくちゃ多いし)

日々の思いがもやもやと湧き上がってきて、リンダは拳《こぶし》を握りしめる。

（そりゃあ兄さんたちは優秀だけど、でも、それで俺が贔屓《ひいき》されることにはならねぇだろ）

「実力がなくても」という言葉が心のささくれに引っかかって、リンダは下唇を噛みしめた。しょせん悪口の延長のようなものだし、気にする必要はない。そのはず、なのだが……

「あぁ～……ちくしょう」

小さな声で悪態を吐きながらタグ隊に戻る。と、皆はだらだらと話をしていた。なんというか、他の隊に比べて緊張感がない。隊長のタグに至っては、なぜか書類を持ち込んで仕事をしている始末だ。もやもや悩んでいるのが馬鹿らしいほど長閑《のどか》な光景である。

副隊長のラズリーとティーディアが、リンダに「お疲れ様。また勝ったね」と朗らかに声をかけてくれた。もう一人の隊員であるジョシュアは、抜けられない仕事があり、不参加だ。

タグ隊は、ケネスこそ強烈な性格をしているが、他の隊員は比較的言動が穏やかだ。そもそも隊長であるタグが争いを好まない平和主義者だからだろうか。

「あ、ありがとうございま……」

「あいつ、追いかけてってぶん殴ればよかったのに」

「す？」

労《ねぎら》ってくれたラズリーたちに礼を言いかけたところで、後ろから「はん」という鼻息とともに声をかけられる。振り返ればそこには、苛々《いらいら》とした様子で足を踏み鳴らすケネスがいた。

「ぶん……、って、あ、さっきの、聞こえてたんですね」

ケネスが「耳がいい」ということは、対抗戦の前に聞いたばかりだ。どうやら、あの新人の呟《つぶや》きは彼の耳にもしっかり届いていたらしい。

「ぬぁにが実力がない、だ。二回勝ってんだろ、目ぇ見えてないのか？」

ぷりぷりと頬を膨らませてケネスが怒る。リンダは面食らいながら「あ、ありがとう、ございます？」と首を傾《かし》げた。どうやら、ケネスはケネスなりにリンダを気遣って（というのとは、少し違う気もするが）くれているらしい。

「こうなったらお前があいつの腕折ってこい！　今すぐ行ってこい！　すぐ行って折ってこい！」

「え、でもあの」

試合前にリンダが言われたことを指しているのだろう。ケネスがリンダをけしかける。

「次の相手はあいつだ！　ちょろちょろ逃げ回って引き分けなんかにするんじゃねぇぞ！　ぜってぇ完全勝利だ！　目にもの見せてやれ！」

なぜか異様に熱くなって拳《こぶし》を握るケネスに「あぁ」だの「えぇ」だの言葉にならない返事をしながら、リンダは困って他の隊員に助けを求める。

「ケネス、リンダのこと気に入ってるんだねぇ」

「後輩たちの仲が良くて俺は嬉しいよ」

しかし、タグもラズリーも、呑気に「ほほほ」と笑っている。まるで子供を見守る保護者のようだ。

「え、ちょっ、隊長？　副隊長？」

「ほどほどに頑張っておいで。あ、でも勝ってくれたら嬉しいかも。うんうん」

欲しい言葉はそれではないのだが。リンダはどこまでもゆるいタグに「あ、はい」と頷《うなず》くことしかできなかった。


新人対抗戦、第四戦。リンダにとっての本日最終試合。相対した相手の名前はシェルドン、ジネット隊の新人団員だ。

ジネット隊は貴族や豪商など比較的家柄の良い隊員が集まっているという、いわゆるエリート部隊である。

『そういうお偉いさんに「脈」を作るのも仕事のひとつだからね。あの部隊はそういうのを任されるためにあるんだ』

というのは、なにやら情報通らしいラズリーの言葉だ。タグ隊が半魔についての仕事を任されることが多いように、それぞれの部隊にはふさわしい役割があるらしい。これもまた「適材適所」というものかもしれない。

ジネット隊は、その「お偉い様」と繋がりのある隊員がごろごろいるらしく、なんというかつまり、かなりお高くとまっているのだ。

（そりゃあ、そんな部隊からしてみれば、タグ隊なんて雑魚《ざこ》みたいなもんか）

鋭く睨《にら》みつけるように目をすがめるシェルドンを真正面に見据えながら、リンダは内心溜め息を吐く。

（まぁ本当に、いろんな奴がいるもんだな）

聖騎士とて、聖人君子の集まりではない。やはり色々な思考を持った者がいるのだ。……と、ようやくリンダも理解しはじめた。まぁそのリンダも、半魔ということを周りに隠して聖騎士をしている、清廉潔白とは言い難い身だ。

「はじめっ！」

審判役の聖騎士が、試合開始の合図を告げる。

「っと」

その声と同時に正面から剣撃が襲ってきて、リンダは慌てて剣を構えてそれを受け流した。攻撃が流されたというのにも構わず、シェルドンは二撃目、三撃目と強めの攻撃を仕掛けてくる。がむしゃら、というほどではないが、技に苛立ちがこもっていることがしっかり伝わってきた。

「つやっ！　はぁ！」

掛け声も高らかで、よほどリンダを「打ちのめしたい」と思っているらしい。シェルドンの体格はリンダよりひと回り大きい。そもそも、リンダより背の小さい聖騎士はケネスくらいしかいないが。

（……っ、俺が小さいからって力で押さえ込もうとしてるな？）

上から振り下ろすような動きが多いことで、リンダはその意図に嫌でも気づかされる。やり方自体は、おかしなことではない。すばしこく小さな獲物は、逃げられるより早く上から叩きつけて処理するのが手早く済んで、楽だ。

また上から模擬刀を振り下ろされて、リンダは右に重心を預けて軽く膝を曲げた。そのまま前に足を踏み出し、脇腹に模擬刀を一閃させる。

「……っぐぅ！」

シェルドンが苦しげな声を出して、一、二歩よろける。畳《たた》み掛けるように打ち込むが、さすがにそれはいなされてしまった。そのまま横に薙《な》ぎ払われた剣を避《よ》けながら、リンダは俊敏に後ろに飛び退《の》いた。と、胸にかすかな違和感を覚える。

「っ！」

見下ろすと、訓練服の胸元が裂けていた。ちょうど鎖骨の下のあたり、ぴっ、と横に一線入ったせいで、しっかり肌が見えている。幸い、皮膚は切れていないようだった。

リンダは胸元を見下ろしてから、キッとシェルドンを睨《にら》みつける。

（こいつ、魔力をのせたなっ？）

模擬刀で服が裂けるのも、ありえないことではない。普通の人間であれば「ちっ」と舌打ちするくらいで済んだだろう。が、リンダは半魔、それも精気に聡《さと》い淫魔だ。シェルドンの模擬刀に、かすかに魔力由来の精気の香りを感じ取った。

（こいつ……っ！）

今日の試合は、剣技を競うものだ。魔法の使用は許されていない。

「おま……っ」

「アズラエル、続行可能か？」

さすがに文句を言おうと口を開いたところで、審判に声をかけられる。リンダは審判を見て、シェルドンを見て、そして「……可能です」と顎《あご》を引いた。

聖騎士とて、魔力に敏感な者とそうでない者がいる。この審判は、どちらかというと後者なのであろう。ここで「魔力を使った」と主張するのは可能だが、そうすると「なぜわかったのか」ということを説明しなければならない。

(俺が淫魔だから気づいた……なんて言えないし)

そして、もし指摘したところで「魔力なんて使ってないけど」などと言われたらそれも困る。魔法を使った証拠、なんて残らないのだから。

もし、この審判が魔力に敏感でないことを見越した上で微力な魔法を使って攻撃してきたとしたら。

(胸くそ悪い奴だな、こいつ)

リンダの反射神経で避《よ》けたからこそ、切れたのは布だけで済んだが、一歩でも遅れていれば肉が裂けていた。

(こんな衆人環視の中でやるってことは、それで騒ぎになっても罰を受けない自信があるからか?)

自分はリンダのことを「贔屓《ひいき》」などと言っておいて、随分なことである。なんにしても、かなり悪質だ。

「はぁっ!」

大きな声を出して、シェルドンが切りかかってくる。わざとらしいその掛け声も、魔法の発動を誤魔化すためのものかもしれない。

「……っらぁ！」

リンダも、声を出してその剣を打ち返した。冷静になれ、と頭のどこかで声がするのに、漂ってくる魔力の香りが鼻について、どうにも集中できない。

とにかく早く勝負をつけようと、妙に焦ってしまったのがいけなかった。

「あっ！」

何度目かの打ち合いで、思い切り振り下ろされた剣を受け止めそこね、手がぶれる。しっかりと柄《つか》を握りしめられないまま続け様の剣撃を食らって、じぃんと指先が痺《しび》れた。

「……っ隙あり！」

「ちっ」

シェルドンがこれ見よがしに口端を持ち上げて、剣先を脇に下げる。おそらく、先ほどのように横一線に薙《な》ぎ払うつもりだろう。魔力を使われれば肉が切れるだろうし、使われなくてもまともに食らえば肋骨の一本二本折れるだろう。

「ぐっ」

リンダが剣を持ち上げるよりも、シェルドンの動きのほうが一拍速い。このままでは、絶対に攻撃を防げない。

（ちっ……っくしょ）

やられるっ、と思ったその瞬間。頭の真ん中が、キン……と不思議なほどに冴《さ》えた。

「あっ……？」

危機的な状況だというのに、なぜか体が前屈《まえかが》みに倒れる。

（え？）

破れた胸元がひらりとはためいて、服の隙間に風が入る。しっかりと開いた胸元からは、鎖骨どころか乳首のあたりまでしっかりと覗いていた。目の前にいたシェルドンの視線が、一瞬だけそちらに向かう。と、なぜかギクリとしたように動きが鈍った。

（しめた、……っと）

気がついたら、リンダは痺《しび》れた手から剣を投げ捨てていた。頭で考えたわけではない。体が、勝手に動いたのだ。

そのまま、シェルドンの肩に手を伸ばして「にっ」と彼の目を見て微笑《ほほえ》みかける。シェルドンの、惚《ほう》けたような榛色《はしばみいろ》の目が見えて……、そして。

「はっ！」

リンダはシェルドンの胸に足をかけて体をよじ登ると、太腿で彼の頭を挟み込んだ。

「んっ、むっ！」

シェルドンも驚いたのだろう。突然視界を塞《ふさ》がれたせいか、うろたえて足が止まっている。リンダはその機を逃さず、体重をかけて彼を引きずり倒した。ガシャンッ、とシェルドンの模擬刀が転がり落ちる音が響く。

「うっ……ぐぅっ！」

リンダは足を交差させ、シェルドンの首をぎちぎちと締め上げる。しばらくもがきながらリンダの太腿を開かせようとしていたシェルドンだったが、数秒後に、その手はぱたりと舞台に落ちた。

「…………うん、勝者タグ・グリーン隊アズラエル！」

リンダの勝利を確認した審判の判定とともに、わっ、という歓声が響く。そこでリンダはようやく、周りの音が耳に入っていなかったことに気がついた。

「え……？」

「アズラエル、そろそろ解放してやれ」

「あ、……はいっ」

審判に指摘され、リンダはぎゅうぎゅうと締め付けていた太腿をようやくゆるめた。ぐた、と伸びたシェルドンが「うう」と小さく呻《うめ》いている。

「すっ、すみません！　体技を使って、俺……っ」

「いや。厳密にいうと、この勝負は魔法が禁止されているだけだから、違反ではないよ」

「え？」

「魔力は枯渇することがある。その時にどうやって対処するか、っていう訓練も兼ねているんだよ、この模擬戦は」

「な、るほど」

そういう意図もあったのか、とリンダは曖昧に頷《うなず》く。なんにしても、体技が反則行為でないのであれば、シェルドンを気絶させたリンダの勝利だ。

「リンダは問題ないけど、そっちは大ありだろ」

「え？」

不意に聞き慣れた声がして顔を上げると、舞台のすぐそばにカインが立っていた。

「カイン？　……わっ」

なにかを投げつけられて、思わず受け取る。手の中に飛び込んできたのは、カインの上着だった。

「お前はそれ羽織ってとっとと着替えてこい」

そういえば訓練着が裂かれていたのだということを思い出し、リンダはすっかり伸びてしまっているシェルドンを睨《にら》んだ。……と、そこで、カインの発言を思い出し「ん？」と首を捻《ひね》る。

「そっち、というのはシェルドンだな。なにか問題あったか？」

気軽い口調で審判がカインに問う。もしかすると顔見知りか、同期なのかもしれない。審判の発言に、カインが「はぁ～？」と語尾を跳ね上げて不満げな声を出した。

「魔力使ってただろうが。バレねぇようにこそこそセコいやり方で」

(なんだ、カインもわかってたんだ……)

リンダはホッとして息を吐く。わざわざこうやって主張してくれるくらいには、リンダの試合を真剣に見ていてくれたらしい。

「えっ、そうなのか？」

審判がシェルドンを見下ろす。が、彼は目を回して伸びたままだ。審判の彼も、さすがに一方の主張だけで決めつけるのはよくないと思ったのだろう「シェルドンが起きたら話を聞こう」と締めくくった。

「まぁ、シェルドンが魔力を使っていようがいまいが、アズラエルの勝利には変わりない。剣を投げても勝ちにこだわるとはな。いい試合だったぞ」

後半はリンダに向けて、審判が笑いかけてくれる。思いがけず褒められてしまって、リンダは恐縮して頭を下げた。

「……っと、おーい。ジネット隊は誰かこいつを回収してやれよ」

審判が観覧席のジネット隊に声をかける。と、以前リンダをからかった聖騎士がしぶしぶといった様子で立ち上がって近づいてきた。

カインの上着を羽織って見るとはなしにそちらを見ていると、シェルドンの腕を肩に担いだ聖騎士と目が合う。聖騎士はリンダの顔を見て、なぜか下半身……太腿のほうに目をやり、そして最後に胸元に視線を置いた。じっ、と見つめた後、ハッとしたように首を振る。

「？」

「……ちっ」

なにか言われるかと思ったが、結局なにも言われないまま。ジネット隊の聖騎士はシェルドンを抱えて観覧席に戻っていった。

（えーっと……？）

リンダを馬鹿にしていたシェルドンを倒せたし、その先輩も負け惜しみのように舌打ちして去っていったし、結果だけみれば万々歳だろう。が、なんとなく釈然としない。

それは、なぜかカインが腹を立てたような顔で腕組みして、じっとこちらを見ているからかもしれないし、観覧席のほうでケネスがなにやら喚《わめ》いているからかもしれないし、他の隊の人間がちらちらとリンダを見ているからかもしれない。しかし、なにより……

（さっき、なんか変だったよなぁ？）

シェルドンに切られると思った瞬間、妙に頭が冴《さ》えて、体が思ってもいない動きをした。なんというか、操られているような感じだ。

（淫魔化した時に、ちょっと似ていたような……）

リンダはタグ隊のもとへ戻りながら、自分の手のひらを見下ろす。先ほど剣を弾かれた時の痺《しび》れはすっかり消えていたが、代わりに、なんともいえない熱が残っている。

おそるおそる、自身の口の中で舌を動かし、犬歯を舐《な》める。そこは特別尖《とが》っているでもなく、いつも通りの形をしていた。

（淫魔化、じゃない）

目に見えて淫魔化したのではない。では、一体なんだったのか。

内心首を捻《ひね》りながら、リンダは肩にかかったカインの上着の裾《すそ》を、きゅ、と握りしめた。

第六章

「なぁ、リンダ……」

「んー？」

きっかけは、フィーリィの言葉だったと思う。

いつも通りの朝、幼稚舎に行くガイルとシャンの準備を済ませて、学生組の朝食を半ば無理矢理(特に寝汚いヴィルダに)終えさせて、送り出して。さぁ自分も仕事に行くかとシャツを羽織っている時、珍しく先に準備を終えていたフィーリィが、どことなく気まずそうに話しかけてきた。

「なんかさぁ、最近困ったこととかないか？」

「ん？　あぁ、ヴィルダが朝起きなくて困る。あいつ、『一人部屋になったから前より寝やすくて～』なんていい加減なこと言いやがって。寝汚いのは前からだっての」

シャツのボタンを留めながらぶつぶつと文句を言うと、フィーリィが「あはは～、それも大変だよなぁ……」と苦笑いを浮かべた。どうやらフィーリィの「困ったこと」とは別の話だったらしい。

「違う？　じゃあシャンが浮遊魔法を使えなくて悩んでるアレか？　先生が言うには『基本的な魔力は十分にあるからあとはコツだけだ』ってさ」

「いや、その」

「あぁ、兄貴の引っ越しが終わってないこと？　あれね、聖騎士団から補助が出てるとはいえ家賃もったいないよなぁ。しかもなんか寝袋で寝てるらしいぞ。それじゃ落ち着いて休めないと思わないか？」

「まぁ、うん。それもそうだけど。だけどぉ」

「最近はカインもガイルとシャンを幼稚舎まで送ってくれるようになって助かるな……っと、これは悩みじゃないか」

「あー、いや、ほら、兄弟のことじゃなくて、リンダ自身の問題」

フィーリィがガシガシと髪をかきながら、思い切ったように問うてくる。

「俺自身～？」

と、言われても、自身の問題にはどうも心当たりがなく、リンダはボトムの中にシャツをしまいながら「へ？」と間抜けな声を出してしまった。

「俺かよ。いや、相変わらず仕事はきついけど、だいぶ落ち着いてきたしなぁ……。皆うちの事情も知ってるから、無駄に残業させないし」

「あー、うん」

少し悩むように目を閉じたフィーリィが、ちら、とリンダを見やる。

「なんか、他の聖騎士に言われたり、……してない？」

「他の？　……あぁ」

そこでようやく、リンダはフィーリィがなにを言わんとしているのかを察した。そういえばフィーリィは以前から「いじめられたら俺に言え」と気にかけてくれていたのだった。

「それがさ、最近嫌がらせが減ったんだよ。前は書類届けるのを邪魔されたり、すれ違いざまに『雑用』とか言われてたのにさぁ」

そう。以前は面倒なほどちくちくと嫌がらせをされていたり嫌味を言われたりしていたのだが、最近はそれが減った。なんというか、皆妙に距離を取るようになったのだ。遠巻きに様子を見ている、というのが感覚として近いかもしれない。

「あれかな、新人対抗戦で結構いい成績残せたから、ちょっとは認めてくれたのかな？」

少し冗談めかしてそう言うと、フィーリィが「んや、んー……ははは」と曖昧に笑った。

新人対抗戦が行われたのは、ちょうど半月前。三勝一引き分け、勝率でいえばカインの隊の新人と同率一位であった。タグ隊は、隊長であるタグはじめ剣技が不得意な面々ばかりで、これまでの新人戦も散々な結果だったらしい。ということで、隊の皆には「よくやったよくやった」「大金星だ、うちの出世頭だ」と褒めに褒められた。

「嫌がらせっていうか、まぁ、ちょっかいかけられてないならそれでいいんだ、うん」

「ちょっかい？」

それは嫌がらせとどう違うのだろうか。と内心首を傾《かし》げながらも、リンダは制服の襟元《えりもと》をキュッと締めて大きく頷《うなず》いた。

「うん、全然問題ない」

＊

「新人。お前最近、淫魔聖騎士とか呼ばれてるぞ」

「……は？　はぁ？」

慌てて顔を上げたせいで、目の前に積んでいた本と書類が、どさどさっと雪崩《なだれ》を起こして床に落ちていく。リンダは慌ててそれを拾ってから、とんでもない爆弾発言をしてくれたケネスをギッと見やった。もしかしたら目が血走っていたかもしれない。

「どっ、えっ、どっ、どういうことですかっ？」

リンダは現在、タグ隊の執務室でケネスとともに書類仕事に勤《いそ》しんでいた。書面の内容はギグス村に関することだ。来週、リンダとケネスで村へ調査に行くことが決定したので、出張に関する申請が諸々必要だったのだ。

他の隊員は出払っており、ケネスと二人きりで机に向かって黙って（時折ちょっかいを出されながら）書き物をしていたら、ケネスがふと思い出したように告げたのだ。「淫魔聖騎士」と。

一瞬、自分が半魔であることもなにもかもバレてしまったのかと思って、顔からなにから血の気が引いていく。

「あ、お前って本当に淫魔系なわけ？　……っと、それを聞くのはさすがにまずいか」

「えっと、あー……」

リンダは肯定も否定もできず、額を押さえる。

「いや、他の奴らは別に本気でお前を淫魔と思ってるわけじゃなくて。なんていうの？　あー、お前がいやらしいんだってさ。なんていうか、卑猥《ひわい》な聖騎士？」

「卑猥《ひわい》な、聖騎士ぃ？」

「卑猥《ひわい》」だなんて、およそ聖騎士にくっつけるべき単語ではない。にわかにガンガンと頭が痛み出して、リンダは目をきつく閉じたまま「えぇ？」と「はぁ？」と繰り返す。

「いや、なんでそんなことに？」

「んー？」

書類に視線を落としていたケネスが、上唇と鼻の間にペンを挟んで、ちらりとリンダを見た。

「まぁ、前から言われてたみたいなんだよな。地味顔だけどなーんか蠱惑的《こわくてき》だって」

「なんでっ？」

「あー、おっきい声出すな。知らねぇよ、なんかお前に絡んでった奴らがみんなお前を『妙に艶《なま》めかしい』『目が離せない瞬間がある』とか言うんだってさ」

絡まれて、というのはたとえばジネット隊のあの先輩聖騎士たちなどであろうか。しかし、別に淫魔の力を使ったわけでもないし、目の前で誘惑したり、服を脱いだりもしたわけでもない。無論、精気だって一滴も啜《すす》っていない。

「そこにきて、お前この間新人戦であれやっただろ、胸をぽろっと出して太腿でむにゅって頭を挟むやつ」

「は、はぁ？」

言い方がそれこそ卑猥《ひわい》すぎて、リンダは抗議の声を上げる。

「なんですかそれ、あれは斬り合いで服が裂けて、太腿で挟んだのは、絞め技ですよ、絞め技。むにゅっじゃなくて、ぎゅーってですよ」

「うん、まぁね。俺はちゃんとわかってるし、あそこにいた大多数はそう思ってるだろうよ」

「大多数？」

全員、と言わないということはつまり。

「何人か、何十人か知らないけど、少なからずあれを『卑猥《ひわい》だな』って思った奴らがいるってことだ」

ケネスはそう言うと、唇にのせていたペンを放って、指先でくるくると回した。

「まぁ腐っても聖騎士だし、面と向かって言うのはさすがに矜持《きょうじ》が廃《すた》るってことで言わないんだろうけど、そういうのがざわざわ～っと広がってるんだってよ」

「そんなの……っ」

リンダは反論しかけて、口を閉ざす。ケネスになにか言ったところで問題の解決に至るわけではないとわかっていたからだ。ケネスはあくまで、そういう噂が広まっている、とリンダに教えてくれたにすぎない。

「まずいですよね。半魔の、隠密部隊の俺が、『淫魔』とか呼ばれてるのって……」

手を額に当てたままうつむき、リンダは歯の隙間からこぼすように漏《も》らす。

「いんや、別に」

リンダの苦悩に、ケネスはさらりと返してきた。

「え？」

「本当に淫魔だって思ってるなら、わざわざそんなあだ名で呼ばねぇだろ」

ケネスの口調はどこまでも軽い。リンダはもう一度「え？」と繰り返し首を傾《かし》げた。

「ほ、本当に？」

「本当に。……あのな、人間の思い込みの力ってのは結構凄《すご》いんだよ。俺ら以外の聖騎士は『誉《ほま》れ高き聖騎士の中に魔族や半魔がいるわけない』って信じ込んでんだ。だから俺たちが何年半魔部隊をやってても気づかない」

たしかに、リンダが入る前からタグ隊は存在していたわけだし、今までその存在が疑われたことはない。「雑用部隊」なんて言われているくらいだ。

「そ、うですね」

とりあえずホッとして、リンダは長い溜め息を吐く。安堵《あんど》したリンダをちらりと見て、ケネスは「けけ」と笑った。

「だから、あいつらはマジでお前のことを『やらしいな』って目で見てるだけ」

「つはぁー……。いや、それはそれでめちゃくちゃ嫌なんですけど」

両手に顔を埋めて、ずぅんとうなだれる。

（あの時、淫魔の力が働いていたのか？）

思い返してみれば、あの時たしかにリンダは「変な感覚」を覚えた。誰かに体を操られているような、酩酊《めいてい》に近い感覚だ。

「ジネット隊のあの新人なんて、事あるごとにお前の周りをうろついてるぞ？　気づいてなかったのか？」

「は？　ええっ？」

ジネット隊の新人といえば、それこそあの時太腿で挟み落としたシェルドンだ。ゾッ、として思わず執務室の入り口を見やる。

「いや、さすがに今はいねぇだろ」

けたけたと笑うケネスを睨《にら》みつけるも、神経が図太い上司はリンダの視線などどこ吹く風だ。まったく気にした様子はない。

「その中から恋人候補でも探してみるか？」

「はぁ？」

以前、ケネスはリンダの恋人をオーウェンだと思い込んでいたが、あの後きちんと誤解は解《と》いた。かなり時間はかかったが、最後には「ほーん、なるほどな」と頷《うなず》いてくれたので、大丈夫だろう。……と思ったら今度はこんなことを言い出す。誰が自分のことを「そういう目」で見ている奴と付き合うというのか。

「あー……」

リンダはムッと口を引き結んでから、再び手に顔を埋めた。

「せっ、かく夢見てた聖騎士になれたのに、よりによって、淫魔って……」

努力して努力して、ようやく掴んだ聖騎士という仕事。しかしなんの因果かまさか本性の半分である「淫魔」とあだ名されるようになるとは。

「お前と手合わせしたい奴がたくさんいるらしいぞ。ひと勝負いくらって金額決めて金取るか？　結構いい商売になるぜ」

ケネスが灰色の髪をさらっと耳にかけながら微笑《ほほえ》む。元々顔の造形は良いからか、その笑顔はどこか小悪魔的だ。はっきりいって、リンダよりもケネスのほうがよほど「魔の者」に見える。いや、ケネスもまた魔の者ではあるのだが。

「しませんよ。っていうかこの噂って、どこ、まで……」

話しながら、リンダははたと先日自宅で交わしたフィーリィとの会話を思い出す。ちょうど三日前、リンダはフィーリィに妙な気の使われ方をした。「ちょっかいかけられてないか」なんて……

「あっ、えっ、その噂って結構広まってる感じなんですか？」

「えー、自分の噂なのに知らないのかよ」

「知るわけないでしょ！　ってか、いやー……やっぱあの反応はそうだよな」

リンダは椅子の背もたれに体を預けて、天井に顔を向ける。

フィーリィはおそらく、リンダにまつわる噂を知っていたのであろう。だからこそ、先日歯切れ悪くリンダに問いかけてきたのだ。「最近どうだ」なんて回りくどい問い方をして。

（弟にそういう……、淫魔とか噂されてるの知られるって、なんかこう……情けないし、恥ずかし

いって）

あまりの情けなさに、全身から力が抜けていく。リンダは天井に顔を向けたまま、足先からズルズルと床に滑り落ちていった。

「どした？　そんなに嫌だったか？」

ケネスは不思議そうに首を捻《ひね》っている。リンダは顔をくしゃくしゃに歪《ゆが》めて彼を見やった。

「嫌ですよ。嫌でしょ、普通」

どこの世界に、淫魔みたいだ、と言われて嬉しい者がいるだろうか。半分淫魔というのは事実ではあるが、事実だからといって「淫魔聖騎士」なんて言われて嬉しいはずがない。

「ふーん。俺も『小さい悪魔』だの『くそちび』だの言われてるけど、『あっそ』としか思わねぇぞ」

ケネスはよく「生意気なチビ」だの「魔族より性悪」だの好き勝手呼ばれている。が、たしかに本人に気にした様子はない。

「ケネスさんは、なんでそんなに気にせずにいられるんですか？」

まぁそれは、何事にも動じない……というより何事にも逆らって生きているケネスの性格にもよるだろうが。とは思いながらも、リンダはケネスに問うてみる。

「は？　そんなん、周りには好きに思わせとけばいいじゃねぇか。俺の価値は俺が知ってればいいんだから」

ケネスの言葉に、リンダは眉を持ち上げる。自然と眉間に寄っていた皺《しわ》が取れて、視界が広くなった。

「俺の価値は、俺が？」

ケネスの言葉を繰り返すと、彼は「そうそう」と軽い調子で頷《うなず》いた。

「周りからはそう見えてるってだけで、俺は俺のことを『小さな悪魔』だなんて思ってない。立派な聖騎士様だろ」

ケネスは、ふふん、と鼻を鳴らして、椅子の上でふんぞりかえる。リンダはその自信に満ちた顔をしばしぽかんと見やって、そしてたまらずに吹き出した。

「……ふっ、ふはは」

ケネスがあまりにも迷いなく自分のことを「立派な」というので、なんというか、呆れるよりも感心してしまう。

「ケネスさんって、……くっ、はは、ほんとケネスさんって感じします」

「お、俺の凄《すご》さがわかったか？　崇《あが》め奉《たてまつ》っていいぞ。お布施《ふせ》を払え」

「ほんと……、ケネスさんって感じだ」

呆れて肩をすくめると、ケネスは「へっ」と笑って書類に向き直ってしまった。話はこれでおしまいということだろう。

リンダもまた書類に向き合いながら、しかし頭の中では別のことを考えていた。

（淫魔、淫魔の聖騎士……かぁ）

実際のところ、それは事実だ。リンダは「淫魔」で「聖騎士」なのだから。事実だからこそ、逆に「違う」と否定したい気持ちが湧いてくるのだろう。人というものは、図星を突かれるとどうしても首を横に振りたくなるものらしい。

（じゃあいっそ、事実だからって開き直るほうが楽なのか？）

もしかしたら、そうなのかもしれない。「淫魔みたいでなにが悪い」と胸を張って言えたほうが、よほど気が楽で、思い悩むことも少なそうだ。……が、リンダはそうはなれない。どうしても思い悩んでしまう自分が矮小《わいしょう》だと思うし、情けないとも思う。

（それもまた、俺らしいってことなのかな）

自分らしく、とは一体なんだろうか。人間であり、魔族でもある、という自分の成り立ち自体にも悩んでいるというのに、さらにそこに自分らしさなんて言われても困る。

リンダに、またひとつ新しい悩み事ができてしまった。

＊

悩みはあれども時は進んでいく。噂話も気にはなるが、毎日の業務に家事にと追われに追われ、気がついたら「淫魔聖騎士」の話をケネスに聞いてから、一週間が経っていた。

リンダはいよいよ明日、ケネスとともにギグス村へ出立する。聖騎士として、初めての出張任務である。

ギグス村の調査は、移動日含めておよそ四日間の予定だ。まず往復の移動に丸二日、大きな村ではないので調査は二日もあれば済むだろう、という目算だった。

特筆事項としては、聖騎士が来ることを知った犯人に準備をされると困るので、事前に訪問の連絡はせず抜き打ちで行くこと。調査はリンダとケネスがあたること。……のみ。あとはリンダたちの裁量で随時判断して調査を進めるのだ。

「全員帰ってきているとはいえ、かなり奇怪な誘拐事件だ。くれぐれも慎重に、気をつけて調査にあたってね。まずは村人と自分たちの身の安全第一に」

というのが、今回の出張におけるタグからのお言葉であった。

「面倒事を起こされると後始末が大変だから嫌なんだろ」

と、ケネスに突っ込まれていたが、タグは気にした様子もなく「うん」と頷《うなず》いた。

「だって私、ことなかれ主義だから。なにもないのが一番一番」

のほほん、と恥ずかしげもなく微笑《ほほえ》むタグは、くしゃくしゃの髪や穏やかな表情が相まって、どうにも「強い聖騎士」には見えない。なんというか、タグ隊の隊員はそれぞれ、個性が強いような気がする。まぁそんな隊の一員であるリンダ自身も「淫魔聖騎士」なんてとんでもないあだ名で呼ばれているのだから、笑うに笑えないが。

四日間の調査に出るということは、必然的に家にも四日間帰らないことになる。ということはもちろん、寂しがる者もいるわけで……。

「え〜ん！　やっぱりやだよー！　リンダがいないのいやぁ」

「泣くなよシャン。お、俺だって……我慢してんのに、っ」

「ガイルぅ」

自宅リビングのソファに腰掛けるリンダ……の右足と左足にガイルとシャンがそれぞれヒシッとくっついて泣いている。リンダは「んんん、ああ～もうっ」と呻《うめ》いてから二人の頭をぐりぐりと撫《な》でた。

「帰ってくる。すぐ帰ってくるから」

うぇえん、と泣く小さな弟たちをよしよしとあやしていると、食後のアイスをもぐもぐと食べていたヴィルダが首を傾《かし》げた。

「でも兄貴たちっていつもそう言ってなかなか帰ってこないよね。大体四日が十日になり、十日がひと月になり……。リンダもそうなるんじゃない？」

「ふっ、不吉なこと言うなよ」

たしかに、聖騎士の出張は長引きがちだ。予定超過など稀《まれ》に……どころか実によくある。ヴィルダの言葉を聞いて、ますます泣き声を大きくしたガイルとシャンの頭を、リンダはわしわしわしと撫《な》でまくった。

明日から出張ということもあり、リンダは今日丸一日の休暇をもらっている。しばらく家を空けるので数日分の料理をもりもりと作って、ついでにクッキーも山盛り焼いて瓶に詰めて、家の中を隅々まで綺麗にして、それぞれのシーツまで洗濯して。

今日は久しぶりにファングも交えて、家族揃っての夕飯も済ませた……ところだったのだが、夜になるにつれて、小さな二人がぐずぐずとぐずりだしたのだ。

「なぁ、兄さんとカインと、フィーリィからも言ってやってくれよ。そんなことないって、ちゃんと帰ってくるって」

でないと収拾がつかない、と同じ聖騎士である兄弟に助けを求める。が、ファングは腕を組んで黙り込み、カインとフィーリィは「おー……？」と情けない声を出して視線を明後日のほうに逸《そ》らした。

「これってあれだよね、絶対すぐに戻ってこないって思ってるやつだよね」

「うんうん、そうだよね」

アレックスとローディがこそこそと内緒話をするように兄たちの態度を評している。つまり、そういうことだろう。

「ちょ、ちょっと。そんなことないよな？　いや、あるのか？　え？」

思い返してみれば、たしかにファングもカインもフィーリィも、出張は長かった。しかも「この日に帰る」と言って約束通りに戻ってきた試しがない。

「リンダは魔獣の討伐が目的ではないし、戻りの日程もずれたりしない……だろう」

ファングが歯切れ悪くそう言って、顎《あご》を撫《な》でた。頼もしい長男の発言のはずなのだが、ガイルとシャンはまだ目を潤《うる》ませている。「ほんとに？　ほんとのほんとに？」と潤《うる》んだ目で問われて、さしものファングも言葉を探している様子だった。

「大丈夫だって〜。危険な調査じゃないんだろ？　最悪ちょっと怪我しても、死にはしないって」

「し、しぬ……？」

慰《なぐさ》めるつもりなのであろうフィーリィの言葉が、ガイルとシャンに嫌な想像をさせてしまったらしい。ガイルは目を見開いたまま固まって、シャンはふにゃりと顔を歪《ゆが》めてリンダにしがみついた。

「う、うぇ、うぇえ」

「リンダ、怪我するのか？」

もはや、うぇーん、を通り越して、さめざめと本格的に悲しい顔で泣き出した二人に、年長組がおろおろと慌てる。不用意な発言をしたフィーリィはファングに睨《にら》まれ、カインは「やれやれ」と天井を見上げている。

「俺たちもそういうのあったなぁ～。ファング兄さんが初めて遠征に行く時とか、家を出た時とか」

「ねー。なんか大泣きした記憶がある」

意外にも冷静だったのは、年中組だ。あったあった、と言い合うアレックスとローディが、ガイルとシャンに「おいで」と手を伸ばした。小さな二人は、それぞれ双子の腕の中に収まる。

「大丈夫だよ。兄さんたちは聖騎士なんだから」

「リンダだってこう見えて強いんだよ。だってほら、アズラエル家で一番強いのって誰？」

ローディの問いかけに、シャンがしゃくりあげながら「リンダ」と答えた。

「え、俺って兄さんより強かったの？」

弟たちの認識に戸惑って問いかけるも、返事はない。反論が出ないということは、皆「この家で一番強いのはリンダ」と思っているということだろうか。最近まで魔法も使えない、ただの主夫だったのに。

「でしょ。リンダだから大丈夫」

よしよし、と頭を撫《な》でてやるローディは、もうすっかりお兄さんだ。少し前まで、リンダがああやって頭を撫《な》でてやっていたというのに。

「アレックス、ローディ……」

「でも大丈夫じゃないかもってのも、ちゃんと理解してないと駄目だろ」

不意に、アイスの箱を抱えたままのヴィルダが口を挟んだ。

「父さんと母さんだって、強かったけど死んじまったし」

「ちょっ、ヴィルダ〜」

せっかくガイルとシャンが泣きやんだのに、とフィーリィが咎《とが》めるように弟の名を呼ぶ。が、ヴィルダはまったく悪びれない様子で、きょとんと首を傾《かし》げる。

「いや、だから、こういう出立の前はちゃんと気持ちを伝えとかなきゃだろ、ってことじゃん」

ヴィルダの言葉に、リンダはハッと顔を上げた。フィーリィも「おや」と思ったらしく、ヴィルダの肩に回そうとしていた腕を止める。

「いつ会えなくなるかなんて、誰にもわからないんだから。そうなっても惜しくないように、ちゃんと言いたいことは言っとかないと」

そうだろ、とスプーンを咥《くわ》えたまま問われて、リンダは言葉に詰まる。そして、ゆっくりと瞬《また》きをした。

（いつ会えなくなるかなんて、誰にもわからない）

その言葉を噛みしめるように心の中で繰り返していると、それまで黙っていたファングが「もっともだ」と頷《うなず》いた。

「ヴィルダに諭《さと》されたな」

その言葉に、リンダも「あぁ」と頷《うなず》く。

そうだ、そうなのだ。今日と同じ明日が来るなんて、誰も約束してくれない。それどころか、平穏は簡単に奪われる。両親を亡くしたことでわかっていたつもりだったのに、弟たちには「大丈夫だよ」と耳触りのいいことしか伝えていなかった。もしも、の先をきちんと教えもしないで。

「ガイル、シャン」

リンダはアレックスとローディに抱かれた二人に視線を合わせた。

「ごめん。ヴィルダの言う通りだ」

ひく、と喉を鳴らして涙を堪えるガイル、そして未だほろほろと涙を流すシャンに、リンダは精一杯の笑顔を見せる。

「もしかしたら、なにか起こるかもしれない。帰ってこられないことも、あるかもしれない。明日がどうなるかなんて、誰にもわからないんだ」

真実を伝えることが、必ずしも正しいとは限らない。優しい嘘に救われることだってある。

それでもリンダは、今この時、ガイルとシャンにきちんと本当の気持ちを伝えたいと思った。

「でも、俺は俺のできる限りでちゃんと戻ってくる。そのために全力を尽くすと誓うよ。お前たちを、愛しているから」

それは、リンダの偽らざる本音だった。聖騎士になって、リンダ自身も怪我を負ったり、傷つく可能性は増えた。だがそれだけではない。リンダが傷つくことで、同じくらい心を傷つける子が、家族がいるのだ。

（あぁ、そうか）

聖騎士になりたかった。みんなを守れるような聖騎士に。聖騎士とは、広く国民を助ける存在だ。だがそんな彼らにも、個々に大切なものがあるはずだ。それは、家族であったり、恋人であったり、友人であったり、様々だろう。

自分の力が及ぶ範囲の人を、そして国を助けたい。だが同時に、身近な者も悲しませたくない。そのどちらも大事にできる者になりたい。

（そうだ。俺は、そんな聖騎士になりたい）

リンダはガイルとシャンを、二人を抱きあげるアレックスとローディごと抱きしめる。

それを見て微笑《ほほえ》むフィーリィも、アイスの箱を抱えて笑うヴィルダも、「泣き虫ばっかだな」と肩をすくめるカインも、そして全員を見守るファングも。みんな、みんな守れるような聖騎士になりたい。

「みんな、大好きだよ」

リンダはそう言って、アレックスの肩に顔を埋める。少しだけ浮かんだ涙を、こっそりその肩口で拭《ぬぐ》いながら。

弟たちを抱きしめるリンダは、ファングとカインが、それぞれ考え込むような顔をしていたことに気づかなかった。なにか強く、意志を固めるようなその顔に。

＊

「えっと……、つまり今日は三人で、ってこと？」

風呂から上がって、さて寝ようかと寝室に入ったリンダは思わぬ訪問を受けた。カインと、ファングだ。

「あぁ」

ファングが頷《うなず》いて、その隣にいるカインも多少不満そうな様子はあるものの、黙って腕を組んでいる。

「明日から長期で離れることになる。精気の供給はできるだけ多いほうがいいだろう」

「う、うん。まぁ」

ファングからの提案は「今日は俺とカイン、二人で精気を供給する」というものだった。たしかに、明日からは最低でも四日間精気の供給がない環境に身を置くわけだし、受け取っておくに越したことはないだろう。しかし……

（三人で、って。あの時以来だな……）

二人から同時に精気を受け取ったのは、一昨年、リンダの前に現れた魔族、ラルィーザの襲撃を受けた後だけだ。ラルィーザの魔力のせいで淫魔化してしまったリンダを元に戻すため、二人からたっぷりと精気を注いでもらった。口と、そして後孔に二人の性器を挿し込まれて、どろどろになるまで精気を注がれて、呑み込んで。

「あー……」

あの時は切羽詰まった状況から始まったし、意識も正常になったり霞《かすみ》がかったり、あやふやだった。しかし今日は、リンダはしっかり「二人から精気をもらう」と認識している。

「おい、大丈夫か？」

思わず口元を覆ってしまったからだろう。カインがリンダに問いかけてくる。リンダは首を振りかけて、思いとどまって「うん」と頷《うなず》いた。二人はリンダのために精気を分けてくれるのだ。もらう側であるリンダが恥ずかしがっている場合ではない。

「えっと……、ベッド、狭くないかな」

そんな、どうでもいいことを言いながら、リンダは自分のベッドに乗り上げる。ファングの焦茶色の目と、カインの蜂蜜色の目が自分の一挙手一投足を、じっと見つめているのを肌で感じながら。

「あ、服脱いだほうがいい？　いいよな、うん。ちょっと待って……」

独り言のようにそう言いながら、寝巻きのボタンを外そうとしたのだが、なぜか上手くいかない。

「あ、あれ。えっと……」

見下ろせば、指先がかたかたと震えていた。どうして、と思いつつ無理矢理動かすが、やはり小さなボタンは指先からこぼれてしまう。

「リンダ」

名前を呼ばれて顔を上げる。おそらく、情けなく眉が下がっていたのだろう、名を呼んだファングが困ったように顔を傾《かたむ》けていた。

「どうした？」

真っ直ぐに見つめられたまま問われて、リンダはボタンを掴もうとする指を膝の上に下ろす。

「……わからない」

リンダは、途方に暮れたような気持ちでそう答えた。そんなことを言われても、ファングとカインだって困るだろうと思いながら、それでも言葉を絞り出す。

「自分でもわからないんだ。前は平気だったのに……、二人同時にってのが、なんか、すごく緊張する」

正直に気持ちを伝えると、少しだけ気持ちが軽くなった。リンダは、は、と息を吐いてから今度こそ自分で寝巻きのボタンを外した。

リンダの言葉に、ファングとカインがちらりと目を合わせる。部屋の入り口付近で腕を組んでいたカインが、おもむろに口を開いた。

「どちらか一人のほうがいいか？」

そう問われて、リンダは「いや」と首を振る。今さらどちらか一方とだけ、というのもまた気分的に受け入れ難い。

「なんかないかな……、あー、二人いるんだな、って意識するからな。視線が気になるのかも。……あっ、いっそあれだ、見えなくしたらいいのか」

「見えなく？」

言葉にして提案してみると、なんだかそれがいいように思えてきた。どことなく不審そうに問うカインに答えず、リンダはベッドを下りてクローゼットを開ける。

「えーっと……、あった、これこれ」

じゃん、とばかりに取り出したのは、学生時代に使っていたタイだ。

「これで目隠ししてさ、二人がなにをどうこうしてるってのを意識しなければ平気かも」

はい、とファングに差し出すと、珍しく呆然としたような表情を見せた兄が、ちら、とカインを振り返った。カインもまたなにか言いたげな顔ではあるが、黙ったままである。

「え、駄目か？　いい考えだと思ったんだけど」

二人があまりにもなにも言わないので、逆に恐ろしくなってリンダはおどおどと首を傾《かし》げる。ようは二人が見えるから緊張するのだから、見えないようにして精気を供給してもらえばいいのではないだろうか。

「じゃあ、二人の目を隠すか？　タイ、もう一本あったかな……」

「いや、待て」

「それはやめろ」

うーん、と唸《うな》りながら提案してみると、二人に止められてしまった。その場面を想像したのだろうか、ファングもカインもどこか嫌そうに顔を歪《ゆが》めている。

「……わかった。これを使う」

ファングが、手の中のタイを握りしめて、諦めたように頷《うなず》いた。リンダはホッとした気持ちで「うん、よろしく」と微笑《ほほえ》む。

「よろしく、じゃねぇよっ」

声を荒らげたのはカインだ。なぜか拳《こぶし》を震わせて、リンダを睨《にら》みつけている。

「えっ、なに、なんか不都合あるか？」

「あっ……るに決まってるだろ。目隠しって、お前……、目隠しだぞ？」

当たり前のことを繰り返すカインに、リンダは「はぁ？」と眉根を寄せてみせる。

「だから、目隠しだろ？」

「目隠ししたリンダに、精気をやるのか？」

「うん」

「目隠しで、なにも見えない状態の？　無防備なリンダに？」

なぜそうも目隠しを繰り返すのだろうか。リンダはもう一度「うん」と頷《うなず》いてから、憤《いきどお》るカインを見つめた。

「嫌なのか？」

「い……っ、やとか、そういうことじゃ、ねぇけど」

歯切れの悪いカインに対して、ファングはもういつも通りに戻っていた。リンダの手を引き「もうつけるか？」と提案してくれる。リンダは「おう」と頷《うなず》いてから目を閉じた。

「なるべくきつく縛ってくれ。途中で解《ほど》けたりしないように」

「あぁ」

ファングに目隠しを巻いてもらう間に、リンダはするすると服を脱いでいく。不思議なことに、なにも見えていないほうが、いつもより大胆になれる気がする。

「ちょっと待っててな」

全部のボタンを外して上を脱ぎ、ボトムも脱いだ。それから下穿きにも手をかけて、両足揃えて「よいしょ」と脱ぐ。が、見えないせいか目測を誤って、ころんと後ろに倒れてしまった。下穿きを膝まで下ろした状態なので、尻が丸見えだ。リンダは「ぎぁ、落ちる！」と短く叫んで横に転がる。

「兄貴。俺たちは、なにを見せつけられてるんだ」

唖然としたようなカインの声が聞こえて、リンダは恥ずかしさに頬を染める。

「悪いっ、なんか見えないから動きづらくて」

目の前は真っ暗なので、声がした方向に顔を向けることしかできない。転げたせいで自分が今ベッドのどの位置にいるのかもわからなくなってしまった。

「兄さん、カイン、どこ？」

リンダは空中に片手を伸ばす。途中、下穿きを脱ぎかけだったことに気づいて、脚でそれを脱ぎながら。四《よ》つん這《ば》いのような格好で。

ギッ、とベッドが軋《きし》む音がして、気がついたら宙に浮いた手を包まれていた。

「兄さん……、カイン？」

「俺だ」

それは、ファングの声だった。リンダはホッとして手を握り返す。と、今度は背後から気配がして、肩を掴まれた。次いで、顎《あご》に手を添えられ、斜め後ろを向かされる。

「カイ……ん、むっ」

名前を呼ぶ前に、口を塞《ふさ》がれる。唇を割り開きすぐさま舌が滑り込んできた。熱くぬるついたそれに舌を搦《から》めとられ、リンダは「ふ、んぅ」と鼻から抜けるような声を出してしまう。

カインの舌は、遠慮なく上顎《うわあご》を擦《こす》りあげていく。ぞわぞわとした感覚に思わず腰が浮いた。が、かさついた大きな手に、浮いた腰を両側から押さえつけられる。

「う？」

それがどちらの手だかわからず、リンダは思わず手を重ねて止めようとした。

「リンダ、俺の手だ」

「ん、あぁ」

ファングがリンダの耳元で囁《ささや》く。リンダは口づけの合間にこくこくと頷《うなず》く。が、今度は脇の下から胸にかけて腕が回ってきた。思いがけないその手の動きに、リンダは首を振ってしまう。

「ん、え、カインか？　や、どっち？」

胸元から腹の中心を辿り、臍《へそ》をくすぐるように撫《な》でられて。鼠蹊部《そけいぶ》を撫《な》でるように左右から手が陰茎の横に添えられる。と、今度は背後から伸びてきた手に、尻肉を、むにっと揉《も》まれた。前から後ろから直接素肌を触られて、リンダは身を捩《よじ》る。

「どっちの手だか、わからないのか？」

「リンダ、俺はこっちだ」

カインとファングが、それぞれ耳元で話しかけてくる。

前にいるのがファング、後ろにいるのがカイン……のはずだ。今下唇を吸って離れたのがカイン、尻を揉《も》んで狭間を撫《な》でるのがファング。陰毛を撫《な》でながら陰茎の根元を握るのがカイン、リンダを押し倒すように転がしたのがファング……

（なのか？　本当に……）

胸を撫《な》でられ、乳首をつままれ扱《しご》かれて、脚を折り曲げられて、首筋を強く吸われて、尻朶《しりたぶ》に口づけを落とされて。段々、触れるその手や唇がどちらのものかわからなくなってくる。どこから伸びてくるかわからない手に翻弄されながら、リンダは「え？　え？」と情けない声を漏《も》らした。

「見えないから、わかんない。どっち？　これ、兄さんだよな……？　こっちが、カイン……あっ」

胸を触る手に手を重ねる、と、ぎゅうと乳輪ごと乳首を絞り上げられる。

「はずれ、この手は俺の手だ」

ファングの手と思っていたのは、カインの手だった。いつの間に位置を入れ替わったのか、リンダの正面にカインがいて、胸を触っている。

「じゃ、こっち、兄さん……兄さん？」

いつの間にか背後からは気配が消えていて、リンダは見えないままにきょろきょろとあたりを見回す。と、肩を押されて仰向けに転がされてしまった。

「兄さ、……んっ」

ベッドに身を預けたまま左右を見る、と頭の横に人の気配を感じた。リンダは顔を傾《かたむ》け、そちらに頭を寄せる。

「あ……こっち、兄さんの匂いだ」

「わかるのか？」

おそらく顔のすぐそばにファングの股ぐらがある。濃い精気の匂いで、それが誰だかようやくわかって、リンダは安心してそこに鼻先を擦《こす》りつけた。

「ん、わかる。兄さんの精気の匂い、するから」

とろりと甘い香りがして、リンダは目を隠されたまま頬を紅潮させる。思わず口を開いて、はふ、とボトムにかぶりつく。軽く歯を当て、ふにふにと何度か甘噛みして。唾液を吸い込んだ布を、じゅう、と吸い上げるとかすかにだが精気が滲《にじ》む。

「ん、んぅ」

それが美味《おい》しくてたまらなくて、リンダは、はぁ、はふ、と息継ぎしながら何度も何度も吸い上げる。それがボトム越しだという遠慮もなくなり、さりさりと舌で布を舐《な》めて、ちゅ、ちゅ、とねだるように口づけをして。

「にいは、ん……」

しまいには、布を咥《くわ》えて、ぐい、とそれを引っ張ってしまった。

「はあく、ぬいれ」

早く脱いでほしいと直接言葉で伝えると、ぐい、と脚を持ち上げられる。

「ぅあ？　わっ……！」

膝が胸につきそうなほどに折り曲げられて、尻が持ち上がる。脚を左右に広げられて、股間が晒《さら》されるのがわかった。

「ちょっ、さすがに、恥ずかし……あぁっ」

不意に、陰茎が生温かいものに包まれる。

「兄貴ばっか、相手にしてんじゃねぇよ」

不満を含ませた小さな声が、下腹部から聞こえてくる。リンダは「あ、え？」とわけのわからない気持ちよさに包まれながら、ひくひくと腰を持ち上げた。

「え、カイ……お、れの、舐《な》めて……？　あっ」

先端を口に含まれてゆるゆると幹を扱《しご》かれて、リンダは脚をバタつかせた。

精気をもらうために陰茎を舐《な》めることは多々あるが、自分が吸われることは、ほとんどない。慣れないその快感に、リンダは「んっ、あぅっ」と口と目を見開いて首を振る。舌が届くほど近くにあったファングの股間も、どこにあるのかわからなくなる。

「やあっ、あっ」

ぬるついた舌が、陰茎に絡みつき、裏筋を下から上へ舐《な》め上げていく。あまりにも直接的すぎる刺激に、リンダは涙目になって「は、あんっ」と背を仰《の》け反《ぞ》らせた。鈴口を抉《えぐ》るように舌先が先端を刺激する。やっ、と脚でカインがいる方向を蹴ろうとするが、あっという間に足首を掴まれて、逆に押さえ込まれて、もっと陰茎を吸われる。それどころか、ぬるりと熱い舌は陰茎の下の陰嚢、そして会陰《えいん》、後孔までも遠慮なく舐《な》め回し始めた。

「そ、こ駄目っ、やっ」

「さっき風呂入ったばっかだろ。嫌なら洗浄魔法かけといてやる」

そういうことじゃない、と言いたいが、会陰《えいん》を舌先で押しつけるように舐《な》められて「ひぁあっ」という情けない声しか漏《も》れない。指先がすりっと股間を撫《な》でた。どうやら本当に洗浄魔法をかけたらしい。

「うっ、ちが……なめ、舐《な》められるのが、やっ、なんだって」

カインの口が、後孔を咥《くわ》え込むように吸い付く。窄《すぼ》んだ穴の縁ごと熱い口の中に含まれて、リンダは半泣きで「やだ、それやだ」と泣くしかない。後孔の中に、ぐちゅ、と舌が入ってきて、リンダはますます首を振る。

「やだっ、やだよぉっ」

「リンダ」

ひくひく、としゃくりあげていると、頬を掴まれた。

「なに、え……っ」

頬から口にかけて、熱いなにかがひたりと押し当てられる。顔の上にのっかったソレがなにかと考える前に、リンダの口が自然と開いていく。

「あ、……あえ？」

ひくひくと鼻が動いて、舌を出して。気がつけばリンダはそれに舌を這《は》わせていた。

「こえ、にいさ、の……」

リンダが無意識のうちに舐《な》めていたのは、ファングの陰茎だった。いつの間にか下穿きを脱いだらしいファングが、取り出した陰茎をリンダの顔の上に持ってきたのだ。リンダは首を反《そ》らせたまま「んぐ」とその先端を口に含む。

「おい、こっちで気持ちよくさせてんだろ」

「精気を与えなければ意味がない」

「んなこと言って、リンダが俺に舐《な》められてよがってるの見るのが嫌だったんだろ」

「お前こそ、俺に集中するリンダが嫌でわざわざ舐《な》めたんだろう？」

頭上で剣呑なやり取りが飛び交う、が、リンダはひたすらちゅうちゅうとファングの陰茎を吸って、舐《な》めしゃぶっていた。そこから出てくる精気が美味《おい》しくてたまらなかったからだ。夢中になってかふかふと舐《な》めていると、今度は自身の陰茎を舐《な》め回された。

「んうっ？」

「わかってるよ、精気だろ。でも、リンダを気持ちよくすることも大事だろ」

「あぁ、そうだな」

頬を優しく掴まれて、陰茎が深く侵入してくる。リンダはますます首を反《そ》らして、それを呑み込んでいく。上顎《うわあご》をごりごりと擦《こす》られて「ふぅ、ん」と鼻から喘《あえ》ぎ声が漏《も》れた。精気で満たされた口腔をそんな風に刺激されて、腰が砕けてしまいそうなほどに気持ちがいい。

「リンダ、こっちからも精気やるから」

後孔を舐《な》めていたカインが、その穴から、ぬぷっと舌を抜く。その刺激にひくひくとつま先を震わせながら、リンダは「ん、ぐ？」と陰茎を咥《くわ》えたまま首を捻《ひね》る。

「んぐっ、んんんっ」

しっかりと腰を掴まれて、脚を広げられたその間に逞《たくま》しい体がのしかかってくる。その重みに覚えがあって、リンダは見えない視界の中で顔をそちらに向ける。

「んんんっ」

名前を呼んだつもりだった。次の瞬間、後孔に熱いものが触れる。

「んっ、んんっ……あっ、うぅんっ」

思わず陰茎から口を離してしまう。そのままリンダは「あっ、あぁんっ」と仰《の》け反《ぞ》った。口が開いていたせいで、盛大に喘《あえ》ぎ声が漏《も》れる。

「カイ、ンッ……中、やっ、挿れて、っる？　あっ、あぁっ」

見えないから自信がない。が、間違いなく後孔に陰茎の先端が潜り込んでいる。ゆるゆると腰を揺さぶられ、それがさらに深く侵入してきて、リンダは「ひゃ、あ」と情けない声を漏《も》らした。

「カイン、中には出すなよ」

「っ、わぁってるよ。っあー……久しぶりに、リンダの中に入った」

たしかに、挿入は久しぶりだ。最近は精気をもらうといえばもっぱら口づけや性器を舐《な》める程度で。カインの陰茎の、そのずっしりとした質量を感じて、リンダはきゅうきゅうと後孔を締めつけてしまう。

「っあ……待て、リンダ、あんまり搾《しぼ》るな」

「んなことっ、言ったってぇ」

淫魔の本能なのかなんなのか、リンダの体は自分でもよくわかるくらいカインの陰茎を歓迎していた。本来ならば人体にそんな機能などないのに、後孔は自然と濡れていく。奥から粘液を出しているのだ。全ては、淫魔の力のせいだろう。

目の前が見えない。リンダは必死になって自分に覆いかぶさる男……カインにしがみつこうとした。しかし、その腕は上から伸びてきた腕に阻《はば》まれる。

「リンダ、腕はこっちだ。そして、口は……ここに」

「ん、んっ」

腕に腕を絡められ、口先に押しつけられた陰茎を口に含む。ぬぷ、と侵入してきたそれに舌を絡めると、少し乱暴に腰を揺すられた。

「ふっ、んぐっ」

カインの陰茎の、えらの張った先端が、ごり、とリンダの中……前立腺を擦《こす》り上げた。生理的に出てきた涙が、タイをしとどに濡らしていく。

「んっ、んあ」

尻に、柔らかな毛が触れる。カインの陰毛だろう。そり、とそれで尻肉をくすぐられて、リンダはむず痒《がゆ》さに身を震わす。どうやら徐々に侵入を深めていたカインの陰茎が、一番奥まで入ってきたらしい。指では決して届かない孔の奥を突かれて、リンダはひくひくと喉を鳴らし「んんんっ、あぅっ」と喘《あえ》ぐ。拍子に、口からファングの陰茎をこぼしてしまった。

「……っ、リンダ、一度出すぞ」

言うなり、カインが腰を引く。そこでようやく、カインがリンダの中に精気を注ぐつもりがないことに気づいた。明日からリンダは仕事、しかも長期の出張だ。濃すぎる精気を直に注いで、支障をきたさないようにという配慮だろう。

しかし、淫魔のリンダにしてみれば、注がれる直前で離れるなど絶対に許せない行為だ。あと一歩でごちそうを得ることができるというのに、お預けなんて悲しすぎる。

「えっ、やだっ、……まっ」

待ってっ、と言う前に体の中から陰茎が引き抜かれる。ずるるっ、と中の肉まで引きずられそうなその勢いに、必死で後孔を締めつける。が、敵うはずもなく。

「んっ、あぁ〜っ！」

逆に内壁を思い切りこそがれる形になってしまった。その衝撃で、リンダの腰が思い切り浮く。と同時に、腹の上に熱い飛沫が飛び散った。

「あっ、や、……あぁっ」

それがなにか、リンダにはすぐにわかった。カインの精液だ。リンダは下唇を噛んで「ぐ、うぅ」と獰猛《どうもう》に唸《うな》る。

「……っ、は、塗り込んでおけば精気も十分吸収できるだろう」

荒い息で上下する腹に、ぬるつく精液が広がる。つぷ、と臍《へそ》の窪みに指先が埋まって、それだけでリンダの陰茎はひくひくと跳ねた。

「う、うぅ～……カインの、馬鹿、馬鹿野郎ぅ」

「はぁ？　なんでだよ」

昂《たか》ぶる気持ちのままにカインを罵《ののし》ると、腹のあたりから不満げな声が返ってきた。声を頼りにそちらに顔を向け、タイ越しにキッと睨《にら》みつける。

「精液、欲しかったのに。中に、びゅうって出してほしかったのに」

明け透けもなくそんなことを言ってしまうということは、自分は既に精気に酔っているようだ。それはもう、二人がかりで精気を与えられているのだから、当然といえば当然だが。

リンダはファングに掴まれたままだった腕を捻《ひね》って解放させる。そして、涙と汗でぐしゃぐしゃになったタイを取っ払った。

「ううぅ～……」

「唸《うな》るな……ってか、結局目隠し取るのかよ」

「取るっ」

宣言とともに、真っ暗だった世界が明るくなる。

やはりカインはリンダの脚のほうにおり、下腹部に手を当てている。リンダはその手をはっしと掴むと、指先を口元に持っていった。

「あ、おいこら」

ぺろぺろと、カインの指を舐《な》めしゃぶる。それはもちろん、そこに精液がついているからだ。一本一本ずつ味わうようにちゅうちゅうと吸うと、カインが「あぁもうお前」と空いた手で額を押さえた。

「こっちは中に出さないように我慢したってのに……」

ちゅぱ、と人差し指を吸ったところで、背後から、トン、と肩を押された。カインの手を握ったままリンダは前のめりに倒れる。

「ん、……あ、兄さん」

「直に摂取するのは駄目だ」

ひや、とするような声で咎《とが》められて、リンダは「うぐ」と一瞬言葉に詰まる。しかし、酔っ払ってしまったリンダには、怖いものなどない。

ファングの下半身に目をやり、そこがまだ力を失っていない……それどころか、硬くそそり立っているのを見て「ね」と声をかける。

「今度は、兄さんが挿れてくれる？」

甘えるように問えば、ファングはあっさりと「あぁ」と頷《うなず》いてくれた。うつ伏せのまま、ぐっ、と腰を持ち上げられて、リンダは逆らわずに尻を持ち上げた。顔を上げると、カインがそんなリンダの頬に手を伸ばしてくる。

「……カインは、こっち」

べぇ、と舌を覗かせれば、溜め息を吐いたカインががしがしと頭をかいた。

「洗浄魔法かけるから、ちっと待ってろ」

鼻先をつままれ、リンダは「ん」と幼げな声を漏《も》らす。その間に、後孔に熱い陰茎の先端が触れた。それだけでぞくぞくと背筋に快感が走るのに、ファングはじらすようにそれを孔の縁に擦《こす》りつける。

「ん、ん、……にいさん」

孔を割り広げるように先端を侵入させながら、ファングはあっさりと腰を引く。ぬぽっ、と音を立てて抜けていくそれに、リンダは肩越しに振り返って切なげな視線を投げた。それでもファングは、後孔から会陰《えいん》、果ては陰嚢の間を亀頭で撫《な》で擦《こす》るばかりだ。リンダは耐えきれずに「はぁ、あっ」と声を漏《も》らす。

「いっ、挿れないの？　挿れて……くれない？」

意識して、尻をゆるゆると回す。はしたない行為ではあるが、濃い精気を前にして、恥など惜しんでいられない。リンダは意識的に目を潤《うる》ませて、哀れっぽく「ねぇ」とねだった。

「挿れたら、中に欲しくなるだろう？」

そう言って、ファングはリンダの太腿を寄せた。そして、むちっと合わさった太腿の隙間に、自身の陰茎を差し込んでくる。

「あっ、やっ」

ファングの陰茎と、自身の陰嚢の裏とが擦《こす》れて、リンダは思わず前のめる。と、カインがその体を抱き止めるように支えてくれた。カインが押さえているからだろう。リンダの腰を左右から掴んだファングは、遠慮なく腰を使ってくる。

「あっあっ、にいちゃ……んんっ」

見下ろせば、赤黒いファングの亀頭が、リンダの太腿を出入りしているのがよく見える。リンダの愛液をまとっているからだろう、ファングの陰茎はしとどに濡れて、ぬちゅぬちゅと滑りよく太腿の間を行き来している。ファングの亀頭に押されるように、リンダの陰嚢と陰茎が揺れてぶつかり、ぱちゅっ、ぱちゅっと情けない水音をこぼした。

「いやっ、だっ。これじゃ、精気がっ」

ファングの陰茎の先端からは、先走りが溢れているのが見える。とろりとこぼれたそれを掬《すく》い取って舐《な》めたくて、指を伸ばそうとするも、その手はカインによって押さえつけられる。

「リンダ」

首を下に向けると、カインの陰茎が目に入る。ファングのそれより若干細身で色味が薄いそれは、しっかりと長さがあり、硬度も高い。ぐぐ……と臍《へそ》に向かってよく反《そ》っていた。

リンダは涎《よだれ》を垂らさんばかりに、それに向かって「は、ぁ」と口を開くが、しかし、股の間のファングの陰茎も気になる。

「まっ、て。ほんと、に、欲しい、欲しいの」

ぎゅっ、と太腿を擦《こす》り合わせるも、もちろん陰茎の動きを止めることなどできるはずもない。むしろその動きによって自身の股間とファングの陰茎とを強く擦《こす》り合わせてしまって、リンダは「くぅ」と切ない声を漏《も》らした。

「んっ、欲しい、欲しい、精液ぃ……っ」

哀れっぽく泣きながらファングをちらりと振り返るも、ひと際強く腰を使われて、脚を震わせることしかできなくなる。震わせながら、それでも脚を折り曲げてファングの腰に巻きつけようとするも、ファングの逞《たくま》しい体でもって後ろから制される。

「んぎゅっ、……あっ、あぁっ」

「……っ、出すぞ」

少し切羽詰まった声を出したファングが、残酷に宣言した。

リンダの尻とファングの下腹部がぶつかり合って、ぱちゅっぱちゅっと濡れた音が響く。まるで尻朶《しりたぶ》を叩かれているようなそのわずかな痛みに、じわじわと涙が溢れた。痛いからではない、その刺激すら気持ちがいいからだ。

「んっ、うっ、うう……っんん、いじ、わるぅ」

えぐ、としゃくりあげながら、カインの体に腕を絡ませる。そのまま、二人に挟まれるようにしながら、リンダもまた、射精する。放ったそれは目の前のカインの引き締まった腹筋に飛び散り、ぽたぽたと糸を引きながら垂れていく。

「んんっ、んっ」

太腿の間で、ファングの陰茎がびくびくと揺れたのがわかった。同時に、熱い精液が迸《ほとばし》ったのも。

「う……、あー……っ、あぁ」

射精直後、ファングがゆるゆると腰を動かす。ぬる、ぬる、と精液を吐き出したばかりの陰茎同士を擦《こす》られて、リンダは首を反《そ》らして喉をひくつかせた。

「うっ、うう……」

快感の波が去るにつれて、目尻にじわじわと涙が滲《にじ》んでいく。

「精液がぁ」

リンダは太腿に飛び散った精液を、必死に指で掬《すく》い取った。しかしそれは自分の精液と混じり合っていて、舐《な》めるに舐《な》められない。リンダはほろほろと涙をこぼしながら「んぇえ、もったいない」と泣いた。

「にいちゃんの精液、呑みたかったのにぃ」

何度もしゃくりあげていると、後ろから手が伸びてきた。

「ん」

その手は尻の間から太腿に伸びて、飛び散った精液を掬《すく》い取る。そして、そのままにゅるんと陰嚢、それから会陰《えいん》にそれを擦《こす》りつけた。精液のまとわりついた無骨な親指に後孔をやわやわと押されて、リンダは「ん、ん」とすすり上げながら感じ入る。

「無事に戻ってきたら、ここに、ちゃんと呑ませてやる」

その言葉に、リンダは鼻をすすってから目を瞬《またた》かせた。カインに絡ませていた腕を解《ほど》き、ファングを振り返る。

「ほんと？」

「あぁ」

ファングが、リンダの目を見ながら頷《うなず》いた。その黒い目には、一片の嘘も見当たらない。リンダは視線を揺らした後、こくんと首を縦に振った。

「……絶対、約束だからな」

少し拗《す》ねたような口調でそう言うと、ファングが「あぁ」と迷いなく頷《うなず》いた。ファングは後ろから顔を寄せると、リンダの頬に口づける。

「ん」

口から精気を与えられることは間々あれど、頬にそれをされることは珍しい。ファングは、リンダの涙に濡れた頬を唇で辿り、最後に目尻に口づける。

「おい」

と、腕を引かれて体が傾《かたむ》いだ。

「なに二人だけの空気作ってんだよ」

カインはそう言うと、リンダの頭を抱き込むように自身の胸に収める。そして、そのつむじに口づけを落としてきた。

「俺も、精液やるから」

「カインも？　いいのか？」

リンダはパッと顔を上げる。ファングにカイン、二人に精液を直にもらえるなら、自分は淫魔として相当満たされるであろう。

先ほどまでさめざめと泣いていたのに、リンダは現金にもほくほくと笑ってしまった。そんなリンダを見ながら、カインが苦笑して……そして、前髪をかき上げるようにリンダの頭を撫《な》でた。

「ん？」

「だから、ちゃんと戻ってこいよ」

剥《む》き出しになった額に、カインの唇が触れる。すると今度は、後ろから腰に腕が回って、ぐい、と引き寄せられた。そんなことをするのは、もちろんファングだ。ファングの厚い胸元に、こて、と後頭部を寄せて、リンダは満足げに息を吐く。

今日は少し物足りなかったが、後日楽しみがあるとなれば、それも我慢できる。

「お前になんかあったら、俺……たちが悲しむだろ。ガイルやシャンが大泣きするぜ」

途中で不自然に言葉を切ってから、カインが苦く笑う。

「そうだな」

夕飯の後の騒ぎを思い出して、リンダは「ふふ」と笑う。そして、ふ、と笑いを途切れさせてから、あの時、心に残った言葉を思い出した。

「ヴィルダがさ」

「ん？」

ファングがリンダの髪を優しく撫《な》でて、続きを促す。

「いつ会えなくなるかわからないから、言いたいことは言っとかないと……、みたいなこと言ってたじゃん」

いつの間に、あんなことを言えるくらい大人になったのだろうか。まだまだ子供だと思っていた弟の成長が誇らしくもあり、どことなく寂しいような気もする。

ファングに頭を撫《な》でられ、カインに両手を取られてやわやわと揉《も》まれて。こうやって穏やかに話していると、淫魔として昂《たかぶ》っていた気持ちも自然と落ち着いてくる。リンダは、ほっとしたような心地で、穏やかに話を続けた。

「なんか、本当にそうだよな、って思った」

当たり前に明日があると思って、リンダは約束をする。たとえば今こうやってファングやカインと「精液を直接注いでもらう」なんて言い合うこともそうだ。

「なんか情けない約束だけど、約束は約束だから。……うん、本当に。二人にまた、精液もらいたい」

もう少し格好いい約束ができればいいのだが、生憎《あいにく》とリンダの半分は淫魔だ。これもまた命に関わる大事な約束だ。

「いや、それにしても……精液もらいたいって、はは」

気持ちが落ちついてきたからだろう。妙に気恥ずかしくなって、そのまま、目の前のカインに照れ隠しのように笑いかける……と、思いがけず真剣な目と、目が合った。

「リンダ」

「ん？」

どうかしたのか、と問いかけると、手のひらをぎゅっと握り込まれる。痛いほどの力に驚いて腕を引こうとするも、カインの手はそれを許してくれない。

「カ……」

「俺は、リンダが好きだ」

イン、と名前を続けようとした口が、ぽかん、と開いたまま言葉を紡《つむ》げなくなる。代わりに「は」「え」と間抜けな音が漏《も》れた。急にどうしたんだよ、も言えずに、呆然とカインを見上げる。

「リンダが好きだ。ずっと好きだ、本当に……多分、お前が驚くくらいずっと前から」

急に、部屋の中の空気が変わったような気がした。「そりゃあ俺も好きだよ」「冗談よせよ」どちらの言葉かを言おうとして、しかし言葉に詰まったままなにも言えなくなる。

「それって、その好きって……」

家族としてだよな、とは言えなかった。カインの目が、震える唇が、熱いその手のひらが、決してそうではないと伝えていたからだ。いくら恋愛事に疎《うと》いリンダといえ、その意味がわからないほど鈍感ではなかった。

「いや、ちょ……」

無意識のうちに後ろに下がろうとして、とん、と厚い胸板に当たる。ファングだ。リンダは思わず助けを求めるように兄を見上げる。が、そちらにも、逃げ場はなかった。

「俺もだ、リンダ」

「は？　にい、さ……」

「お前のことが好きだ。愛している」

ファングの言葉は、カインのそれよりさらに直球で。「冗談だよな」という逃げすら許さない。

「ちょ……、ちょっと待って。二人ともどうしたんだよ」

急にそんな、と言いかけてハッと気づく。急、だろうか。二人がリンダに対して好意を示すのは、突然のことだろうか。リンダに口づけする唇を、触れる指を、熱い抱擁《ほうよう》や惜しみなく与えられる精気の、その熱を思い出して、リンダは顔を上げる。

「これって淫魔の力、じゃないよな。はは……」

思わず誤魔化すように笑って、リンダは一旦二人から離れようと立ち上がりかける。が、しかし。

「リンダ」

二人の声が重なって、カインがリンダの手を握り、ファングが体に腕を回してくる。手を、腰を、肌を通して、二人の熱が伝わってくる。冗談と笑えない、かといって本気で受け止めて、……そして、どう答えればいいのか。

「いや、だって、俺。俺は……」

リンダは口を開いて、閉じて、そしてもう一度開いて。なにも言えないままに目を閉じた。

目の前にある全てのことから、逃げるように。

第七章

「おい、新人。新人？　しんじーん」

「……わっ」

耳の近くで大きな声を出されて、リンダは思わず飛び上がる。そして「えっ、えっ？」と言いながらきょろきょろとあたりを見渡した。

「あ、ケネスさん……」

「ったく、着いた途端ぼんやりしやがって。おら、聞き込み行くぞ」

ここは、ギグス村にある教会だ。村には宿屋がないので、教会の部屋を借りることになったのである。

（い、いつ到着して、いつ教会に入ったんだっけ？）

リンダは呆然としながら、それでも荷物を置いてのろのろと立ち上がる。与えられた部屋は殺風景だが清潔で、ベッドがそれぞれ壁にくっついてふたつ、窓辺に五段の棚がひとつ、その上に花が飾られていた。本当に、それだけしかないシンプルな部屋だ。

開いた窓から吹き込んだ風にそよそよと揺れる花を眺めながら、リンダは自分の頬を軽く叩く。

「行かなきゃ。動け、俺」

言葉で自分を奮い立たせて立ち上がる。今日は村中を回って話を聞かなければならないのだ。帳面とペンが胸元のポケットに入っていることを確認して、そのペンがカインからもらったものであることを思い出す。

（カイン……、兄さん）

二人の顔を、そして一昨日の夜に見た真剣な目を思い浮かべて、リンダはがっくりと肩を落として溜め息を吐いた。

「はぁ……」

リンダはこれまで「恋愛」というものをしたことがない。学生時代は魔法を使えない分、それ以外で補おうと躍起になって座学と剣技を頑張っていたし、空いている時間は家事に弟の面倒にといっぱいいっぱいだったし、人を好きになるような心の余裕がなかった。性的な知識も乏しく、初めて口づけをしたのも自分が半魔と発覚してからだ。

まともな恋愛もしないまま体の関係だけが先行して、どこかちぐはぐであるとはわかっていたが、それでも不思議とそれを受け入れていた。不可抗力とはいえ、ファングとカインに頼る形で。

（俺が淫魔だから好きになった……んじゃないよな。ずっと前から好きだったって言ってたし）

ずっと、とはいつからだろう。リンダのほうは二人のことを「そういった意味」で意識したことはなかった。少なくとも、半魔だと判明して、体の関係を持つまでは。

そう、リンダは「好き」も「嫌い」もなくファングやカインと体を繋げた。しかし二人は、リンダをそういう意味で好きだったのだ。なにも思っていない相手と触れ合うのも嫌（ではなかったが）かもしれないが、では、想っている相手と体だけの関係を結ばざるを得ないのは、どうだろうか。

（俺だったら……）

きっと、辛いと思う。しかもリンダの場合、精気の枯渇が関わっていたので、「協力しない」という選択肢は選べなかったはずだ。

（いやでも、二人の気持ちを勝手に決めつけるのはおかしいし、でも、……あぁ）

ファングは、先にリンダと精気の供給の関係を築いていたのに、カインともそれを共有することになって。カインは、自分がずっと想っていたリンダが、仕方ないとはいえ兄であるファングと口づけや、それ以上のことをしていると知って。

（そういうのって、それって……）

今さら二人の恋心を慮《おもんぱか》るのもどうかという気はするが、知ったからには考えずにいられない。

それに、考えるべきは二人の気持ちだけではない。愛を告げられた自分自身の気持ちにも向き合わねばならない。

（俺は、二人の気持ちに……なんて答えればいい？）

リンダは、はぁ、と深い溜め息を吐いてから、のろのろと歩き出した。先に部屋を出たケネスが、教会の外で待っているはずだ。

一昨日、リンダはいわゆる「愛の告白」をされた。しかも、兄ファングと弟カインから。

いつから好きだったのか、なんで自分なのか、その気持ちは本物なのか。色々、本当に色々と聞きたいことはあったが、結局なにも聞けず終いだった。戸惑うリンダに「返事は急がない。むしろ、もらわなくてもいい」とファングとカインが言ったからだ。それでいいのだろうか、と思ったが、二人は平気な顔をしていた。

「何年も言わないままだったんだ。今さらすぐに同じだけ好きになってほしい、って気持ちにもならねぇよ」

というのが、カインの弁だ。どうやら、リンダの返事が欲しくて伝えたというわけではないらしい。

「リンダも聖騎士になって、互いにいつなにがあるかますますわからなくなった。気持ちは伝えられるうちに伝えておかないと、と気づいただけだ。俺も、カインも」

ファングはそう言って、優しくリンダの髪を撫《な》でてくれた。

そしてそれから、気まずい（と思っていたのはリンダだけかもしれないが）ながらも二人は穏やかに精気を与えてくれて……いつの間にか、リンダは寝入ってしまっていた。そう、寝ていたのだ。

おそらく、たっぷりと精気を吸収して満足したからだろう。

よくもまぁあの状況で眠れたな、とは思うが、寝てしまったものはしょうがない。自分の図太さというか無神経さには、我ながら恐れ入る。

翌朝目覚めた時「もしかするとあれは夢だったのでは」と思いもしたが、当のファングとカインから「昨日のは夢じゃないからな」と早々に釘を刺されてしまって。弟たち（特にガイルとシャン）の熱烈な見送りを受けて、その件について問い詰めることもできないままリンダはギグス村に出立することになってしまった。
一日目はひたすら馬を走らせた。途中休憩は挟んだが、ほぼ立ち止まることなく進み続けた。ぼんやりしていると振り落とされる可能性もあるので、馬に乗っている間はなにも考えないで済んで、変な話だがホッとした。途中ケネスから話しかけられたり絡まれたり、そちらのほうに気を取られていたおかげ……というのもある。まさか常日頃悩まされている上司のやっかいな絡みに、精神的に助けられる日が来るとは思ってもみなかった。

夜は早めに就寝して、朝からまた馬に乗って延々と走らせて……、そしてようやくギグス村に辿り着いた。

辿り着いてしまえば、たとえば椅子に腰かけた瞬間や荷ほどきの途中などに、ふ、と考え事をする時間ができるわけで。リンダはそのたびに、ファングとカインの告白について悶々《もんもん》と考える羽目になってしまった。

（いやだってさぁ、俺たち兄弟だし。そう、兄弟なんだよ！　まぁ、義理だけど……）

そう。リンダとファングとカインは、義理とはいえ兄弟だ。しかし、兄弟なのに精気を与える行為……ほぼ性行為といっても過言ではないことをしているのも事実だ。

（ああいうのを、純粋に兄弟って気持ちで受け入れているのか、って聞かれたら……、多分、違う気がする。でも……）

「あぁー……、ついて」

溜め息とも呻《うめ》き声ともつかない音を盛大に漏《も》らすと、すぱんっ、と腰を叩かれた。思わず飛び上がると、続けて二、三回スパッ、スパッ、と叩かれる。

「新人、仕事に集中しろ」

現在、リンダとケネスは村の中を回って聞き込み中だ。村に到着して早々、村長を通して「聞き込みに回る」と村中に通達してもらったからか、みんな嫌がることなくリンダたちの問答に付き合ってくれる。というより、聖騎士を見る機会もあまりないからだろう、きゃあきゃあと騒ぎながら自ら近寄ってきてくれた。

今朝、村に到着してすぐに、リンダたちはギグス村の村長の家に出向いた。村長はそれはもう恐縮した様子でぺこぺこと頭を下げてリンダたちを歓待してくれて、「行方不明の件について調査に来た」と伝えると、観念したようにうなだれた。どうやら、本当は聖騎士なり騎士なりに通報しなければならない案件だということは、理解していたらしい。

また、街のほうで村人が数人治療を受けていることも知っており「む、村の中の者は皆元気なんですけどねぇ」と言い訳のように何度も繰り返していた。

伝染病の類《たぐい》ではないということは既に件《くだん》の彼らを検査して判明しているのだが、ではなにが原因か、ということはやはりはっきりしていない。

とりあえず、行方不明になったことのある数名から話を聞いてみることにした。が、出てくるのは「覚えていない」「眠った後のことだから」「怪我は特にない」という言葉ばかりだ。しかし、聞き込みの際に誰しもが口を揃えて言うのだ。

「あの……怪しいのはヒューイだと思います」と。

ヒューイ、とは、村唯一の半魔だ。村外れに暮らしており、畑で穀物を育てているのだという。誰になにを聞いてもその調子で、「夜に出歩いているのを見かけた」と言い出す者もいた。ヒューイの名前が出てくるたびに、リンダとケネスはこっそりと視線を合わせたが、それももう何回繰り返したかわからない。

「そんなに怪しいんですかねぇ、その、ヒューイさんって人」

「さぁな。ま、とりあえずその本命に会いに行ってみるかぁ」

「そうですね」

ひと通り村人への聞き取りが終わり、リンダとケネスはヒューイの家に歩いて向かった。村民が百人もいない小さな村なので、馬を使って移動するほどでもない。

舗装された石畳《いしだたみ》の道をてくてく歩きながら、リンダは「すん」と鼻を鳴らした。

「なんかこの村って、妙に甘い匂いがしませんか？」

「甘い匂い？」

リンダは続けて、すん、すんすん、と何度も鼻を鳴らす。そのたびに、なんともいえない甘い香りが微かに漂ってきて鼻腔を満たした。

「匂いの強い花でも育てているんでしょうか」

「そんなに匂うか？　……なんの作物育てるのか後で聞いてみるか」

花、というよりは甘い砂糖菓子に似た匂いかもしれない。リンダは、くぅ、と小さく鳴った腹を押さえてから「そうですね」とケネスに同意した。そこかしこの家々から、甘い匂いが漂ってくるので、なんとなく食欲を刺激される。

（あー、お腹空いたな。朝飯もっとがっつり食べればよかった）

リンダは首を傾《かし》げながらケネスの後を追って歩いた。

「あなたがヒューイさんですね」

「えぇ、はい、そうです」

目の前では、気の弱そうな大男がきゅっと背中を丸めて腰掛けている。全体的に大造りな部屋の中、座ると足が床につかないくらい大きなソファに腰掛けて、リンダとケネスはちらりと視線を交わした。

大柄な体、異常に長い手足にギョロついた目。深緑色のその髪色も、この国ではあまり見かけない。ヒューイは、皆が話していた通り、見た目にもわかりやすい「半魔」であった。

「あー、っと。この村で起きている事件について話をしに来たんだけど……」

「あのっ」

「あ？」

「おっ、俺、捕まってしまうんですかっ？」

ケネスが話を切り出したところで、思い詰めたような顔をしたヒューイが、声を絞り出すように叫んだ。ケネスとリンダは思わず顔を見合わせる。

「あぁ、いえ。お話をうかがいに来ただけですが……、なにかそう思われるような心当たりが？」

これはもしや自供が始まってしまうのか、と身構えながら、リンダはできる限り優しく問いかける。犯行がバレたことで追い詰められ、逆上することもあるからだ。

しかし、暴れるどころか、ヒューイはかたかたと体を震わせて頭を抱えてしまった。

「ないですっ、俺はなんも、なんもしてないっ」

青い顔をしたヒューイは、声を引き攣《つ》らせて縮こまっている。

「心当たりがないなら大丈夫ですよ。落ち着いて話を……」

「でっ、でもっ、みんなが俺を犯人みたいに扱うんです。前は遊びに来てくれていた子供たちも来なくなって、家を出るとひそひそとなにか言われて、睨《にら》まれて」

「それは……」

なにも言えなくなってしまったリンダに、ヒューイが「すっ、すみません」と謝る。

「聖騎士の方にこんなことを言ってもしょうがないですよね。でも、あの、ついに通報されたのかと思って、俺を逮捕しに来たのかと思って、怖くて……」

見た目は大きく厳《いか》ついが、ヒューイの中身は普通の人間と変わらない。ここしばらく、疑われて、村の者から冷たい目で見られて疎外されて、すっかり精神がすり減ってしまったのだろう。そこに聖騎士が現れて「行方不明の事件について、話しに来た」と言われて、気が動転するのも無理はない。

「俺たちは『話を聞きに来た』だけだ。あんたが犯人だったら捕まえる。犯人じゃなかったら捕まえない。ただそれだけ」

肩を落とすヒューイに、ケネスがいつもの調子で話しかける。ヒューイは顔を上げ、リンダも横に座るケネスに視線を移した。

「け、ケネスさん……」

もうちょっと言い方はないのか、と名を呼ぶも、ケネスは気にした様子もない。

「俺は、人の噂だけで誰かを捕縛しようなんて思わない。正直に話してくれればそれでいい」

ケネスはそう言うと、ふん、と鼻を鳴らして顎《あご》を反《そ》らした。尊大な態度に見えるが、人によっては頼もしくも見えるのではないだろうか。特に、自信を失っている者からすれば、「この人にならば頼ってもいいかもしれない」と思えるような。

「あ、あ……」

ヒューイは大きくギョロついた目を瞬《またた》かせてから、そろそろと顔をうつむけた。大きな体を、その場から消してしまいたいのかというほど縮こめて、縮こめて、そしてゆっくりと口を開く。

「お、俺はなにもしていません。夜に人に会うと『びっくりした』って必ず怖がられるから……、極力、日が暮れたら外に出ないようにしているんです」

絞り出すようにそう言って、ヒューイは「お願いします、信じてください」と組んだ手の親指のあたりに顔を埋めた。

どんなに見知った村の人でも、暗がりでヒューイの姿を見たら、たしかに驚くかもしれない。彼はそれを考慮して、夜はひっそりと家の中で過ごしていたのだろう。

「そうか。じゃあ行方不明の事件があった日のいずれも、家の中に？」

「はい。……あっ、でもどの日だったか……外に出ていたこともあります。すみません、すみません」

ヒューイは思い出したようにそう言って、「いつだったかな」と壁にかけたカレンダーを確認しはじめた。そして、二回目の行方不明事件があった日を指す。

「この日に、えっと、神父様に荷運びを手伝ってほしいと言われて、夜に教会に行きました。俺、体が大きくて力が強いから、村の人に時たま頼まれるんです。最近は、それも減りましたけど……」

「神父様？」

ケネスの問いに、ヒューイは「えぇ」と頷《うなず》く。

「クリス・ラッチフォード神父です」

「あぁ、はい。その日はヒューイくんに荷運びを依頼しました。彼がこの村で一番力持ちですので」

ギグス村の真ん中に位置する教会。田舎の建物にしてはそれなりの広さがある礼拝堂の中、神の像の前に立ち、黒服の神父がにこりと微笑《ほほえ》む。澄んだ青空のように混じり気のないその笑顔に、リンダは目を瞬《またた》かせる。

彼の名は、クリス・ラッチフォード。ギグス村の教会の神父だ。今朝リンダたちが到着した時点では、既に村の家々を回り祈りを捧げていたため、顔を合わせることはなかった。村を回っている間も、どうやら上手いことすれ違っていたらしい。

夕方に教会に戻ってきたケネスとリンダは、ようやくヒューイの言っていた神父……クリスと顔を合わせることができた。

三十代半ばくらいだろうか。くすんだ金の髪は綺麗に撫《な》でつけられ、優しげな緑の目は話をする間もずっと柔らかく細められている。リンダの住む街にも教会自体はあるし、幼い頃は通っていたが、大きくなるにつれいつの間にか足が遠ざかっていた。こうやって聖職者と接するのも久しぶりだ。

(というか、俺もケネスさんも半魔だけど、祈ったりしていいのかな?)

よく、信仰に人間も魔族も関係ない、とは聞くが、果たして神はこんな半端者でも、本当に受け入れてくれるのだろうか。教会の中央に据えられた神の像は、なにも言うことなくリンダたちの前にじっと佇《たたず》んでいる。ぼんやりとそれを眺めていると、クリスが「はて」と首を傾《かし》げた。

「ヒューイさんがどうかしましたか?」

「いや、ヒューイに限らず、村の人皆に話を聞いて回っているんだ。神父さんも例外じゃない」

ケネスの言葉に、神父はにこりと微笑《ほほえ》んで手を組み合わせる。

「然様《さよう》でございますか。私に答えられることであればなんでもお話しさせていただきますね」

真っ直ぐに見つめられながらそう言われて、さすがのケネスも「う」とわずかに仰《の》け反《ぞ》る。なんというか、あまりにも邪気がないのだ。きらきらと眩しい笑顔の前、まるで浄化されかけた悪魔のように、ケネスは居心地の悪そうな顔をしている。どうやらケネスは、こういう清廉な人物が苦手らしい。

「あ、それから、お部屋のほうは問題なかったでしょうか。こまめに手入れしているつもりではあるのですが、万一ご不便があったら仰ってください」

「あぁ、はいはい、どうも」

ケネスが少し気の抜けたような声でそう言って、「なんか調子狂うな」と頭の後ろをかいた。クリスはケネスの言葉にも、きょとん、とした顔をしている。

それから、クリスにも行方不明事件に関して聞き込みをした。

クリスは「基本的に夜は教会にいます」と穏やかに答えてくれた。毎日、夜の祈りを捧げてからは、教会の中にある自室で休息を取っている、と。そして「ただ……」と申し訳なさそうに首を傾《かたむ》けた。

「薬師《くすし》としての資格も持っているので、夜に熱を出した子供を診に行ったり、怪我人の治療や見舞いに回ったりもしておりまして」

「へぇ、それは……」

すごい、と言いかけたところで、クリスが困ったように眉尻を下げた。

「突発的に外出するもので『夜中に村を出歩いていた』と言われたら、なかなか身の潔白を証するものがなく」

そう言われてみれば、たしかにそうだ。しかし、今日村で聞き込みをした感じからすると、誰ひとりとしてクリスを疑っている者はいなかった。むしろ誰も彼もが「素晴らしい神父様」「俺が子供の頃からお世話になっている」など、口を揃えて感謝の意を示していた。

(クリスさんは、白、なのか？)

これだけ村人を助けている人が、わざわざその行為に反するようなことをするだろうか。かといって、皆が疑っているヒューイが怪しいとも思えないのだが。では、他の村人……または外部の犯行か。

リンダは考え込んで顎《あご》に手をやり、隣のケネスをちらりと見やる。ケネスはなにを考えているのかわからない顔で、じっとクリスを見ていた。

と、その時。リンダの腹が「くぅ」と鳴った。あまりにも間抜けすぎるその音に、リンダの頬がカッと熱くなる。

「……あ」

思わず腹に手をやると、正面に座っていたクリスが目を丸くして、そして破顔した。

「ふふ、聖騎士様、お腹の虫が元気ですね。そろそろ夕飯にしましょうか？」

「あ、いえっ、その……すみません」

リンダは恥ずかしくなって、顔を赤くしてうなだれる。よりによって、どうして場が静かになったところで鳴ってしまうのか。

(昼飯、携帯食で簡単に済ませたからかな)

ギグス村に来てからというもの、なぜか無性に腹が減る。それはおそらく、この村に漂う甘い香りのせいだろう。そこかしこで、甘い果実のような、はたまた焼き菓子のような香りがするのだ。

「仕事中に腹なんか鳴らしてんな。気合いが足りねぇぞ」

横からケネスに肘で小突かれて、リンダは「すみません」と再度謝る。

「なんかいい匂いがして……どうもお腹がすく匂いというか、なんというか」

リンダが言い訳のようにそう言うと、クリスが「あぁ」と合点がいったように両手を打ち鳴らした。

「この村ではナルチという果実を栽培しております。栄養満点で、食欲増進の効果もあるので、病人食としても重宝されているんですよ。それがまぁすごく甘い匂いでして、ナルチを知らない方は皆『こんな焼き菓子のような香りの果物があるのですか』と驚かれます」

「へぇ」

「匂いだけでなく、味も甘くて美味《おい》しいのですよ」

クリスがくすくすと笑いながら教えてくれる。甘い香りの正体は、どうやらその「ナルチ」という果物だったらしい。

「ちょうど村の方からいただいたばかりなので、夕食の際にお出ししますね」

「あ、ありがとうございます」

素直に喜んでしまう、と、「意地汚ねぇ奴だな」とケネスからまたも突っ込みが入る。ギグス村には食堂がないので、夕飯はこの教会でいただくことになっていた。携帯食で済まそうと思っていたのだが、クリスが自ら「一人分作るのも数人分作るのも変わりませんから」と申し出てくれたのだ。

「ふふ、楽しい夕食になりそうですね」

ケネスとリンダのやり取りを見ながら、クリスは楽しそうに笑っている。リンダは「はは」と首の後ろをかきながら、ふいに、ふわ……と漂ってきた匂いに鼻をひくつかせた。

(なんかこの教会、すごくいい香りがする)

村の中もそうだったが、この教会は特に甘い香りがする。村の人からもらったというナルチのせいだろうか。

「どうかしましたか？」

ぼんやりするリンダに、クリスが顔を向けてくる。

「あ、いえ……」

クリスに視線を戻してから、リンダはギクッと体を強張らせる。一瞬だけ、クリスの目が光って見えたのだ。彼の瞳は緑色のはずなのに、燃える炎のような、不思議な色合いに。

「アズラエル様？」

「あ、いや」

(あ……、あぁ、夕陽のせいか)

高い位置にある窓から、夕陽が差し込んでいた。きらきらと眩しいその茜色《あかねいろ》を反射して、目が赤に見えてしまったらしい。

「なんでもありません。夕飯、楽しみにしています」

一瞬だけの見間違い。なのになぜかドキドキと胸が嫌な風に高鳴って、リンダは内心首を傾《かし》げた。

部屋に戻って、今日調査した内容についてケネスと整理する。それぞれベッドに腰掛けながら、帳面に書き綴《つづ》った内容を照らし合わせた。

「一番最初に事件が起きたのは十か月前、被害者は村長の娘であるメアリーさん。それから七件続いてます」

「よくまぁそんな前からここまでずっと黙ってたよな」

たしかに、とリンダも頷《うなず》いて、首を傾《かし》げる。

「いや、本当にそうですね。村の外聞が悪くなるからって、ここまで放置しますか？」

「まぁ、実害がなかったってのが一番大きいんだろうがな。行方不明者が出ても、すぐに見つかる。最初は怯《おび》えていただろうが、そのうち慣れていったんだろう」

人間とは慣れる生き物である。同じことの繰り返しには、特にそうだ。行方不明になったところで、すぐに見つかる。怪我もないし、金品的な被害もない。徐々に、徐々に慣らされていって、いつの間にか感覚が麻痺《まひ》していたのだろう。行方不明が日常化していたのだ。

「犯人は、この村の中の人なんでしょうか。それとも外？」

「村の中、で間違いないとは思うけどな。ギグス村から隣の村までは小さいが山をひとつ越えなきゃならねぇ。……が、昨日馬を走らせたが、道の途中には街灯ひとつなかっただろ？」

夜の山道を、人ひとり担いで歩くのは至難の業《わざ》だ。暗すぎるので馬も使えない。しかも、翌日なり数日後には被害者を戻しに来るのだ。村の内部の犯行とみるのが無難だろう。

「村人の大半はヒューイと思っているらしいな」

「そう、ですね」

聞き込みを行ったが、ほとんどの人間は「犯人はヒューイだろう」「あの半魔が怪しい」と言っていた。さも「逮捕してくれ」と言わんばかりの口ぶりだったが、自分たちでどうこうしようという気はないらしい。

村長に「そんなに怪しいと思っているなら、ヒューイに話を聞くなりすればよかったんじゃないですか」と問うてみたが、彼は怯《おび》えた様子で首を振っていた。

「逆上して襲いかかられでもしたらどうするんです。あんな巨人に勝てるわけないじゃないですか」

と、まるで被害者のような顔で。

話してみたところ、ヒューイはかなり気弱な雰囲気だった。およそ人に襲いかかるような真似をしそうにはない。が、やはり「半魔」であり見た目も人間離れしているからか、恐れられている。それでも、行方不明事件が起きる前は、まだ交流があったようだが。力持ちとして、重宝されていたらしい。

「ヒューイさんかぁ……。俺は、犯人じゃないような気がするんですけど」

「なんで？」

ぱらぱらと帳面をめくりながらそう言うと、尊大に足を組んだケネスが問うてきた。

「いや、なんていうかあれだけの巨体が深夜とはいえ村の中を行き来してたらさすがに誰かの目に触れるんじゃないかな、って。実際、一度外出しただけですごい覚えられてましたし」

「まぁな」

「しかも、ただでさえ皆ヒューイさんを犯人だと思って注視してるんでしょう？」

ヒューイの自己申告ではあるが、彼は半魔といってもほとんど魔力はないらしい。できるのはこの程度です、と小さな火が指先から出るのを見せてもらった。人をこっそりと拐《かどわ》かすような魔力は、どう見ても持ち合わせていない。

「ただの同情的な意見を言うのかと思ったら。ちゃんとまともに考えてたんだな」

「ケネスさん……。一応俺だって聖騎士ですよ」

ヒューイが可哀想だから「犯人ではなさそう」と言ったのではない。きちんとリンダなりに考えた結果だ。

「けど、一番わからないのは犯人の目的なんですよね。行方不明になった人も、どこも外傷はなかったし。でも……」

被害者にも直接会ったが、全員普通に生活しているように見えた。家族も「なにも変わりはない」と言って。

（でも、ただ……）

「でも、なんだ？」

「あ、いえ」

ケネスに先を促されて、リンダは「うー」と呻《うめ》く。しばらく悩んで、そして、観念して話を続けた。ケネスの、じーっと見つめてくる瞳に根負けしたのだ。

「いや、なんか、甘い匂いがしたな、って」

なんとなくだが、行方不明になった者の家から、特に甘い香りが漂っていたように感じた。

「もしかしたら、行方不明になった人の家って、ナルチを栽培する農家だったりして……なんて」

犯人の目的はナルチだった。なんて、まさかそんな当てずっぽうにもほどがあるようなことは言えず、リンダはごにょごにょと口ごもる。気恥ずかしさを誤魔化すように顔を背《そむ》けて、部屋の隅の踏み台に目をやった。

(あれ？)

そういえば先ほどの聖堂にも踏み台が置かれていた。段差のあるところには必ず手すりが備え付けられているし、これなら村の年配者も訪問しやすいだろう。

(クリスさんが付けたのか？　……うん、まぁ付けそうだな。マメで働き者な神父様って感じだったし)

村人のために献身的に働く彼は、村人からも大人気だった。「いつも子供のために薬を作ってくれている」「昔から村のために尽くしてくれて、ありがたい」「私も子供の頃から世話になっていた」、誰もがそう言って、ありがたいと手を組んで感謝して……

「あれ……？」

なんとなく違和感を覚えて、リンダは首を傾《かし》げる。が、その原因がなんなのか突き止める前に

「おい、新人」とケネスに呼ばれた。

「これは確認だけど、お前の『魔』は……淫魔に関わりのあるもの、で間違いないか？」

「あ、えっと」

聖騎士団における「淫魔聖騎士騒動」でほとんど露呈していることではあるが、改めて問われると頷《うなず》き難い。そもそも、隊内で相手の「魔」について問うのは基本的にご法度《はっと》だ。

気まずい思いで見やったケネスは、意外にも真面目な顔をしていた。その表情に、からかったり、馬鹿にしたりする色はない。

「その……、はい。俺の母親が淫魔だったらしく、俺はその血と力を受け継いでいます」

少し悩んでから、リンダは正直に真実を告げた。これで規則違反だのなんだのと怒られたら、その時はその時だ。ケネスは責めるでもなく「なるほどな」と頷《うなず》いてから、顎《あご》に手を当てた。

「お前だけ明かすのも不公平だな。……俺の『魔』は魔獣に由来する。俺の本性は魔獣だ」

「あ、え？」

ためらうことなく自らの「魔」を明かしたケネスは、顎《あご》に手を当てて「うーん」と唸《うな》る。

魔獣、まさかケネスが魔獣の半魔だったとは思わず、リンダは目を見張る。

魔獣とは、読んで字のごとく「魔の獣」だ。魔族の一部、として分類されている。元は獣だったものが人型魔族に使役されることにより魔力を得て知能をつけた、だの、はたまた古《いにしえ》より存在した生き物だ、だの、色々と憶測されているが、その起源はよくわかっていない。人型魔族とほぼ変わらない者もいれば、変身能力を有した者もいるし、獣のように言葉も話さず魔族に飼われている者もいる。一昨年、街を襲った大型で凶暴な魔獣のことを思い出し、リンダは少しだけソワッとしてしまった。もしかしたら、ケネスにもああいった本性があるのだろうか。

「どんな魔獣かは……、まぁいずれ目にするかもしれねぇな。その時まで楽しみにしてろよ」

「は、はぁ」

まさかこんなにあっさり告げられるとは思わなくて、リンダはぎこちなく頷《うなず》く。しかし、ケネスがこの話をしたのには、なにか理由があるらしかった。ケネスもまた、リンダと同じく踏み台に目をやってから、棚や、窓を見やった。なにかを、確認するかのように。

「俺は魔獣……半分が獣なだけあって、勘が冴《さ》えてんだ」

ケネスの発言に、リンダはしぱしぱと目を瞬《また》かせる。

「勘？」

野生の勘、というのだろうか。ケネスが普通の人間なら「そんな当てずっぽうみたいな」と言ったかもしれない。が、魔獣の半魔ならば、たしかにそういった能力もあるだろう。

「念のためって感じではあるが……、新人、今から俺の言うことをよく聞けよ？」

「え、……は、はい」

改まったように姿勢を正したケネスが、手のひらを上に向けたまま、ちょいちょい、と人差し指でリンダを招いた。

第八章

深夜。リンダとケネスはそれぞれベッドに入って目を閉じていた。部屋はしんと静まり返り、閉められた窓の外も静かだ。ホウ、ホウ、と遠くから聞こえてくる鳴き声は、梟《ふくろう》のものだろうか。

――キィ……

静かなその部屋の扉が、軋《きし》んだ音を立てる。外側からゆっくりと開かれたのだ。コツ、コツ、と抑えめの足音が響いて、部屋の中心で止まる。どうやら部屋の中を見渡しているらしい。

規則正しい寝息を確認したからか、部屋に入ってきた人物がまたコツコツと小さな足音を立てて移動する。そして、リンダが眠るベッドの、その掛け布に手をかけた。……その時。

「……新人っ！」

「っ！」

闇を切り裂くような鋭い声に、誰かの息を呑む音が重なる。跳ね上げられた掛け布、逃げようとする足音、ガッ、ドカッ、となにかがぶつかり倒れる音が響いて、一瞬ののち、部屋に明かりが灯る。

「……っ、やっぱり来ると思ったぜ」

はっ、と荒い息を吐きながら、ケネスは腕を捻《ひね》り上げのしかかっている「相手」に獰猛《どうもう》な笑みを向ける。

「神父様よぉ」

床に倒れ伏し、ケネスに膝で首を押さえつけられているのは、クリス神父その人だった。金髪を乱して、必死に首を持ち上げようとしている。

「くっ、……クランストンさん？　なんで目覚めて……、いや、これは一体どういうことですか？」

「どういうって、それはこっちの台詞だろ。……おい、新人」

クリスに答えながら、ケネスがリンダに顎《あご》で指示を出す。リンダはクリスの手首に「魔力封じ」の魔法が込められた縄を結びつけた。

「な、なぜ私の腕を縛るのですか？　私は、お二人が不便なく眠られているかどうか、確認しに来ただけですっ」

困惑したような顔をするクリスに、ケネスは「はいはい、そりゃどうも」と返す。

「こんな夜中に足音ひそめてくるなんて、優しい神父様だな」

「い、今ちょうど、業務が片付いたところだったのです。就寝前に、ご様子をうかがいに来たのですが……まさかこんなっ」

クリスは、ぐぐっ、と力を込めて体を起こそうとしたが、ケネスにあっさり押し戻される。

「はいはい言い訳はいいですよ、っと」

まったく慌てるでもなく、ケネスはクリスに向かって肩をすくめてみせる。

「あんたが怪しい……っていうか、犯人だろうってのは、もうバレてんだよ。今さら取り繕《つくろ》うな」

「なっ、なにを……」

クリスは戸惑った様子だが、その手元にはかなり力が入っている。ぎち、と縄が軋《きし》む音が絶えず聞こえていた。

「だって、この村で夜中にうろうろして誰にも疑われないのは、あんただけだろ？」

「そ、それは私が治療を……」

「おう。お薬の調合が上手いらしいな。おかげで眠たくって仕方なかったぜ」

そう言いながら、ケネスは抵抗するクリスの腰と腕とをひとまとめに縛り上げていく。

「夕飯。睡眠薬をたんまりと仕込んでくれただろう？　だから驚いたんだよな、俺らが起きてて」

「な……」

「さっき、『なんで目覚めて』って言ったじゃねぇか。自分の言ったことなのに覚えてねぇのか？」

クリスはリンダたちが起きていたことに驚いている様子だった。当然だろう、自身の準備した夕飯に仕込んだ睡眠薬が、まったく効いていなかったのだから。

「聖騎士ってのは毒やら薬やら盛られやすくてね。常に中和剤を携帯してんだよ」

縛り上げた縄の端をベッドの脚に括りつけて、ケネスはようやく身を起こした。

「そうやって村の連中にも薬を仕込んでたんだろう？　そして、こんな小さな村で八人もの人間を攫《さら》った」

クリスはなにも答えなかった。

リンダはうなだれるクリスを見てから、ケネスに視線を移す。ケネスは警戒した様子で立ち上がって、ベッド脇に置いてあった剣を手に取った。おそらく、いつでも抜けるように。

「ヒューイに荷運びさせたのは、あいつに疑いを向かせるためだ。案の定疑われて、犯人扱いされてたな。たった一回の外出だったのに、かわいそうになぁ」

「……実際、私も彼が犯人だと思っています。睡眠薬だって、誰かが別の方法で飲ませたのかもしれないじゃないですか。わ、私は知りません。どうして、罪なき私をこんな目に？」

クリスが、ぽつぽつ、と漏《も》らして、下からケネスを睨《にら》みつけた。

「私は神父ですよっ。この村のためにこれまで必死に尽くしてきました。それなのに、誘拐事件の犯人……？　まさかそんな」

「お前じゃねぇだろ」

切々と言い募《つの》るクリスの言葉を、ケネスが遮《さえぎ》る。

「お前はみんなに慕われていた神父様じゃねぇだろ。……おい、新人」

「はい」

ケネスに促されて、手元にあった書類をめくる。村長の家から借りてきた、この村の記録だ。

「クリス・ラッチフォード神父がこの村にやってきたのは今から三十二年前です。当時三十五歳、だから今は……」

六十七歳だ。しかし、目の前で縛り上げられたクリスはとても若々しく、どう見ても六十代には見えない。

「この教会は至る所に手すりが設置されて、踏み台が置いてある。信者のためとも思ったが、居住場所のほうも同じだ。……ってことは、それを必要として、使ってる奴がいたってことだろう？」

　六十代も後半であれば、日常の中で手すりや踏み台を使う場面も出てくるだろう。が、ここにいるクリスは、それが必要そうには見えない。見た目は三十代くらいだし、先ほどのケネスとのやり取りからも、足腰が丈夫なことが伝わってきた。

「そんな……記録のほうが間違っているんです。そもそも、私が神父と入れ替わっているというなら、村人のほうがおかしいと気づくはずでしょう？」

「おう。あんたが普通の人間なら、誰かしら疑問を持ったかもな」

　ケネスの発言に、一瞬、しん……と室内が静かになる。

「うちの新人は、魔力に敏感でな。……この村、不自然なほど魔力に満ちてるって気づいちゃったんだよな」

　そう。リンダが感じていた甘い匂いの正体は、魔力だったのだ。

「はい」

　リンダがしっかりと頷《うなず》いて見せると、クリスが信じられないものを見るような目を向けてくる。

　リンダはそれを無視して、ケネスの言葉を心の中で思い出した。

『お前が「甘い匂い」って思ってるのって、もしかして魔力じゃないのか？　淫魔って魔力とか精気の気配に敏感だったろ』

　そう指摘されて、リンダも初めて気がついた。ただの「甘い匂い」としか思えなかったが、意識してみれば、たしかにその匂いは「魔力」だったのだ。ぼんやりと「甘い匂い」としか感じられなかったのは、なにかしら誤魔化すための細工がされていたせいかもしれない。なにしろ半獣のケネスですら「俺には全然わかんねぇけど」と言っていたくらいだ。

匂いは今も感じている。目の前の、このクリスから。

「で？　今回の誘拐事件、結局なにが目的だったんだ？」

もはやクリスこそが犯人と確信した口調で、ケネスが問いかける。しかし、クリスはうつむいたまま口を閉ざし、質問に答えようとしない。だらりとうなだれるように下を向いている。

リンダもまたクリスを見やるが、先ほどの捕物で乱れた髪しか目に入らず、その表情まではうかがえない。

（たぶん犯人……、なんだろうけど）

夕飯前、リンダはケネスと筆談で話をした。クリスに聞かれないようにという配慮だ。

『勘じゃあるけど、あの神父が怪しい。村長のところへ行って、村の記録を借りてこい』

『念のために睡眠系の中和剤を懐《ふところ》に忍ばせておけ。眠気を感じたらすぐ飲めよ』

ケネスはそうリンダに伝えて、神父を警戒するように促してきた。驚きはしたが、同時に感じていた違和感の正体にも気がついた。

この教会にいる神父クリスは偽物で、本性は彼の皮をかぶった魔物かなにか。おそらく、魔法を使って村人の目を眩《くら》ませている。さらに、本来のクリスがよく村人に薬を調合していたのを利用して、誘拐被害者に薬を盛って拉致《らち》……。犯人がクリスとして筋道を立ててみると、全てがすっきりまとまる。

そして記録を調べてみたところ、クリスの実年齢はリンダたちが目にした彼の姿とかけ離れていた。

思い返してみれば、ある程度歳を重ねた村人が「子供の頃から世話になっていた」と言っていた時点でおかしかったのだ。その村人は、明らかにクリスより年嵩《としかさ》だったのだから。リンダの感じていた違和感はまさにそれだった。

「ま、既に連絡は飛ばしてあるから、観念しな。おそらく明日の昼頃にゃ聖騎士が来るだろう。理由は取り調べの時にでもしっかり話せばいい」

ケネスはそう言って、腕組みした。クリスはすっかり黙りこくってしまって、犯行の理由はもちろん言い訳すらしなくなった。

(これで、一件落着……なのか?)

ケネスの言う通り、聖騎士には既に魔法で連絡を飛ばしている。無事に捕縛も済んだことだし、あとは交代で見張りをして、聖騎士団からの応援を待てばいい。

「すみません」

唐突に、クリスが謝罪した。リンダはケネスと目を見合わせる。はぁ、と溜め息を吐いたケネスが「あのなぁ」と不機嫌そうに片眉を持ち上げた。

「今さら謝ってもしょうがないだろ。ったく、謝るくらいなら村人を誘拐した理由を話せって……」

「すみません、すみません」

ケネスの話を遮《さえぎ》るように、いや、ケネスの言葉など耳にも入っていない様子でクリスは繰り返し謝る。何度も、何度も、まるで壊れてしまった玩具のように。

「あのなぁ」

ケネスはムッとした表情を浮かべたが、リンダは「は」と息を呑む。

「ケネスさん、この人、俺たちに謝ってないです」

「あ？」

クリスの目は、どこか遠いところを見ていた。いや、遠く……でもない。緑色の目はぎょろぎょろと忙《せわ》しなく揺れて、額には汗が浮かんでいる。

「すみません、すみません、ごめんなさい、許してください」

リンダとケネスは、その異常さに思わず息を呑んだ。

「おい……？」

「すみませんすみませんっ、許してくださいっ、あぁっ私から奪わないでくださいっ」

もはや正気を失ったように喚《わめ》きはじめたクリスに気圧され、リンダは一歩後ろに下がる。クリスは一体、誰に謝っているのだろうか。そしてなにを「奪われたくない」と抵抗しているのだろうか。

……と、顔を真っ青にして喚《わめ》いていたクリスが、す、と表情を消した。

「あぁ、残念です」

その声を聞いて、リンダの背筋にぞくぞくと寒気が走る。ぞわっと鳥肌が立った腕を無意識に擦《こす》ってから、リンダは忙しく瞬《またた》いた。

まったく残念でもなさそうな口振りで「本当に残念」と繰り返したクリスは、ゆったりと首を振った。鬼気迫る勢いの謝罪から一転、妙に余裕を持った態度がなんとも異常だ。

「せっかく望むままに若さを与えてやったというのに。失望しました」

「まだっ、まだやれます！　この聖騎士たちを処分してしまえば、もう一度……！」

クリスは、ころころと表情を変えて、喚《わめ》いたり静かに語ったりを繰り返している。まるで、内なる他人と語り合っているようだ。一瞬、もしや二重人格なのか、と疑ってしまう。

（いや、違う。これは二重人格じゃない、そうじゃない、そうじゃない）

確信めいた考えを心の中で繰り返しながら、リンダは腰に下げた剣の柄《つか》に手を添えた。

「さようなら。さして役には立ちませんでしたが、まぁいい栄養になりましたよ」

「あっ、ぐあ……」

最後ににこりと微笑《ほほえ》んでから、クリスは表情を消す。そして一瞬ののち、もんどり打って苦しみ出した。

「クリスさんっ！」

「離れろっ、新人！」

かなり怪しくはあるが、さすがにこれはまずいのではないか……とリンダはクリスに手を伸ばした。が、鋭い声で静止される。

「ぐぁ、あ、あぁ……私の若さが、若さがあぁ、あっ」

「っ？」

リンダとケネスの見ている前で、クリスの背中がみるみる丸まっていく。ぐにゃりと腰が曲がって、神父の服越しでもわかるほどに背骨が浮き出た。顔には皺《しわ》が寄り、しみが増え、艶《つや》やかな金髪がかさついた白髪に変わっていく。

「……っう、わ」

目の前で、人が急速に年老いていく。ありえない現象に、リンダは愕然と目を見開いた。ケネスに腕を掴まれていなければ、あまりのことに膝を折っていたかもしれない。いや、折らないまでも、膝は既に小刻みに震えていた。

若々しく生気に満ちていたクリスは、よぼよぼの年老いた老人に変わり果てていた。

(も、しかして……、これがクリスさんの本当の姿、なのか?)

体に巻きつけられた縄が痛々しいほど枯れてしまったクリスは、「あぁ、う……」とかさかさの声を漏《も》らしながら、床に倒れ伏す。

「く、クリスさ……」

「さて」

リンダの声を遮《さえぎ》るように、涼やかな声が響いた。

途端にゾワッと首筋の毛が逆立って、リンダはとっさに腰に備えていた剣の柄《つか》を掴んだ。視線だけを動かして、声のしたほうを見やる。右、左、下……

「奇遇ですね、半魔の淫魔くん」

「……あっ!」

声の主は、上にいた。空中で、まるで見えない椅子に腰掛けるように脚を組みながら、リンダを見下ろしている。

「お、前は……っ」

喉がからからに干からびてしまったかのように、声が張りついて出てこない。が、リンダは何度も喉を鳴らして、ようやく言葉を絞り出した。

「ラ、ルィーザ……っ！」

そこにいたのは、リンダにも見覚えのある魔族であった。豊かな金色の髪、赤い瞳、上から下まできっちりと揃った上質そうな服。美しいのに、どこか印象に残りにくい顔。姿だけ見れば、まるで一端の紳士のようなその出立《いでた》ち。

そこにいたのは、かつてリンダを手に入れるために街に魔獣を放った犯人、魔族ラルィーザだった。

「ラルィ……っ、うっ、ぐ！」

禍々しい空気が、どん、と部屋の中に満ちて、リンダもそしてケネスも、思わず軽く膝を折ってしまう。まるで、見えない大きな手に押しつぶされるような圧迫感だ。

「なっ、んで、ここにっ」

「むしろなぜ君がここに、と私のほうが聞きたいですけどね」

くすくす、と薄ら笑いを浮かべながら、ラルィーザが顎《あご》に手を当てる。まるでこの偶然がおかしくて仕方ない、といったような態度だ。

「お、……っまえが、クリスさんを操っていたのかっ？」

息苦しさの合間に必死に空気を吸いながら、リンダはラルィーザを見上げ睨《にら》みつける。

ラルィーザのほうは、そんな視線など痛くも痒《かゆ》くもない、といったように「はて」と機嫌よさそうに首を傾《かし》げた。

「その干からびた老人のことですか？　いいえ、操ってなどいませんよ。その方が求める『若さ』を与えてやる代わりに、『対価』をもらっていただけです」

ラルィーザはそう言うと、組んでいた脚を戻して、ゆったりと床に降り立った。

トン、とラルィーザの足先が床に触れた途端、物凄《ものすご》い勢いの風が吹き荒れる。バリィッと甲高い悲鳴のような音とともに、あっという間に窓ガラスが弾け飛んだ。

「うっあっ！」

顔の前で腕を交差するが破片は防ぎきれず、思わず目を閉じてしまう。……たったひと呼吸の間の後。目を開くと、目の前にラルィーザの顔があった。

「ひっ」

「おや、処女ではなくなったのですか」

すん、と形の良い鼻を蠢《うごめ》かせてから、ラルィーザが赤い目をすがめた。「処女」というのは、以前ラルィーザがリンダに執着していた理由のひとつだ。「処女の淫魔は珍しい」と。だからこそ、街を魔獣に襲わせてまで、リンダを手に入れようとした。

「新人っ！　この魔族、知り合いか？」

「一昨年、街を襲った大型魔獣事件の、犯人の……上級魔族です」

ケネスが、こく、と小さく息を呑んだ音が聞こえた。

「……ま、じかよ」

じんわりと嫌な空気が広がっていく。冷え冷えと足先から凍えそうな冷気を感じるのは、ラルィーザの魔力のせいだろうか。リンダは以前目の前の魔族に氷漬けにされかけたことを思い出し、強く下唇を噛みしめる。

「な、んの目的でクリスさんを狙った。この村でなにをしていた」

剣を正面に構えながら、ラルィーザに問う。ラルィーザは硬いリンダの声をからかうようにくすりと笑ってから、「えぇ?」と困ったように首を傾《かし》げた。

「久しぶりに会えたというのに、質問ばかり……。あぁ、久しぶりだから質問ばかりなんですね」

「答えろっ」

飄々《ひょうひょう》とした態度を崩さないラルィーザに、剣の切っ先を向けて問う。と、ラルィーザは「忙《せわ》しない方ですねぇ」と肩をすくめた。

「なにって、魔力の回復ですよ。貴方たちにかなり消耗させられましたからね。ほら」

言葉とともに、ラルィーザが両手を掲げる。

左手はそれに従って持ち上がるが、右側にはその「手」がなかった。仕立ての良い服の、その右腕部分は、はたはたと風にはためいている。

「腕が……」

そう。その腕は一昨年、カインによって切り落とされた。そして最後はファングによって灰になるまで燃やされ、消滅した。

「そう。貴方の『兄弟』に腕まで切り落とされてねぇ。あぁ本当に、忌々《いまいま》しい」

ラルィーザが話し出す。「兄弟」と言った時、憎々しげに細められた目は凶悪なほどに鈍い光を放ち、彼がその恨《うら》みを忘れていないことを知らしめていた。

「ふふ。気まぐれにこの村に来てみたら、神父が『協力させてほしい』と言ってきかないので、手伝わせてあげたんですよ」

ラルィーザが顎《あご》で倒れ伏したクリスを指す。

「協力……？　はっ、お前が甘言を吐いて自分に都合のいいように操ったんだろうが」

ケネスが鼻の上に皺《しわ》を寄せて断言する。魔族の言葉には魔力がのっている。先ほどクリスが「若さ」を求めたと言っていたが、おそらく心の奥底にあった小さな願いを嗅《か》ぎつけたラルィーザが、その言葉によって欲望を何倍、何百倍にも膨らませて「若さをやろう。そのかわり……」と上手く手駒にしたのだろう。

その場面が容易に想像できて、リンダは醜悪さに顔をしかめる。以前リンダも、弟たちの命と引き換えに、ラルィーザに好きにされた記憶があった。ラルィーザは人の命も願いも、なにもかも自分のいいように利用する。彼にとって人間は「自分と同じ価値のある生き物」ではないからだ。

「そのあたりは、お好きに解釈してどうぞ。もう十分に精気は集まったし魔力は回復したので、どうでもいいんです……よっ」

ラルィーザが自身の言葉にあわせて左腕を振り下ろす。と、突然空中に現れた氷柱《つらら》のような氷の塊《かたまり》が、リンダとケネスに向かって飛んできた。

「はっ！」

「……っぶねぇなっ」

リンダはそれを避《よ》け、ケネスは上から剣を叩きつけて砕く。リンダは避《よ》けたついでに体を転がし、クリスの腕を引きずって肩に担いだ。少し手荒ではあるが、そのまま背後のベッドに転がし、その前に立つ。

「おや、そんなものを庇《かば》うんですか？」

ラルィーザがリンダの動きを面白そうに見やる。なにか言い返そうと思ったが、やめた。なにを言ってもラルィーザは動じないだろう。わざわざからかうためのネタを提供してやる趣味はない。

「村の人からは、精気を奪っただけか？」

リンダの代わりに、ケネスが口を開く。ラルィーザは興味のなさそうな視線をケネスに向けて、くしゃりと顔を歪《ゆが》めた。

「なんですか貴方は、ひどく獣臭い」

うえ、と吐く真似までしながら、ラルィーザはケネスを睨《にら》む。

「俺の話なんてしてねぇ。お前がこの村で、なにをしたか聞いているんだ」

明らかに貶《けな》されても、ケネスに気にした様子はない。ぬかりない態度で剣を構えていた。

「なにって、ただの食事ですけど？」

そんなケネスを嘲笑《あざわら》うかのように、ラルィーザが吐き捨てる。

「いっぺんに吸い上げてもよかったんですけど、それじゃあつまらないですからね。ゆっくり、じっくりと食事を楽しませてもらいました」

「なに？」

「この村に住む者は、皆私に精気を提供するようにしたんです。とても効率的でしょう？　誰が一番先に死ぬかその神父と賭けたりしてね。まぁちょっとしたゲームみたいなものです」

ふふ、と楽しそうに含み笑うラルィーザの顔は、まさに凶悪な魔族そのものであった。

「それは、村を出ても消えない呪いだな」

「えぇそうですよ。村を離れたら加速度的に精気を奪うよう細工しておきました。ゲームの盤面から離れたペナルティってところですね」

勝手な「ルール」を楽しげに語り、ラルィーザは口元を隠して上品に笑う。村を出た人間たちが揃って関所のあたりで体調不良になったのは、精気を大量に奪われていたからだ。

(なんてことを……！)

ラルィーザは、このギグス村自体を、自分の食事場にしていたのだ。

「誘拐したのは……、村の人を誘拐したのは、どうしてだ！」

重ねて問いかけるケネスをちらりと興味なさげに見やって、ラルィーザは「あぁ」と肩をすくめた。

「若い人間は精気に満ちていますから。ハンデを与えるために多く吸っておいただけですよ」

「ハン、デ？」

「あと、その神父が『役に立ちたい』としつこいので。『じゃあ自分の力だけで、若者を攫《さら》ってみたらどうですか？』とは言いましたけどね。面白かったですよ、ぶるぶる震える手で薬を盛ったり、こそこそと人を担いだり。まるで捧げ物みたいに『攫《さら》ってきました』なんて言って」

くすくすと笑うラルィーザは今や枯れ枝のように細くなったクリスをちらりと眺める。クリスはきっとラルィーザの役に立っているつもりだったのだろう。しかしそれすら、ラルィーザにとってはゲームの余興でしかなかった。

「そんなことしなくても、精気なんて指先ひとつで吸えるのに……ははは。あぁ人間っていうのは本当に、愚かで憐《あわ》れで、滑稽《こっけい》ですね」

馬鹿にしたように高笑うラルィーザは、人間を玩具か餌としか見ていない。

剣の柄《つか》を持つ手が、怒りでぶるぶると震える。が、リンダは無理矢理それを抑えつけた。今怒りのままに斬りかかったとしても勝てる見込みはない。なにしろラルィーザは上級魔族。ファングとカインをして、ようやく退《しりぞ》けられた程度の強さなのだから。後ろにいるクリスを庇《かば》いながらだと、なおさら不利になる。

（ここはケネスさんと協力して、一旦安全な場所に避難してから……。いや、安全な場所なんて、あるのか？）

どっ、と胸が強く脈打ち、額が嫌に冷えた。これは「緊張」だ。

ギグス村は、他の街から遠く離れた田舎だ。応援の聖騎士が到着するのも明日。今夜はケネスとリンダの二人で相手をせねばならない。この、悪意に満ちた化け物を。

「とりあえず、君たちには残飯処理でもしてもらいましょう」

リンダの葛藤などお構いなしに、ラルィーザが楽しげに指を鳴らす。パチンッと弾けるような音が鳴ったと同時に、部屋のドアがバンッと開いた。

「……はっ？」

入り口を見ると、そこには寝巻きを着た女性が立っていた。

「メアリー、さん？」

村長の娘だ。後ろには村長とその妻の姿も見える。さらに奥にも、人がずらずらと並んでいる。名前までは覚えていないが、今日の昼間に話したばかりの、見知った村人たちの顔が見えた。

いずれも寝巻きに身を包み、ぼんやりとした表情でリンダたちを眺めている。リンダは驚いて目を見張り「ちょっ」と声を張り上げる。

「なにをしてるんだっ、ここは危ないっ早く離れ……っ」

「新人っ、気をつけろ！」

思わず駆け寄ってドアを閉めようとしたリンダに、切羽詰まったような鋭い声がかかる。ケネスだ。その声に驚いて、ふ、と足を止めたことで、リンダは目の前に迫る凶器から逃れることができた。

ブォンッ、と音を立てて振り下ろされたそれは、ナイフだった。刃先はぎらぎらと鈍色《にびいろ》に光っていて、リンダの顔が映り込みそうなほど鋭く研がれている。

「うっ、わっ？」

メアリーは、手に刃物を持っていた。それをためらいなく、リンダに向かって振り下ろしてくる。

「えっ、ちょっ、待って！　待って！」

かろうじて避《よ》けるが、猛攻は止まらない。リンダは避《よ》けて、避《よ》けて、やがてベッドに足を引っ掛けてその上に転がった。

「う、おっ！」

「新人っ！」

体を回転させて、どうにかナイフを避《よ》ける。バスッと音がして、柔らかなベッドにそれが突き立てられた。ビィイイイッと布が裂ける音とともに、白い綿が舞い散る。

「ははははっ！　私の食事の『残飯』です。君たちで処理してくれませんか？」

「残飯、だぁっ？」

メアリーの猛攻をどうにか凌《しの》ぎながら、リンダは優雅に浮き上がったラルィーザを睨《にら》みつける。

彼は部屋の中の惨状など意にも介さず、余裕ぶった態度で顎《あご》に手を当てる。

「そう。精気を搾《しぼ》り取った代わりに、私の魔力を分けてあげたんですよ。操り人形みたいなものです」

「人形、って……っ、おまえ！」

精気を吸われた上に、操り人形のように扱われている。意識がないのか、自分たちの振り回す凶器で怪我をしても、悲鳴ひとつ上げない。メアリーの振り回したナイフが村長の腕の皮膚を裂いた。パッと血が迸《ほとばし》っても、メアリーも村長も、気にした様子もない。

顔に精気はないが呼吸もしているし、瞬《まばた》きもしている、血だって流れている。生きているのだ。生きたまま、利用されている。

「……っラルィーザぁっ！」

思わず、怒りを込めて名を叫んだ。目の前に飛んできたナイフを、どうにか剣でいなしながら。

「ふふ、……あははっ。大丈夫、貴方のことはすぐには殺しません」

ラルィーザは心底楽しそうに手を叩くと、にっこりと笑ってみせた。

「残念ながら処女ではなくなったようですけど、ちゃんと犯してあげますよ」

しょうがないからご褒美をくれてやろう、とばかりに、ラルィーザが微笑《ほほえ》む。

「その体に、私の魔力をはち切れんばかりにぱんぱんに注ぎましょう。醜い肉風船のようになるまでね」

「なにを……っ」

ラルィーザはすっかり悦に入ったように笑っている。妄想を語るように楽しそうに、それでいてどこまでも憎々しげに。

「そのまま、あの忌々《いまいま》しい『兄弟』の前に餌として放り出してやるんですよ。きっと泣いて縋《すが》って飛び付いてきますよね？　そしてまんまと食らいついたところで……」

ラルィーザはそこで言葉を切って、にぃ、と頬を持ち上げた。尖《とが》った犬歯が明かりを反射してぎらりと光る。

「弾け飛ばしてやるんです。貴方ごと、ぐちゃぐちゃの木端微塵《こっぱみじん》だ」

ラルィーザの言うその内容を頭の中で思い描いてしまって「おぇ」と吐き気をもよおす。リンダはできる限り力を抑えて村長の娘を押し退《の》けてから、「んなこと、させっかよ！」と吼えた。

村長の娘は退《しりぞ》けたが、他の人間が絶え間なく襲いかかってくる。農機具であろう鍬《すき》や鋤《くわ》を振り回すその手には、まったく容赦がない。体は本人たちのものなので下手に攻撃もできず、リンダは防戦一方だ。

ラルィーザが自ら手を出してくることはない。どうやら、早く決着をつけるより、人間同士を争わせることに楽しみを見出しているらしい。時折手を叩いて喜んでいる。

反吐《へど》が出そうな気分のまま、リンダは村人の一人を足で押しやった。

「おい、新人っ！」

さすがにこれはまずい、と思ったその時、背後で同じく村人を相手にしていたケネスが、リンダを呼んだ。そして、一足飛びに駆けてくると同時に、リンダの制服の襟を掴む。

「うぐっ」

「顔を庇《かば》って体丸めろっ！」

「つ、……っはいっ！」

リンダはためらわずにケネスの指示に従う。顔の前で腕を交差させ、膝を曲げて体を縮め、できる限り折り曲げる。これまで一緒に仕事をしてきた信頼感が、反射的に体を動かした。

「どぉっ……っらぁ！」

細い体のどこにそんな力があるのか。ケネスは、リンダを窓のほうに向かって投げ飛ばした。

「ぐっ！」

先ほど割れた窓の破片が、聖騎士の制服を軽く引き裂き、リンダは外へ放り出される。ドッ、と地面に体が落ちて、そのままごろごろと転がった。

「っ、はぁ！」

少し頭がくらくらしたが、リンダはどうにか受け身をとって起き上がる。と、すぐそばにケネスが降ってきた。どうやら自身も、部屋から飛び出してきたらしい。

「行くぞっ！」

「っ、はいっ」

ケネスに腕を引っ張られて、リンダは足をもつれさせながら走り出した。


「なんなんだあの化け物はっ。聞いてねぇぞっ、ったく」

納屋の物陰に隠れながら、ケネスが抑えた声で愚痴《ぐち》る。なによりもまず一番に出てくるのが文句であるのが、なんだか実にケネスらしくて、リンダはこんな状況にもかかわらず笑ってしまった。そして、パンッと顔を叩く。

「以前……、色々あって俺が狙われまして。その時はファングとカインとで、どうにか退《しりぞ》けました」

「ファング隊長とカインでようやく？　……あぁ、忌々《いまいま》しい兄弟ってのはあの二人のことか」

納得した様子で、ケネスが前髪をぐしゃぐしゃとかき乱した。そして、納屋の陰からこそりと顔を出し、村の様子をうかがう。

「……っと。うへぇ、松明《たいまつ》持って探し回ってるみたいだぞ」

ぼんやりとした灯りが、あちらこちらに揺れている。どうやら村人を使ってリンダたちを捜している ようだ。

「このまま見つからなかったらいい……ってもんでもなさそうだな」

ケネスの言葉に、リンダも頷《うなず》く。

「俺たちがあまりにも見つからないと、『では村人を一人ひとり私の手で始末しましょう』なんて言い出します、あいつは」

「最高に悪趣味な野郎だな」

はぁ、と溜め息を吐いて、ケネスが足元の砂を蹴る。

「出ていったところで、今の俺たちじゃあいつには敵わない。とはいえ、村人は見捨てられない」

その通りだ。どう転んだところで、今のリンダたちになす術はない。人質がいる限り、逃げることさえできないのだから。

（どうしたら……）

思い悩むリンダの隣で、ケネスが剣の柄《つか》を掴んで「はぁ」と深い溜め息を吐いた。それを最後にどちらとも口を噤《つぐ》み、しん、と場が静かになる。ただ、重苦しい空気だけが、二人の周りをどんよりと取り囲んでいた。

「……新人」

しばし無言だったケネスが、おもむろに口を開いた。

「夕方教えたばっかりだけど、俺は半魔獣だ。獣に姿を変えられる」

「はい」

なぜ今になってもう一度その話をするのか。ちらりとケネスの顔をうかがうと、上司は真面目な顔をして、真っ直ぐに前を見つめていた。どこか、意識してリンダの顔を視界に入れていないようにも見える。灰色の髪の毛が、さら、と落ちて、ケネスの横顔を隠した。

「俺の獣の本性は、鳥に由来する。急げば、夜のうちに聖騎士の詰所《つめしょ》まで飛べるはずだ。ギグス村に今すぐ聖騎士を派遣するように依頼して、早馬で駆ければ明日の……少なくとも早い時間に応援を招集できるだろう」

「はい」

そこまで言われれば、リンダにもケネスがなにを言いたいのかわかった。彼が真っ直ぐに前を向いて、リンダを見ない理由も。

「俺は、それまでできる限り……ここに残って、時間を稼ぎます」

リンダの言葉に、ケネスが顔を上げる。いつも強気につり上げている眉をくしゃくしゃに寄せて、そしてうつむいた。

「……んな簡単に、頷《うなず》いてんじゃねぇよ」

リンダが一人でここに残るというのは、死と同義だ。二人で力を合わせても敵わないとわかっている上級魔族に一人で挑むなど、自殺行為に等しい。さらに、彼に操られた人間もうようよと歩き回っている。

それでもリンダは、に、と力を込めて笑ってみせた。

「大丈夫ですよ。あいつ、まだ俺に興味があるみたいなんで。もしかしたらほら、なにかして……時間を稼げるかも」

なにか、と言いながら、リンダの脳裏には以前ラルィーザに体を弄《もてあそ》ばれた記憶が蘇《よみがえ》っていた。服を脱がされ鞭《むち》で打たれて、それこそ犬のように服従させられた。思わず、ぞく、と寒気が走ったが、それをケネスに悟らせるわけにはいかない。リンダは必死で拳《こぶし》を握りしめて、手の震えを止めようとした。

(兄さん、カイン……)

なぜかファングとカインの顔が思い浮かんで、リンダはそれを打ち払うように首を振った。今ここで二人を思い出しても、辛いだけだ。

リンダの震える手を見下ろして、ケネスが苦しそうに下唇を噛みしめた。剣の柄《つか》を握るのと反対の手で、眉間を押さえている。

「ほら、早く行ってください。見つかる前に……！」

ただの魔物を捕まえるのと、上級魔族を捕まえるのとでは、まったく状況が変わってくる。今こちらに応援が向かっているが、上級相手に太刀打ちできるかどうかはわからない。少なくとも部隊単位で来てもらわなければならないだろう。そういった事情を伝えられるのも、今はケネスしかいないのだ。

リンダは叱咤《しった》するようにケネスの背中を叩く。と、ケネスがその手を掴んだ。

「お前は、……俺にとって初めての部下だ」

ケネスの手は、リンダのそれよりも小さい。しかしその手の皮はしっかりと厚く、指の根元にはごつごつしたたこができていた。剣を、握る者の手だ。

「俺は、こんな性格だから、あんまり優しいことも言えないし、面倒も、そんな見られなかったけど……」

「ケネスさん」

夜目にも艶《つや》やかな灰色の毛を揺らして、ケネスが顔をうつむける。そして、もう一度ゆっくりと持ち上げた。

「リンダ、ここを頼んだ」

はい、と頷《うなず》こうとして、リンダは初めてケネスに名前を呼ばれたことに気づく。いつも「新人」や「お前」としか呼ばないあのケネスが、リンダの名前を呼んで「頼んだ」と言ったのだ。

目頭が一瞬で熱くなる。が、リンダは「ふっ」と吹き出してしまった。尊大な態度で人を人とも思っていないような態度のあのケネスが、あまりにも真剣な目をしていたからだ。

なんだか少しだけ、心が軽くなったような気がした。

「聖騎士団タグ・グリーン隊、リンダ・アズラエル。ギグス村村民の安全を守り、上級魔族の脅威を退《しりぞ》けるため、精一杯努めます」

泣き笑いのような顔でそう言って、リンダは力強く頷《うなず》いた。ケネスは、くしゃりと顔を歪《ゆが》めて、そしてリンダの肩を抱き寄せる。ケネスの震えた吐息が耳にかかった。

「他の聖騎士がお前に惹《ひ》かれる理由が、少しだけわかったぞ」

「え？」

なぜ今そんなことを言うのか。言葉の真意を問いたいが、ケネスの顔が見えない。

「今さら、遅いかもしれないけどな」

そう言った途端、ケネスは姿を消した。いや、消したのではない、変身したのだ。目の前には、鴉《からす》ほどの大きさをした、灰色の鳥が嘴《くちばし》を上向けて立っていた。艶々《つやつや》としたその灰色は、間違いなくケネスの色だ。

「ケネスさん……」

本当はもっとなにかを言いたかった。家族に、兄に、弟に伝えてほしいと唇が動きかけた。が、リンダはその全てを呑み込んで、小さな鳥に向かって敬礼した。

鳥は無言で頷《うなず》いて、そして、暗い空へ飛び上がった。


一人になって、リンダはそこに座り込んだまま「はぁ」と重たい溜め息を吐いた。もう少ししたら、ここから出ていかねばなるまい。空を見上げても、月もなにも見えない。もう、すっかり真夜中を超える時間帯だ。一体いつになったら朝日が昇るだろうか。

（まぁ、朝日が昇ったところで……）

別に、魔物は陽に弱いわけではない。たとえ朝が来たところでラルィーザは痛くも痒《かゆ》くもないだろうし、操られた村人も解放されない。

(ギグス村の人も、なんでこんな目に)

平和に暮らしていたはずなのに、いつの間にか魔に取り込まれていたとは。しかも本人たちはそれと知らないままに操られている。

先ほどは冗談まじりにケネスと話していたが、このままリンダが見つからなければ、ラルィーザは平気で村人を一人ずつ殺していくくらいのことはするだろう。

もう少し、ケネスがラルィーザに捕捉されない程度の距離まで遠のいたら、自ら出ていこう。リンダはそう心に決めて、もう一度自分の膝の間に顔を埋めた。

(あぁ……)

ラルィーザは先ほど教会でなんと言っていただろうか。

リンダの中に精気を山ほど吐き出し、肉風船にしてファングとカインを誘《おび》き寄せる餌にすると。

たしかそう言っていた。

(俺を餌に、か。前までなら、『俺なんかが餌になるわけがない。二人は聖騎士としての仕事を全うする』なんて、言っていたんだろうけど)

しかし、今は違う。もしかすると本当にそうなるかもしれないと危惧《きぐ》している。

目を閉じると頭に浮かぶのは、ファングの黒い目と、カインの蜂蜜色の目だ。四つの目は真剣にリンダを見つめて、そして、その下にある唇が「好きだ」と紡《つむ》ぐ。「リンダが好きなんだ」と。

「……っ」

たまらず膝を擦《こす》り寄せて、こぼれそうになった涙を押し留める。すると、胸元で、カツン、と硬質な音がした。

（なんだ。……あ）

それは、ペンだった。重すぎず軽すぎず、しっくりと手に馴染《なじ》む。カインから、聖騎士になった祝いにもらったペンだ。泥に汚れた手を、制服の裾《すそ》でごしごしと拭《ぬぐ》い、リンダはそれを手に取った。

「カイン」

ぶっきらぼうで、すぐにそっぽを向く弟。それでいて、いつの間にか後ろに立っていてさりげなく支えてくれる。先日聖騎士の新人対抗戦の際も、相手の不正を審判に抗議してくれた。訓練着が破れたリンダのために、上着まで貸してくれて。

リンダは制服の襟元《えりもと》に顎《あご》を埋める。今着ているのはもちろんリンダ自身のものだが、顔を埋めれば、少しだけあの時の匂いを思い出せるような気がした。

目を閉じたまま耳に手をやると、指先にピアスが触れる。それはもちろん、ファングからの贈り物だ。ファングは魔力封じが必要なくなった今でも、定期的にリンダにピアスを贈ってくれる。まるでそれが、リンダへの愛情を示す行為であるかのように。

「兄さん」

口数は少ないが、誰よりも家族を思ってくれている兄。ちょっとした変化にも気がついて「どうした」と問いかけてくれる。それでいて、自分には無頓着で、仕事も抱え込んで無茶ばかりして。

未だに寝袋で寝ているという兄の姿を思い浮かべて、リンダは「ふ」と笑った。そして、泣きそうになって顔を歪《ゆが》める。

『力があってもなくても俺の弟は……、リンダ・アズラエルは、十二分に魅力的な人間だ』

いつかの日に、そう言ってくれたファングの真剣な目を思い出す。

「あぁ、……あぁもう」

結局、我慢できなかった涙がこぼれ出して、リンダは手の甲でそれを、グイッと拭《ぬぐ》った。

多分、リンダは死ぬだろう。ラルィーザと一人で対峙《たいじ》して、勝てる様子が一片も思い描けない。

(死ぬ覚悟なんて、とっくにできていると思ってたのに)

それでも怖い。手が、指が、体の中から震えるほどの恐怖が込み上げてくる。こんな情けない姿で「怖がるな」と自分を鼓舞することもできず、リンダはただ歯を食いしばった。

ゆるんだ手のひらから、ペンが落ちる。リンダは涙で滲《にじ》んだ視界にそれを捉えてから、ぼんやりと兄や、弟たちの顔を思い浮かべた。

(フィーリィ、ヴィルダ、アレックス、ローディ、ガイル、シャン……みんな)

先日、いや、ほんの二日前にみんなで夕食をともにした。ガイルとシャンは泣いていて、アレックスとローディがそんな二人を抱きしめて、そしてみんなで慰《なぐさ》めて。

(そして、そして俺は……)

『でも、俺は俺のできる限りでちゃんと戻ってくる、そのために全力を尽くすと誓うよ。お前たちを、愛しているから』

頭の中で、自分が弟たちに誓った言葉を思い出す。

「愛しているから……」

涙が止まる。その代わりのように、ポツ、と言葉を漏《も》らして、リンダは何度か目を瞬《また》かせた。

「たとえ、なにがあったって」

リンダは顔を上げた。そして、耳からピアスを外すと、ペンとともに手のひらに捧げ持つ。

(なにをしたって)

そのまま、目を閉じる。腹の底で、自身の魔力を練るように意識しながら、ひたすらに、ぎゅっと。

しばらくすると、まず口の中がむずむずしてきた。犬歯のあたりが痒《かゆ》くなり、舌で触ると尖《とが》っているのがわかる。背中と、尻のあたりが苦しい。きっと制服の中で、羽と尻尾が押さえつけられているからだ。

(そうだ、なにをしたって……)

リンダは体の内で燃えるような熱を感じながら、ひたすらに目を閉じた。目を閉じて、呼吸を落ち着けて、そして、意識を遠ざけていく。

(兄さん、カイン)

頭の中で、会いたい人の名前を呼ぶ。

(兄さん……、カイン……っ！)

浅い呼吸を繰り返し、繰り返し。

そしてリンダは、背中に当たる納屋の壁に、こつ、と体重を預けた。

「あ？」

「リンダ……、と、カインか」

声がした。

リンダはゆっくり、ゆっくりと目を開ける。

「……っ兄さん！　カイン！」

そして、目の前にいる二人に飛びつくように腕を伸ばす。というより、本当に飛んだ。背中の羽がぱたぱたと懸命に動いて、リンダの体を持ち上げてくれた。

「どっ……、リンダ、お前、なんて格好してんだよ」

「淫魔姿……ということは、これはリンダが繋いだ夢だな？」

ファングの言葉に、リンダは「うん、うんっ」と頷《うなず》いた。

リンダは今、淫魔の格好をしていた。上半身はほぼ裸でなにも身につけておらず、あるのは背中の羽だけ。下半身は黒く短い毛で覆われている。まるでベルベットのズボンのようだが、手で触ればそれが体毛だとすぐにわかる。足先はすっきりしたブーツのような、これまた手触りの良い毛で隠れている。際どい格好ではあるが、散々裸を見せてきた二人の前なら、恥ずかしさも……多少はマシだ。

(成功した……！　夢を、繋げたんだ)

そう、ここは夢の中だ。リンダは、体はギグス村に置いたまま「ファングと、カインと、夢を繋げたい」と願った。

淫魔は、他者の夢を渡りながら精気を回収していくことができる。淫魔が夢魔とも呼ばれる所以《ゆえん》だ。以前、一度だけリンダはカインと夢を繋いだことがあった。あの時は無意識のうちの行為だったが、今度は意識的に。会いたい、繋がりたい、と自分の意志でファングとカインを求めた。

「自分の夢が兄貴の夢でもあり、リンダの夢でもあるって、なんか変な感じだな」

きょろきょろとあたりを見回すカインは、居心地悪そうに肩をすくめている。あたりは白い靄《もや》に包まれていて、三人以外にはなにも見当たらない。

「そうなんだけど……、兄さんっ、カインっ」

それよりなにより、リンダには伝えなければならないことがあった。

「俺の出張先の村は、ラルィーザによって支配されてた」

「なっ……！」

リンダは早口に自身の置かれた状況を二人に伝える。と、揃って目を見開いたファングとカインが、同時に口を開き、そして、カインが無言でファングに譲る。

「同じ隊の隊員と二人で任務にあたっていたな。現状と敵の数、被害状況は？」

この状況ですぐさま冷静に対処するファングは、やはり聖騎士団の部隊長だけある。頼もしさに、ぐっ、と涙が込み上げてきて、リンダは軽く頭を振る。今は泣いている場合ではない。

「敵はラルィーザのみ……なんだけど、村人が操られて人質に取られてる状態だ。今のところひどい怪我人はいないけど、村人は皆精気を吸われすぎてる。いつ命を落としてもおかしくない」

リンダの言葉を、ファングは真剣に聞いている。その半歩後ろにいるカインが「クソみてぇな状況だな」と盛大に眉根を寄せていた。

「ケネスさんは……その、魔法を使って高速で聖騎士団に戻ってくれている。けど、応援が着くのはどう考えても明日以降だから……」

ケネスが半魔であることは明かせないので、そこは魔法ということにしておく。いずれにせよ、現状は変わらない。

「ってことは、お前が一人でラルィーザを相手にして、村人も守るってことか？」

「まぁ……、うん」

カインに声を荒らげて問われ、リンダは頷《うなず》いた。その瞬間、カインの髪がぞわりと蠢《うごめ》いた……ように見えた。

「っ、ふっざけ」

「落ち着け。それで、なにか訳があってこうして夢を繋いだんだろう？」

激昂したカインを抑えるようにその胸をドンと拳《こぶし》で叩いて、ファングがリンダに問うてくる。

「なに言ってんだ、兄貴。あのクソ変態魔族だぞ？　人質まで取って……」

「リンダの目を見ろ」

そう言われて、リンダのほうがハッと顔を上げてしまう。ファングは、真っ直ぐにリンダを見つめていた。

「まだ、諦めていない」

カインもまた、リンダの顔を覗き込む。頬に伸びてきた手が、ぐ、とリンダの顔を持ち上げる。その指先はわずかに震えていた。

蜂蜜色の目に覗き込まれて、リンダはしっかりとそれを見返した。揺れるその目は、リンダの真意を探っているようだった。そして「大丈夫か？」と心配しているようにも見える。

「カイン、大丈夫だ。俺は、諦めてない」

さっきちょっと諦めかけたけどな、と心中でだけ呟《つぶや》いて、リンダは精一杯微笑《ほほえ》んでみせた。カインは言葉に詰まったように「っ」と唇を引き結び、リンダの頬を撫《な》でて手を離した。

「俺……、淫魔の力を、使ってみようと思う」

離れていく手を目で追いながら、リンダはひと言ひと言、区切るようにして伝える。

「自棄《やけ》になったんじゃないんだ。それが一番いいって、本気でそう思ってる」

なにか言いかけたファングとカインを制するように、声を張る。

「前に、淫魔の魅了の力で、ラルィーザを少し……ほんの少しだけど懐柔《かいじゅう》することができた」

それは一昨年、ラルィーザの襲撃を受けた際のことだ。淫魔の力を開花させたリンダに、ラルィーザは少しだけ魅了された。

「それが、今回も通用するとはいえないだろう」

ファングが冷静に疑問を呈する。たしかに、上級魔族が同じ手を二度もくらうとは思えない。しかし……

「わかってる。けど、やらないよりマシだろ。もしかしたら、操られてる人を解放できるかもしれないし」

それでも、とリンダは言い募《つの》る。効くか効かないかなんてわからない。そして、たとえ魅了できたところで命が助かる保証もない。なぜならラルィーザは、愛しいと思うものすら痛めつけて喜んでしまう性質だからだ。

だがそれでも、人間の姿のまま捨て身で戦うよりマシだろう。

「それに……」

リンダはそこで言葉を切って、自分の手を見下ろした。手首までは黒い毛で覆われているが、手のひらは人間らしくつるりとしている。なにもないそこを、リンダはじっと見つめた。

(前に、新人対抗戦で戦った時……)

あの時、一瞬頭の中が冴《さ》えて、危機的状況から相手を退《しりぞ》けることができた。

(もしかするとあれは、俺の淫魔の……魔族としての力だったんじゃないか)

何度考えても、いつものリンダならあの状況を切り抜けることはできなかった。なにかしら、リンダの中に眠る力が働いたように思えて仕方ないのだ。

「それに？」

ファングに言葉の先を促されて、リンダはハッと顔を上げる。

あれが淫魔の力……だったような気はするが、確証はなにもない。さすがにここで「俺には危機を乗り越える力があるはずだ」なんていい加減なことは言えなくて、リンダはゆっくりと首を振った。

「いや、なんでもない。とにかく、俺にできるのはそれしかない。むざむざ殺されるくらいなら、やれることはなんでもしたい。できる限り帰れるように努力するって、ガイルたちに誓ったんだ」

リンダは自身の拳《こぶし》を、ファングと、そしてカインの胸に軽く打ち付けた。そのまま、ぎり、と音がしそうなほどに強く握り込む。手のひらに爪が刺さって痛い。夢の中でも、ちゃんと痛みがある。

リンダは高い位置にある兄弟の顔を、ぐっ、と睨《にら》み上げた。

「そのために、兄さんとカインの精気が欲しい」

初めてだった。自分から、正体を失わないままに精気をねだるのは。精気をくれと欲しがるのはいつだって淫魔の自分で、人間の自分はそんなこと決してねだらないと思っていた。だが今、リンダは心から「精気が欲しい」と願っている。

「リンダ」

震える拳《こぶし》から、強い眼差しから、リンダの覚悟が伝わったのだろう。ファングとカインがリンダの名を呼び、そして口を閉ざした。

「精気が、欲しいんだ」

頼む、と食いしばった歯の隙間からこぼすように呟《つぶや》いて、リンダは頭を下げた。

「リンダ」

下げた頬に、手が伸びてくる。あ、と思う間に顔が持ち上げられて、カインの端正な顔が近づいてきた。

「んっ、む」

唇に、唇が重なる。ぬる、と差し込まれた舌が、リンダのそれに絡む。同時に、蕩《とろ》けそうなほどに甘い精気が、舌先から口腔に、ぶわっと広がった。

「……っは。ありったけの精気をくれてやる。だから、死ぬんじゃねぇぞ」

角度を変えて何度も口づけを繰り返し、ゆっくりと顔を離したカインが囁《ささや》く。いっぺんに精気を失ったからだろう、その顔は微かに青白くなっていた。

代わりに、リンダの体はとんでもなく上質な精気で満ち満ちていた。見下ろさなくても、自身の体がすっかり火照《ほて》って赤く色付いているのがわかる。

「カイ……、ん」

「さすがにここで直接精液を与えている暇はなさそうだな」

カインの名前を呼ぶ前に、リンダは腕を引かれてファング腕の中に捕らえられた。顎《あご》を持ち上向かされたその唇に、ファングの唇が性急に重なってくる。

「んっ、んん……ぅ」

ファングの精気は、カインのそれより重く、熱い。どろりと口の中に押し流された精気を必死で呑み下してから、リンダは「あ、あ」とか細い声で喘《あえ》いだ。複数回に分けて、く、く、と注がれ、そのたびに呑み下して。最後にこくりとリンダの喉が上下したのを見てから、ファングがようやく唇を離した。火照《ほて》りを通り越して、発熱したような体を、ファングが腰に手を当てて支えてくれる。

「大丈夫か？」

「だい、じょぶ。……ありが、とう」

くらくらする頭を振って、リンダはどうにか動悸を抑える。胸に手を当てて、す、は、と深呼吸を繰り返していると、ファングの手が、ぽん、と頭の上に降ってくる。

「聖騎士団に、大人数の移動魔法を扱える者がいると……聞いたことがある。たしかではないが、緊急事態である旨を団長に伝えてその魔法を使用できないか掛け合おう」

「兄さん」

それが事実かどうかはわからない。が、ファングが適当な嘘をつく人ではないことは、リンダも知っている。精気のおかげか、少しの希望のおかげか、身も心も軽くなった心地で、リンダは微笑《ほほえ》んだ。

「リンダ、大丈夫だ」

ファングの腕が、リンダの体を包む。

「にいさ」

「大丈夫だ」

その胸に顔を埋めて、リンダは慌てて目を閉じる。そうしないと、涙が出てしまいそうだったからだ。

どうしてファングは、いつもリンダが欲しい時に、欲しい言葉をくれるのだろうか。

「兄さんだから、かな……」

小さい声でそう呟《つぶや》いて、リンダはおずおずとファングの体に腕を回す。最初はゆっくりと、そして次第に力を入れて、自分よりひと回り以上大きなその体を抱きしめた。

「おい、俺もいるからな」

と、背中からカインの柔らかい匂いに包まれる。柔らかくて爽やかな、嗅《か》ぎ慣れたその香り。カインの匂いだ。

「カイン」

二人の温もりに挟まれて、リンダはくすくすと笑ってしまう。もはや、泣き笑いだ。こんな状況なのに、なんだか幼い頃に戻ったかのような気持ちになる。まだフィーリィたちが生まれる前、こうやってよく三人で抱きしめ合っていた。

「俺……」

体が温もると同時に、ほこほこと下腹が熱くなる。眠りにつく前の、ぬるい海を漂うような、あの心地と同じだ。温もりに包まれて、素直な気持ちが胸に溢れてくる。

「俺さ……」

目を閉じて温もりを感じながら、リンダはその熱の中から湧き上がってきた気持ちを二人に伝えようと口を開く。

「俺、二人のことはずっと兄弟って思ってたし、その気持ちは変わらない。けど……」

胸に、肩に、背中に、二人の熱を感じながら、リンダは顔を上げた。

「だけど」

ファングとカインの、優しいその顔を思いながら顔を上げたその先。しかしそこには、なにもなかった。

リンダはなにもないその白い世界を呆然と眺めてから、目尻に残っていた涙を拭《ぬぐ》う。

「……うん」

本当に伝えたかった言葉の続きを、リンダは胸の内にしまい込んだ。

(次、会った時に言うんだ。夢じゃなくて、現実で)

きっと、二人にもまた会える。もう一度きっと会える。だからこの気持ちは、それまで胸の中にしまっておけばいい。

下腹部に、二人に与えられた精気を感じる。リンダはそこに手を当ててから、ふ、と目を閉じた。

＊

(体が、熱い)

火照《ほて》るほどの熱を感じながら、は、と目を開く。何度か瞬《まばた》きをして、リンダはゆっくりと立ち上がった。顎《あご》を持ち上げて、大きく息を吸う。

「す……、ふぅ」

吸うのと同じくらいの時間をかけて、息を吐いて、リンダは自分の手を見下ろした。暗闇の中、指先が発光しているように青白く揺らいでいる。爪は夜空の色を掃いたように真っ黒く、先が尖《とが》っていた。すらりと伸びた腕は生身だ。先ほどまで聖騎士の制服を着ていたような気がするが、今のリンダにはどうでもいいことだった。

「まだ隠れんぼを続けますか？」

ふいに、暗闇に澄んだ声が響いた。リンダは顔を持ち上げて、声のしたほうを振り返る。

「出てこないなら、ここにいる人間を一人ずつ殺していきましょうか？　互いに殺させるのもいいかもしれませんねぇ」

笑いを含んだ声が耳に届いて、リンダは尖《とが》った耳をひくひくと蠢《うごめ》かせる。そして、背中の羽を大きく数度はためかせて、その場から飛び立った。


教会の前にある広場には、先ほどの声の主……ラルィーザを中心に、武器を持った村人が青白い顔をして立っていた。村人たちは皆だらりと腕を垂らして、明らかに正気とは言い難い表情だ。

リンダはゆっくりと高度を下げて、広場の真ん中に降り立った。

「おや、やっと現れたと思ったら、淫魔の格好をして。どうしたんですか？」

そう、リンダはすっかり淫魔の姿に変身していた。いつもの小さな羽や尻尾を携えた姿ではない、立派な羽に雄山羊のように凛々《りり》しい角、目の下には紅い隈取り、ゆるく開いた口からは尖《とが》った牙が覗いていた。服装も、見るからに妖艶《ようえん》な淫魔の格好だ。まるで女性ものの下穿きのように、下半身と胸元を黒く短い毛が覆って、くねった尻尾がいやらしく腰に巻きついている。

「あともう一人の聖騎士、いや、獣臭い半魔はどこに？」

ケネスのことを言っているのだろう、ラルィーザが肩をすくめた。

「まさか一人で逃げたんですか？　では逃げた罰として、こっちの人間を一人殺……」

「ラルィーザ」

それまで口を噤《つぐ》んでいたリンダが、ゆったりとラルィーザの名を呼んだ。

途端、なんともいえぬ芳《かぐわ》しい香りがあたりを包んだ。指を鳴らそうとしていたラルィーザが、ぴく、とその指先を止める。

「不粋な真似をしないで」

リンダはそう言うと、ふい、と首を巡らせた。先ほどまで青白い顔をしていた人間たちが、リンダの「香り」に顔を上げる。そして蕩《とろ》けたような目で、ぼう、とリンダを見つめたまま、ふらふらと近づいていく。まるで、一瞬で魅了されてしまったかのように。

「なにを……っ」

自身の玩具を取られて、ラルィーザがいきり立つ。が、リンダは人差し指を唇に押し当てて「しぃ」とラルィーザを黙らせた。そして、人間たちに顔を向ける。

「いい子にしていてね」

そう囁《ささや》いた途端、とろんとした表情を浮かべた人間たちが、一斉に武器を取り落とし、膝を折った。そしてそのまま、どさどさと地面へ倒れ伏してしまう。

最後の一人が倒れ、そのまま「すぅ」と寝息を立てたのを確認してから、リンダはラルィーザに向き直った。

「ほう。随分と面白いことをしてくれるじゃないですか」

ラルィーザの声には、明らかな怒気が含まれていた。足先は苛々《いらいら》と地面を抉《えぐ》っている。しかしリンダは臆することもなく、ラルィーザを見つめ返した。

「急に淫魔の力を使って。なんの真似ですか？」

「どうして怒っているの？」

ラルィーザの問いには答えず、逆に、リンダが問う。ラルィーザのこめかみが、ひく、と引きつった。

リンダは羽を使って、短い距離をはたはたと飛ぶ。そしてラルィーザの前に降り立った。わざとらしく見えるほど、あからさまに甘い雰囲気をまとわせて。

「ねぇ、どうして？」

「これじゃあ、流れが変わってしまうじゃないですか。……私は、私の思った通りに事が進まないのが大嫌いなんです。予想外の事態は良かれ悪かれまったく求めていませんから」

ラルィーザの思っていた流れとは、リンダを、死にたくなるほどに苦しませるためのものだ。リンダを引きずり倒して、人間を殺して、それを見せながら犯して、人間にも犯させて、散々絶望させた後に、リンダの兄弟の前に投げ捨てる。腕を奪った兄弟は先に殺し、リンダにはその死体を見せつけて。

何度も何度もリンダを絶望させたい。そんな、恨《うら》みにも似たどす黒い欲望が、ラルィーザの中にぐるぐると渦巻いている。

「ふぅん、そうなんだ」

リンダは数度瞬《またた》いて、憤《いきどお》るでもなく微笑《ほほえ》んでみせた。

不思議と、ラルィーザの考えていることが手に取るようにわかった。いや、正確には感じ取っただけであって、思考を読んだのとはまた違う。

なんであれ、今のリンダに怖いものなどない。村人にしても、ラルィーザの考えにしても、この場にある何もかもが自分の支配下にあるような、不思議な万能感に満ち満ちていた。

「ラルィーザ」

リンダはもう一度、ラルィーザの名前を呼ぶ。そして、宙に浮いたまま優雅に首を傾《かたむ》ける。

こんな状況なのに、頭の中は冴《さ》え渡っていた。心のどこかでは、ラルィーザの思惑にはらわたが煮え繰り返りそうなほどの怒りを感じているのに、思考はどこまでも冷静だ。リンダはにこりと笑みを浮かべたまま、ラルィーザに細くしなやかな指先を向ける。

「俺の手を取ってよ、ラルィーザ」

「……あなた、本当にあの半魔の淫魔ですか？」

手を伸ばしかけたラルィーザが、その左手を空中でとどめる。訝《いぶか》しむように顎《あご》を引き、宙に浮かび膝を抱えるリンダを見上げた。

「そうだよ。俺はリンダ、リンダ・アズラエルだ」

ふふ、と笑うリンダの顔に、ラルィーザに対する怒りは浮かんでいない。

「私となにがしたいんですか？」

「ん？　ふふ、なんだと思う？」

からかうようにそう言って、リンダは差し出していた手を、すっ、と引いてしまう。その手をラルィーザの目がどこか名残惜しそうに追っているのを確認してから、「ラルィーザ」とさらに名前を呼んだ。呼べば呼ぶほど、ラルィーザの目はリンダに釘付けになっていく。まるで吸い寄せられるようにリンダの足先を見て、脚を辿り太腿を眺め、ゆるゆると揺れる尻尾に惑わされながら、胸を、鎖骨を、首筋を辿り、夜空に浮かぶ星のような輝きを灯す目に行き着く。

「俺が今したいのはね……」

リンダが、ぱたぱたと羽ばたいてラルィーザに近づく。腕を広げて、まるで赤子を包み込むかのように優しくその胸にラルィーザの頭を抱き込んで。そして、頬に手を当て視線を合わせる。

ラルィーザは、自分の意識が濁《にご》っていることに気がついていた。気がついていてなお、視線を逸《そ》らせない。艶《つや》めく唇を笑みの形に持ち上げて、ゆるりと微笑《ほほえ》む淫魔から。ただの、ちんけで、なんの力もないと侮《あなど》っていた目の前の半魔から、視線を動かせないのだ。

リンダは両手でラルィーザの頬を挟み込み、鼻先が触れ合うほど近くに顔を寄せた。

「ラルィーザの全てを、吸い尽くしちゃうこと」

リンダが顔を傾《かたむ》ける。唇が触れ合うか合わないか、微妙な境で「すぅ」と息を吸った。いや違う、息ではない。吸ったのはラルィーザの精気だ。魔力のたっぷり詰まったそれを、リンダはひと息に吸い込んだ。

「っ！」

途端、ラルィーザがリンダを引き離そうとするが、リンダはそれを許さない。優しく甘い抱擁《ほうよう》で、ラルィーザを抱きしめ続ける。

「は……っなれ、なさいっ！」

しばらく格闘した後、リンダはベリっと無理矢理引き剥《は》がされた。押し退《の》けられるように飛ばされたが、空中で二回羽ばたかせて、姿勢を保つ。

ラルィーザは手の甲で口を拭《ぬぐ》いながら、はっはっ、と荒い息を吐いた。その頭には、いつの間にか角が生えており、口も先ほどより深く裂けている。間から覗く歯列は、ぎしぎしと不揃いに尖《とが》っていた。人間の形を保っていられないほどに、精気を吸われてしまったのだ。

「お前……、っ何者だ……！」

ラルィーザが、混乱と驚愕を込めた目でリンダを睨《にら》みつける。今まで余裕のあった態度が一変し、怒りと焦りのようなものが見え隠れする。対してリンダは、これまで翻弄されていたのが嘘のように静かな表情を浮かべて、ラルィーザを見守っていた。

「何者でもないよ。ただの、半魔の淫魔」

ぐい、とラルィーザと同じように手の甲で唇を拭《ぬぐ》って「まずい」とわざとらしく舌を突き出す。憎たらしい態度のはずなのに、ラルィーザはどこか見惚《みと》れるように目を細める。そしてハッとしたように首を振った。

「上級魔族の精気を吸い出せる半魔など、聞いたこともありません」

ラルィーザは苛々《いらいら》とした様子で、リンダの頭の先からつま先までを眺める。

「……淫魔だったのは貴方の父ですか？　母？　どこの、なんという魔族でしたか？」

続け様に問われて、リンダは「さぁ」と肩をすくめた。

「そんなこと、今はどうでもいいでしょ」

リンダは、淫魔である産みの母のことをなにも知らない。母も、母のことを知っているであろう父も、そして育ての親であるアズラエル家の父母も既に他界している。彼女が何者であったのか、リンダには知りようもないし、今のところ強く「知りたい」とも思わない。

なんにしても、ラルィーザにとってリンダに精気を吸われたことは、かなり衝撃的な出来事だったらしい。が、リンダにはその驚愕に対する興味もなにもなかった。ラルィーザの気持ちなど「どうでもいい」のだ。

「まさか、私より位の高い魔族だとでも？　ただの、淫魔が？」

「もういいじゃん。ごちゃごちゃ言ってる間に、全部吸っちゃうよ」

リンダはラルィーザに向かって手を伸ばすと、挑発するように、くい、くい、と人差し指を動かす。

「……私の精気を吸う前に、村人をどうにかしなくていいんですか？」

「ん？」

たしかに、足元にはまだ村人たちが倒れている。眠っているとはいえ、先にこの場から移動させたほうがいいのかもしれない。

「なにそれ、逃げるための口実？」

しかし、リンダの口から出てきたのはひんやりと冷めた言葉だった。

「お前の精気を吸い尽くすほうが優先」

そう言いながら、リンダは内心首を傾《かし》げる。果たして自分の目的は、本当に「ラルィーザの精気を吸い尽くす」ことだっただろうか。それがなによりも優先すべきことなのであろうか。

（俺、なに言ってるんだ？　たしかにラルィーザに勝ちたい、やっつけてやりたい、……けど）

リンダは、不思議な高揚感に支配されていた。体は軽いし、心も軽い。小さな悩みなどどうでもよくなって、目の前の「敵」を圧倒することしか、相手の精気を吸い尽くしてやることしか考えられなくなっている。まるで欲望のみで動く魔族になったような。

しかし、本当にそれでよかったのだろうか。

（これでいいのか？　こんな、冷酷な魔族みたいな俺で。……俺は、淫魔じゃなくて、淫魔になりたいんじゃなくて……）

「うっ」

リンダの内なる疑問が大きくなるのにあわせて、体が重くなった。がく、と力が抜けたその瞬間を、目敏《めざと》いラルィーザが見逃すはずもない。

「はっ！」

ラルィーザの放った氷柱《つらら》が、リンダの羽を掠《かす》めた。

「つぅぐ！」

鋭い痛みに、リンダは大きな呻《うめ》き声を漏《も》らす。羽が傷ついたせいで重心がぶれて、体が傾《かたむ》く。ラルィーザはその隙を逃さず、立て続けに氷柱《つらら》を投げつけてきた。地面からも生えてきて、リンダは飛び上がって避《よ》ける。が、羽に痛みが走り、地面に落ちてしまう。

ずしゃ、と土に膝をついて、リンダは手で体を支えながら上半身を起こす。

「あぁ、ようやくいい顔になりましたね」

「うっ」

と、顎《あご》を掴まれて、無理矢理持ち上げられる。気づいたらラルィーザが目の前にいて、ぎらぎらと赤く光る目でリンダを見下ろしていた。

「やはり貴方は、そうやって這《は》いつくばっているのが似合うと思いますが」

ねぇ、とからかうように問われて、リンダは下唇を噛みしめた。先ほどまでは何者にも負けないような万能感に満ちていたのに、急に、その力が霧散《むさん》してしまった。

（なんで……）

見下ろした手の、その爪の尖《とが》りがなくなっていて、リンダはハッとする。

（淫魔としての自分を、否定したから？）

一瞬だけ、リンダは自分に疑問を持った。冷酷に、目の前の敵の精気を吸うことしか考えていない自分のことを。

もう一度、集中しようとしたところで、肩のあたりを思い切り蹴り飛ばされた。リンダは「あっ」と漏《も》らして仰向けに倒れる。傷ついた羽が地面と擦《こす》れて、「ぎっ、あぁ！」と情けなく喚《わめ》いてしまった。

「いい悲鳴ですねぇ」

「うっ、おっ……ぐぅ！」

ラルィーザは倒れたリンダの腹に遠慮なく足をのせてくる。そのままぐりぐりと捻《ね》じるように足を動かされて、リンダは体を折り曲げるようにして嘔吐《えず》いた。

「気になりますね。さっきの君の力、とても気になる」

ラルィーザはそう言いながらも、リンダを踏み躙る行為をやめない。

「餌にしようと思いましたけど。やはり、私のものにしてしまうのもいいですね」

にこにこと楽しそうに微笑《ほほえ》みながら、ラルィーザが指を動かす。と、リンダの体が宙に浮いた。もちろんリンダ自身の力によるものではない。空中に張りつけにされたように動けないリンダは、げほっ、げほっ、と苦しい息を吐き出した。最後に咳をした時、なにかが迫《せ》り上がってきて、べっ、と吐き出す。それは血の塊《かたまり》だった。

「おや、大丈夫ですか？　見た目は魔族のようですけど、体は人間に近いんですね。うっかり殺さないように気をつけないと」

リンダは、ぜぇぜぇと肩で息をしながら、それでもラルィーザを睨《にら》みつける。

「あぁいい目だ。その目玉を取り出して飾っておきたい」

ラルィーザの手が、リンダの尻尾を掴んだ。びちびちと暴れるそれを、ぐいっ、と自分のほうに引っ張って引き寄せる。

「いぎっ……！」

「これも、一種の執着という感情なんですかね？」

ラルィーザは至極不思議そうに首を傾《かし》げていた。リンダの尻尾を、その手触りを指で楽しむように撫《な》でながら笑う。

「せっかくなら、長いこと私の手で苦しめたい。苦痛に歪《ゆが》む顔が見たい。涙が枯れるまで泣かせたいし、大事な人間全員殺してやりたい」

恐ろしいことを淡々と言い募《つの》る魔族の手から、尻尾を取り戻したい。リンダは汚れた手で、ぐ、と尻尾の付け根のほうを引っ張った。が、力で負けて、今度は前方向に倒れる。べしゃっ、と地面に倒れ伏したリンダの頭上から、楽しそうな笑い声が降ってきた。

「まずは目の前で人間を殺してみましょうか。約束していましたもんね」

「な、にが約束……」

そんな残酷な約束などした覚えはない。リンダはどうにか立ち上がろうと膝に力を入れるが、尻尾を強く引かれて、またバランスを崩して倒れる。

ずざっ、と地面を滑って、どうにか顔を上げる……と、目の前に意識を失ったままのメアリーが見えた。顔色は悪く、まるで悪夢に苦しんでいるかのように「う、う」と呻《うめ》いている。いや、実際苦しんでいるのだろう。長いことラルィーザに精気を吸われて、心身ともにぼろぼろのはずだ。リンダは彼女に手を伸ばそうとするが、あとちょっとの距離が足りない。なにも掴めないまま、リンダの汚れた手が空を切る。

（俺は……）

淫魔のままでいたら、淫魔に全てを任せていたら、リンダはとっくに彼らを救えていたのだろうか。もしかしたらそうかもしれない、しかし……

（俺は淫魔じゃない、でも、人間でもない）

リンダは少女に届かなかった手を、彼女の右手に伸ばす。意識を失ったその手に握られた、鋭く研がれたナイフに。

「つう、ぐぅ！」

ナイフの柄《つか》を掴み、魔力を注ぐ。伏せた体勢から地面を蹴り上げ、尻尾を握るラルィーザの手を斬りつけた。刀身自体は届かなかったが、ナイフにまとわせた風の魔法が、ラルィーザの手を裂いた。

「……っ！」

ラルィーザの手の甲に赤い傷が走る。短く声を漏《も》らしたラルィーザが、ぱ、と尻尾を離した。リンダはそれを引っ張って回収しながら、片手でナイフを構える。

「おぉ痛い。まさかそんなちんけな刃物で傷つけられるとは、驚きですよ」

以前ラルィーザに襲われた時、リンダは短剣を手にしながらも傷ひとつ負わせることができなかった。しかし、今は違う。

「俺だって、成長してんだよ」

一年間、必死で努力して魔力の調節を身につけた。

リンダはゆっくりと数度呼吸する。意識を集中させると、どく、どく、と自身の心臓が高鳴る音が聞こえた。

(そうだ。流されるな、惑わされるな)

先ほど、リンダは淫魔の力に支配されていた。村人を助けるよりなにより、目の前の精気を吸うことで頭がいっぱいになって。自分の欲を満たすことしか考えていなかった。

(兄さんと、カインと、何度も訓練したじゃないか)

目の前の精気を奪わずに、淫魔の力をコントロールする。リンダは内頬の肉を噛みながら、溢れ出る欲と戦う。

「俺は、半魔だけど、聖騎士だ。弱きを助け、悪を退《しりぞ》ける」

息が苦しい、が、何度かゆっくりと呼吸をすることで、それも落ち着いてきた。目の前にかざしたナイフに、もう一度風の魔法をまとわせる。

ごうっ、と小さな嵐のような突風が、リンダの前髪を後ろへ押し流した。

「それはご立派。が、君の信念や矜持《きょうじ》なんて、私にはなんの関係もないし、興味もないんです」

ラルィーザはそう言うと、暗闇の中に手を伸ばした。……と、いつの間にかその手には、ひと振りの剣が握られていた。薄青く光るその剣は、まるで氷のような寒々しさを感じさせた。いや、実際氷でできているのかもしれない。長さもまとった魔力も、明らかにリンダのナイフより優っている。

「興味がなくていいんだよ。これは、俺の問題だから」

リンダはナイフを構えながら笑った。言葉に出すことで、ようやく気持ちが落ち着いてきたのを感じたからだ。

そう、誰の問題でもない。リンダが心の中で勝手にもやもやと悩んでいた問題だ。

半魔、淫魔、聖騎士、アズラエル家の次男。色々な形容詞がつくかもしれないが、リンダはリンダなのだ。それぞれが別の存在なわけではない、ここにいるのはたった一人。リンダ・アズラエルという存在でしかない。

「うぉおお……っ！」

リンダは自分の持てる力全てを解放するつもりで、魔力を高める。そこには、先ほどファングとカインにもらった精気の力も、たしかに混じっていた。混じり合って、リンダの力になっていた。

視線が交わったその瞬間、リンダはラルィーザの目をしっかりと見つめる。

「ラルィーザ、っ、剣を下ろせぇっ！」

そして、冷たく冴《さ》え渡った赤い目に向かって、リンダは振りかぶったナイフを、渾身の力を込めて薙《な》いだ。

リンダとラルィーザが交錯する。

「うっ、……っ！」

一瞬の静寂の後、膝を折ったのはラルィーザだった。砕けた剣を放り、自身の左目を押さえている。指の隙間からは、赤とも黒ともつかない液体がどろどろと流れていた。

リンダは振り返ってナイフを構えながら、はっ、はっ、と肩で息をする。ラルィーザの背が、ぼこぼこと波打ち、上等な仕立ての服が破れた。現れたのは、硬い鱗《うろこ》で覆われた翼だ。リンダはそれを見て、ひゅ、と息を吸う。

「私に……なにをしたっ！　この淫魔が！」

振り返ったラルィーザの右目は、ぎょろりとつり上がっていた。左目は変わらず押さえたまま、ラルィーザが大きく口を開く。と、端から空気が凍って、結晶になっていく。リンダは受け身を取るように体を転がしながら、それを避《よ》けた。

「っつ、剣を下ろせと願っただけだっ」

そう、リンダはラルィーザの目を見て「剣を下ろせ」と願った。一か八か、効くかどうかもわからなかったが、自身の淫魔としての力を信じたのだ。淫魔は魅了の力を使える。望めば、誰しもを自分の支配下に置けるのだ。

ほんの一瞬、たった一瞬ではあったが、その力はたしかに効力を発揮したらしい。ラルィーザは剣を下げ、リンダはその隙に、彼の左目に斬りかかった。

「よくも私の目をっ！　もういいっ、殺す、殺し尽くす！」

紳士然としていたラルィーザは、もうそこにはいない。魔族としての本性を露《あら》わにした彼は、リンダを、そして周辺に転がる人間に手をかけようとした。

「俺以外の人に、触るなっ」

リンダの鋭い声に、ラルィーザの手が止まる。彼は信じられないというように自身の片方しかない腕を見下ろし、そして憎々しげにリンダを見やる。

「私を……操るなっ！」

ラルィーザの怒気は、冷気となってリンダに突き刺さる。羽と、そして腕を切り裂かれて、バッと血が飛び散った。

「うぐっ！」

リンダは顔の前で手を交錯させながら、それでもナイフを離さずに、ラルィーザを睨《にら》みつける。

「触るなっ、触るなっ！　俺以外の誰も傷つけるなっ！」

全身に冷気を浴びながら、それでもリンダは喚《わめ》く。叫びすぎて、喉が切れて血が出そうだ。

ちらりと見やった村人たちに、冷気の被害が及んでいる様子はない。本当に、ラルィーザはリンダだけに攻撃を仕掛けているようだ。

（よかった……、けど）

相対するラルィーザの向こうに見える空が、薄紫に染まっている。もうすぐ夜明けだ。やっと、夜明けだ。

（俺の力っ、いつまで、持つんだっ）

「くっ！」

びゅわっ、とひと際強い風が吹きつけてきて、リンダは思わず仰《の》け反《ぞ》る。が、ナイフを地面に突き立てて、それに縋《すが》るように前を向いた。

足先が凍りはじめている。手の感覚はもうない。叫ぶために口を開くと、喉の奥も凍りつきそうだ。

「絶対にっ、俺以外をっ、傷つけるなっ！」

それでも、リンダは掠《かす》れた声で叫び続ける。ぱたぱたと風に流されていた尻尾が、リンダに寄り添うようににじにじと腕を這《は》ってきた。そして、頑張れ、というように頬を軽く叩いてくれる。

（頑張れ、そうだ、頑張れリンダ。リンダ・アズラエル）

「……っアズラエル家のっ、男だろぉっ！」

ファングも、カインも、フィーリィも、そしてきっと父だって、みんな命を賭《と》して戦ってきた。聖騎士として、アズラエル家の男として。

ラルィーザの魔力とて無限ではない。リンダは片目片腕の魔族を睨《にら》む。睫《まつ》毛《げ》が凍って、頬がひりひりと痛むが、それでも、昇りくる朝日を背後に背負ったラルィーザを、視線で射殺さんとばかりに睨《にら》みつける。

ぐぐ、と冷気に押され、それでも弾かれまいと歯を食いしばって、心の中で「俺だけだ、俺だけを狙え」と繰り返しながら。

それでも、ず……、ずず、と足が後ろに下がっていく。ラルィーザの力に押されているのだ。

「凍れ、凍れっ！　肉も肺もなにもかもっ、凍ってしまえぇっ！」

もはや吹雪のように押し寄せる冷気の向こうから、ラルィーザの呪いのような高笑いが聞こえる。体の感覚はほとんどなくなって、頬に張りついていた尻尾が、徐々に萎《しお》れて縮んでいく。羽も、角も、なにもかもが力を失って縮んでいくのを感じながら、それでもリンダは諦めずに前を睨《にら》み続けた。

（諦めないって……っ、みんなに、誓ったんだ！）

目に入るほとんどのものが白く染まった……その時。視界の端に、真っ黒い扉がひとつ現れた。

（あ、え？）

なにもない空間に突然現れたその扉は、重厚な両開き仕様だった。重そうな金の取っ手が、「ガチャッ」と音を立てて下がる。そして、隙間からは光が波のように溢れ出す。

「……ッリンダーっ！」

光だと思ったそれは、すさまじい量の炎だった。風に巻き上げられ、まるで竜巻のように渦を描く炎が、大きく開いた扉からゴォオオッと噴き出す。

「なんだ……っ、なんだこの火はっ、あっ、あぁーーっ！」

叫び声が聞こえて、リンダはそちらに顔を向ける。どうやら上と下の睫毛《まつげ》が凍ってくっついていたらしい、ぱりぱり、と音を立ててそれを引き剥《は》がしながら、リンダはしかと目を見開いた。

「……う、あ」

目の前で、火柱が上がっている。轟々《ごうごう》と燃え盛るその火の中に、ゆらゆらと揺れる黒い影が見えた。それは、その姿はおそらく……

「ラ、ルィーザ」

耳にこびりつく断末魔の叫びを上げて、ラルィーザが燃えている。リンダは呆然とそれを見やってから、もう一度黒い扉を見る……と、そこから人が飛び出してきた。本当に文字通り、飛ぶようにして出てきたのだ。

「に、さ……カイン……」

腕に携えた剣が、そして聖騎士の制服飾りが、朝日を受けてきらきらと黄金色に輝いている。先頭を切って飛び出してきたのは、ファング、そしてカインだった。ファングが燃えるラルィーザに警戒するように剣を構えて、カインは首を巡らしリンダを見つけ駆け寄ってくる。

「リンダっ！」

先ほど、扉が開いた時に聞こえてきたのは、この声だ。カインが、リンダを呼んだのだ。

（あぁ……、カイン、兄さん、あぁ）

リンダの膝から、そして全身から力が抜ける。駆け寄ってくるカインのその亜麻色の髪を、蜂蜜色の目を見ながら、ぐんにゃりと膝を折る。

（あぁ……）

心の中でさえ、言葉が形を作らない。ただただ、喜びと、「もう、大丈夫だ」という安堵感《あんどかん》が全身を包んでいた。

「リンダ、リンダっ！　おいっ、救護班っ急げ！」

燃えるように熱い手のひらに肩を掴まれた……ような気がしたが、定かではない。そして、カインの手が熱いのではなく、自分の体が冷え切っているのだということに気づく。笑いたい、のに、笑えない。視界も、思考も、なにもかもが曖昧に溶けていく中で、リンダは「ガイル、シャン」と弟の名前を呼んだ。

（約束、ちゃんと……守ったぞ）

すっかり閉じてしまった瞼《まぶた》の向こうで、弟たちが「リンダ」「リン兄」と呼んでいる姿が見える。

リンダは知らず知らずのうちに、ゆっくりと微笑《ほほえ》んでいた。

第十章

「あれ～？　ねぇリンダ、このシチューさらさらしてるんだけど、なんで？」

「ねー、このリビング広すぎない？　飾っても飾っても飾りつけが終わらないんですけど。リンダ手伝ってぇ」

「リン兄～、僕たちお花買ってくるんだよ！　何色のお花がいい？　何色が好き？」

リビングのソファに腰掛けていると、弟たちが代わる代わる話しかけてくる。アレックスとローディはキッチンから、ヴィルダはリビングの壁に張りつきながら、ガイルとシャンは兎の形をした財布を握りしめながら。

「だ～から、リンダは休養中なんだって。『リンダが無事でよかったね会』をするんだから、ちょっとくらいゆっくりさせてやれよな」

庭の掃除をしていたフィーリィが、麦わら帽子をかぶったままぷりぷりと怒る。と、弟たちは揃って「はぁ～い」と声を上げる。アレックスとローディはさらさらのシチューに小麦粉とバターを加えに、ヴィルダとガイルとシャンは花と、ついでに飾りつけ用の紙細工を買いに。最後に、麦わら帽子を持ち上げたフィーリィが「じゃあリンダとケネスさん、ごゆっくり」と言って庭に出ていった。

「まぁ〜今日も賑やかだな」

「ははは、まぁ……そうですね」

リンダの向かいのソファには、ケネスが座っている。本日の「リンダが無事でよかったね会」にお呼ばれしたからだ。といっても、ケネスは既に兄弟たちと顔見知りだ。聖騎士のフィーリィたちだけではなく、ガイルやシャンまで、みんな。それは、ケネスが頻繁にアズラエル家に通ってくれているからである。

＊

あの日、ギグス村に現れた扉から出てきたのは、ファングとカインだけではなかった。その後ろから、ケネスも転がり出てきた。救護班に抱えられるリンダを見て、ひたすら「リンダ！ おい、死ぬんじゃねぇぞ！ 死んだら追いかけていって訓練してやるからな！ おい！」と呼びかけ続けていた、と後になってカインが教えてくれた。

ケネスは約束通り全力で聖騎士団に向かい、そしてギグス村が窮地に陥っていることを報告してくれたのだ。夜中ということもあり人手は少なかったが、四方駆けずり回ってギグス村の、そしてリンダの危機を訴えてくれたらしい。なんとあの団長の寝室にまで飛び込んでいったというのだから驚きだ。後日それを聞いたリンダは卒倒しかけたが、ケネスは「聖騎士の危機に団長に助けを求めるのは当然だろ」と澄ました顔で笑っていた。

ケネスに叩き起こされた団長は、すぐさま対応にあたった。そして彼に「至急移動魔法を展開しろ」と命じられたのが……、なんと、タグだったという。タグは錬成するのが困難だと言われる移動魔法、しかも複数人の移動を可能にする「場所繋ぎ」の魔法の使い手だったのだ。

タグは集まるだけ集められた聖騎士、そしてちょうどそのタイミングで駆けつけてきたファングとカインもまとめて、ギグス村へ移動させたのだという。

「じゃああの扉、タグ隊長が？」

リンダは、ギグス村で意識を失う直前に見た、どこか不気味な扉を瞼《まぶた》の裏に思い出しながら、ケネスに尋ねた。

「そうらしい。俺も隊長があんな魔法使えるなんて知らなかったからビビった。まぁギグス村とお前を救えたのは、タグ隊長と、運よく駆けつけてくれたお前の兄弟のおかげってわけだな」

「そう、か」

すぐさま出立できる聖騎士が少なかったので、ファングとカインはかなり重要な戦力となった。

なぜリンダの危機を察知したのかは、もちろん言えなかったが、緊急事態だったので周りもそう気にしていなかったようだ。団長にも「お前たちの力がなければ、制圧は難しかっただろう」とかなり労《ねぎら》われたらしい。

「化け物みたいな強さの兄弟はさておき、タグ隊長はなぁ……。んー、あんな魔力を消費する魔法、半魔じゃなくて本物の魔族でもないと難しいんじゃないかって思うけど……まぁ、どうなんだろうな」

「魔族、でないと……」

リンダは、のほほんと笑う自身の隊の隊長の顔を思い浮かべる。魔族とはほど遠い位置にいるような気もするが、実際のところはなにもわからない。

タグも、一度だけリンダを見舞ってくれた。「いやぁ無事でよかったね」と笑うその顔はいつも通りだったが、リンダを見る目はとても優しかった。

「まぁ、タグ隊長はタグ隊長ってことで」

これから仕事を一緒にこなしていけば、なにかわかるかもしれない。が、なんにしても、タグはタグだ。

そして当のリンダはというと、しっかり全治一か月もの大怪我を負っていた。特に脚の凍傷がひどく、一時は切断しなければならないかも、とまで言われていたらしい。リンダ自身はずっと眠っていたので、それも全て目覚めた後に聞いた話ではあるが。

弟たちはわんわん泣いて心配したらしいが、ファングが……あの仕事の鬼のファングが、しばらく仕事を休んで弟たちのケアに回ってくれたのだという。リンダも聞いた時にはギョッとしたが、家事からなにから完璧にこなし、おかげでみんなはリンダがいなくても精神的に参らずに済んだ。……と、フィーリィが語っていた。

「まぁ、こういう時は『兄貴』って感じだよな」

と、日頃ファングにあまり頼ろうとしないカインが言っていたくらいだ。弟たちにはもちろん、ファングにも迷惑をかけてしまった、とリンダは起きて早々にみんなに頭を下げて……そして「怪我人が謝るな」とファングに怒られた。

リンダが意識を取り戻したのは、あの事件から五日後のことだった。ファングたちが駆けつけてきた時には既にほとんど淫魔化は解《と》けており、リンダの淫魔姿を見たものはいないだろうとのことだった。ので、リンダは今も「普通の聖騎士」という扱いになっている。ぎりぎりのところではあったが、その点にはホッと安心した。

そしてギグス村のほうはというと……、なんと村人全員無事だったらしい。とはいえ、精気枯渇状態の者が多く、完全な回復にはかなり時間がかかる、とのことだった。今は村の復興のために、村民一丸となって頑張っている。その中心人物となっているのが、なんとあのヒューイだというのだから驚きだ。戦闘によってぼろぼろになった村の建物の再建に、力持ちを活かして貢献しているのだという。「犯人だと疑っていた村人の謝罪もあっさり受け入れてな、今は村の一員として皆と畑作業に励んでいたぞ」と、事件後のギグス村を数度訪ねたケネスが教えてくれた。

「自分は臆病者だからこそ、疑った人たちの気持ちがわかるんです。それを責めたって、なんにも生まれない」

と、村の子供と遊びながら笑っていたそうだ。

傷跡は残ったものの、小さな村を襲った大きな脅威は去ったのだ。怪我人は出たが、死者はいなかったという事実が、なによりもリンダの心を慰《なぐさ》めてくれた。

リンダは、脚が動かない……というより、ベッドから起き上がれなかったので、退院後は「しばらく自宅療養」ということになった。

「聖騎士団団長に『アズラエル家の次男はしばらく休ませておけ。今回の件の功労賞だ』って言われちゃったからねえ。最低でも二週間は出てこないでよ」

と、タグに言われてしまった。「団長」を出されてしまえばいち聖騎士が逆らうこともできず。

リンダは大人しく自宅で過ごすこととなった。

自宅にいることで、ファングやカインから精気をもらいやすく、傷の治りも早まった。完治させるには精気をたくさん摂取しないといけないし、いきなり傷がなくなると弟たちも驚くので、徐々に、ではあったが。

とりあえず一週間の入院とそして二週間の自宅療養、かなりの期間休養してしまった。

その間に、季節は夏に近づいていた。

＊

「うちの弟も、こんな感じなのかね」

ケネスはソファの上で脚を組んで、キッチンにいるアレックスとローディを楽しそうに眺めている。

彼は、リンダが自宅に戻ってすぐからアズラエル家に通いはじめた。やれ隊長が今日もサボっていただの、他の隊の新人を訓練で鍛えてやっただの、話題は様々だ。どうやらリンダの怪我を自分の責任と思っている節があるらしく、事あるごとに「もう大丈夫なのかよ」と気遣ってくる。あの傍若無人《ぼうじゃくぶじん》のケネスが……と思わないでもないが、心配しないでくれ、と拒否するのもおかしいので、厚意はありがたく受け取っている。

長い長い休養期間も終わり、リンダは明日から聖騎士として復帰する。まだ完治したわけではないので、しばらくは内勤が主になる予定だ。

そして今日は、そんなリンダの快気祝いと、明日から頑張ってね、という意味が込められた食事会が催《もよお》される。ケネスに加え、ハワードも来訪してくれるらしい。まぁ、気にかけてもらえるのはありがたいことだろう。なぜかハワードを警戒している（リンダのことを恋愛的な目で見ている、と思っているらしい）カインは若干嫌そうな顔をしていたが、ハワードに懐《なつ》いているガイルとシャンは喜んでいた。ちなみに、ケネスにはヴィルダが妙に懐《なつ》いている。なんとなく……周りを気にしないというか、何事にも流されないというか、二人はそういうところが似ている気がする。なんにしても、気が合う人物が見つかるのはいいことだ。

「そういえば、ケネスさんの弟さんたちって……」

前に、かなり大人数の家族である、と言っていたことを思い出し、ちらりと問うてみる。ケネスは「ん」と軽く頷《うなず》いたあと、リンダのほうを見ないまま口を開いた。

「俺んちはな、母親が魔獣なんだけど……まぁ、人間の父親に捨てられててさ」

「……え？」

「母親も子供も、もろとも置き去りでとんずら」

リンダは驚いてなにも言えず、ただ肩をすくめるケネスの顔を見ることしかできなかった。

「まぁよくあることだ。……俺の母親は、常時羽をしまえない魔獣でな。どこに行っても弾かれ者だよ」

ケネスは気にした様子もなく、淡々と話を続ける。灰色の髪がさらりとうつむく顔にかかって、細い顎先《あごさき》に影を落とす。形状は違うが、ケネスの母もヒューイと同じく、見た目で人間ではないとわかるタイプの魔の者だったらしい。

「だから、俺が出稼ぎに出た。幸い俺は魔力が強くて、腕っぷしもまぁまぁだったからな。手っ取り早く金を手に入れるために、稼ぎのいい聖騎士になった……ってぇわけだ」

「そう、だったんですね」

魔族は、半魔以上に迫害されやすい。これまで何度となく戦が起きたり、魔族による侵略もあったので、この国の人間も皆警戒しているのだ。ケネスの母親がどんな人物かはわからないが、たくさんの兄弟を抱えて、かなり苦労してきたのだろう。そしておそらく、ケネスもまた色々な困難に晒《さら》されながら生きてきたはずだ。

「母親と弟たちは国境の村に住んでるから、なかなか会えねぇし。こうやって、大人数の兄弟っての見てるとなんか……癒されるわ」

しかし、ケネスはそんな過去など思わせない明るい笑みを浮かべ、壁にかけてあるアズラエル家の写真を見やった。みんなが笑顔で写っている（ファングはいつも通りの真顔だが）写真は、この家が完成した時に玄関前で撮ったものだ。なかなか皆で集まって写真を撮る機会もないので張り切って大判に印刷してしまったが、これはこれでよかったかもしれない、と今は思っている。

ケネスの言葉にはいつも裏がない。彼は思ったことをそのまま真っ直ぐに伝えてくる。きっと「癒される」というのも、嘘偽りない彼の本音なのだろう。

「弟たちもケネスさんに懐《なつ》いてるから、お見舞いだけじゃなくて、いつでも遊びに来てくださいね」

「……そっか」

へへ、と鼻の下を擦《こす》ってから、ケネスが目を伏せる。そして「あー……」と言葉を探すような声を出した。

「なんですか？」

「お前の、『淫魔聖騎士』ってやつ……」

「しーっ！」

リンダは思わず、上司であるケネスの口を片手で塞《ふさ》ぐ。そしてもう一方の手の人差し指を立てて口に当てて、そろそろとキッチンを見やった。アレックスとローディはきゃっきゃと楽しそうに料理に励んでおり、こちらの会話は聞こえていないようだった。

「んんん」

もごもご、とケネスが不満顔でなにか言っている。リンダは慌てて「わっ、すみません」と手を離してから謝った。口を塞《ふさ》ぐためとはいえ、気づいたらケネスに覆いかぶさるような格好になっていた。

ケネスはなぜか少し気まずそうに視線を逸《そ》らしてから「別にいいけど」と、これまたもごもごと小さな声で吐き捨てた。それから、こほん、と咳払いして空気を切り替えると、改めて口を開く。

「あれ、かなり減ったぞ」

「へ？　減った？」

予想外の言葉に瞬《またた》くと、ケネスが「あぁ」と頷《うなず》く。

「上級魔族相手にして、一人の死人を出すこともなく村を守ったからな。今じゃ『あの新人何者だよ』ってなんか色々噂されてるくらいだ」

「何者って……」

「雑用部隊にまさかの実力派新人がいるって、なんか前とは違う意味で勝負挑みたがってる奴が多い」

「えっ、えぇ～……」

淫魔扱いされるのも困りものだったが、実力以上に評価されてしまうのもまた困る。

リンダは「うう」と悩んでから、がくりとうなだれた。まぁ、以前よりはマシな扱いになったのだろう。……おそらく。

「フィーリィなんて威張って喜んでたぞ。うちの兄貴すげぇだろって感じで」

「え、フィーリィが？」

そういえば、以前「淫魔聖騎士」の噂が広まった時、フィーリィはとても気にかけてくれている様子だった。今回の件でその噂が立ち消えたとあって、実は喜んでいるのかもしれない。

(なんだかんだ、慕ってくれてるんだよなぁ)

リンダの手料理を好物だと言ったり、妙な噂は嫌がったり、意外にもフィーリィはブラコンの気があるのかもしれない。それはそれで、なんだか面映《おもはゆ》い気持ちになる。

「ま、陰で暗躍してたのはお前の兄と双子の弟みたいだけどな」

「へ？」

「知らないのか？　あの噂を消すために色んなところとやり合ってたみたいだぞ。かなり」

「え、かなり？」

まさかここに来てそんな新事実を聞かされると思っておらず、リンダは膝掛けを取り落とさんばかりの勢いでケネスに向き直る。

「そ、そうなんですか？」

「おー。お前と戦いたいって奴らに『そんなに戦いたきゃ俺が相手にしてやる』って。もう片っ端からぼっこぼこよ」

たしかに、ファングとカインならばそんじょそこらの団員にはやられないだろう。むしろ二人が組んだのであれば、ほぼ「最強」だ。

そんな最強な二人が、リンダのためにそんなことをしていたとは。リンダはこれまたなんともむず痒《がゆ》い気持ちで、膝の上に手を置いた。

（なんか、そういうのも意識すると結構、こう……）

二人に大切に扱われているような気がして、照れてしまう。リンダは頬の熱を逃すように、はたはたと手のひらで顔を扇《あお》いだ。

恋愛的な意味でファングとカインに好かれているのだと知ってから、二人の行動を振り返ると、たしかになんというか……「本当にそうなんだな」と思えることが多い。日常の些細なことから、今回の聖騎士団での件まで、至る所でその愛情を感じる。

ぽぽぽ、と熱くなった頬を隠すように、口元から頬にかけてを両手で覆った。

「あ、どうした？」

「いや、その、……なんでもないです」

リンダは誤魔化すようにそう言ってから、壁にかけられた家族写真をもう一度見やる。一番後ろの端に立ったファングと、その隣に並ぶカインとを交互に見比べて、リンダは「はぁ」と溜め息を吐いた。

＊

「リンダが無事でよかったね会」は、和やかなうちに幕を閉じた。途中、飲みすぎたフィーリィが感極まって泣き出したり、つられた弟たちがもらい泣きして涙涙の大合唱になったり。リンダのみならず、ファングやカイン、そしてハワードに、果てはケネスまで慰《なぐさ》め役に回るという事態に陥ったりもしたが。まぁ、概ね笑い合って、楽しく過ごすことができた。

ハワードは如才《じょさい》なく場を和ませてくれて、アズラエル家にすっかり馴染《なじ》んだケネスも会話を盛り上げてくれた。

今回の主役であるリンダ自身、大いに笑って、時に涙ぐんで、そして最後はやはり笑って、とても楽しい思い出ができた。

「とても楽しかった。今度はまた個人的に、快気祝いの食事に誘ってもいいかな？」

というのは、ハワードが別れ際にリンダに告げた言葉だ。リンダは「もちろん」と頷《うなず》きかけてから、少しだけ悩んで、ちらっとファングとカインを見やった。二人とも特になにも言わなかったので、結局は「はい、いつか」と答えた。が、ハワードはなにかを察したらしく「おやおや」と肩をすくめて微笑《ほほえ》んでいた。

ケネスのほうは相変わらず、「明日からまたみっちり扱《しご》いてやるよ」なんて言って笑っていたが、きょろきょろと周りを見渡した後に、「無理はすんなよ」とリンダにだけ聞こえる声で伝えてくれた。多分、ケネスなりの優しさなのだろう。リンダはほっこりとしたあたたかい気持ちで「はい、ありがとうございます」と返した。

弟たちと並んで客人二人を見送り、酒の飲みすぎで寝転ぶフィーリィと、飯の食べすぎで動けなくなっているヴィルダをそれぞれ部屋に連れていき。後片付けをして、風呂に入って、下の弟たちを寝かしつけて……。最終的に、ファング、カイン、リンダの年長組三人だけがリビングに残った。

リンダは皆が寝静まった気配を確認してから、台を拭いていた布巾を片手に「なぁ」と二人に呼びかける。少しだけ声が掠《かす》れてしまったのは、緊張しているからかもしれない。

リンダの声に、それぞれ片付けをしていたファングとカインもその手を止めた。

「あの時さ……、助けてくれてありがとう」

リンダはそう言って、二人に向かってしっかりと頭を下げた。

「ラルィーザにとどめを刺してくれたの、二人だろ？」

そう、最終的にラルィーザを燃やし尽くしたのはファングの炎魔法とカインの風魔法だ。ふたつが合わさって業火のような火柱ができあがり、結果的にラルィーザを仕留めることができた。

今日までなにかとどたばたしており、二人に面と向かって礼を言う機会がなかった。こうやって三人だけで顔を合わせるのも久しぶりだ。それこそ、ラルィーザと対峙《たいじ》したあの日、夢の中で話して以来である。

「いや、俺たちが駆けつけた時点で、ラルィーザはかなり消耗してたし。ほとんどはリンダの力だろ」

カインがそう言って、リンダの頭をぽんと叩く。そろそろと顔を上げると、ファングも腕を組んで頷《うなず》いていた。

「あぁ。最後まで諦めず、よく頑張ったな」

「カイン、兄さん……」

喉の奥から熱いものが込み上げてきて、リンダはグッとそれを抑える。数回に分けて涙の気配を嚥下《えんげ》してから、「うん」と震えた声をこぼす。

「俺が諦めずにいられたのは、みんなのおかげだ。……そして、多分なにより、兄さんとカインのおかげ」

リンダはそう言って、自分の手のひらを見下ろす。あの日この手の中には、ピアスとペンがあった。が、どさくさに紛れてそれはどこかにいってしまい、今も見つかっていない。しかし、あれがあったからこそ、リンダは諦めずにいられた。自分がなにをすべきなのか、どうすべきなのか、見失わずにいられたのだ。

ペンもピアスも失くなったが、あの時胸に根付いた気持ちは、ちゃんとリンダの中で育っている。今は小さな芽でしかないが、いつかきっと、枝葉を広げて大きく茂っていくだろうと、そんな予感をさせる気持ちが。

「あの、さ」

リンダは思い切って顔を上げて、そしてファングとカインの目を見て、そろりと逸《そ》らした。が、もう一度、拳《こぶし》を握って二人を見る。

「俺のことを好きって言ってくれた、あれ……。えっと、あれは、その」

改めて言葉にすると恥ずかしくて、頬が熱くなって額に汗が浮かぶ。

「その、さ」

そこで言葉を区切り、リンダはふと冷静に二人を見つめてみた。

ファングは「睨《にら》みつけてる?」というほど真っ直ぐにリンダを見ているし、カインは「興味がないのか？」というほど顔を逸《そ》らしてしまっている。その違いに、兄弟とはいえ二人の性格の差異が見えて、リンダは「は、はは」と笑いをこぼしてしまった。

突然笑い出したリンダに驚いたのだろう。カインが、ぎょっとしたようにリンダに顔を向ける。

「いや……」

笑ったことで幾分緊張が解《ほぐ》れた気がする。リンダは「ふはは」ともう一度笑ってから、そして胸に手を当てて息を吸って、吐いた。

「俺も、二人のこと好きだよ。ほんとに。二人が思っている以上に、大好きだと思う。愛してる」

それは、偽らざる本音だった。リンダは間違いなくファングが好きだし、カインのことも好きだ。比重も質量も種類も違うが、それぞれを愛している。

「でもそれが、二人と同じ意味なのかは……自信ない」

だが、好きだからこそ、愛しているからこそ、嘘はつけなかった。

リンダの言葉に、ファングは「仕方ない」と苦く笑った。そしてカインは……、カインはそれでも真っ直ぐに、リンダを見ていた。その視線を受けて、リンダは「だけど」と絞り出す。

「俺がもし人を、その、恋愛的な意味で好きになるとしたら、……多分、兄さんとカインしか、いない」

こんな勝手な言い分があるだろうか、と思いつつも、リンダは話を続ける。二人を喜ばせるつもりも、悲しませるつもりもない。ただ今は、正直に気持ちを伝えたかった。

リンダはファングが好きで、カインが好きだ。幼い頃からずっとその気持ちは変わらない。本当の兄弟でも、そうじゃなくても、その気持ちは微塵も揺らがないのだ。そして気がついた。きっと自分は、これ以上に人を好きになることはないと。

「二人と同じくらいの気持ちになれるかとか、いつそういう気持ちになるかとか、なにもわかんないけど……それでも、それでもさ……」

それでも、リンダは二人が好きなのだ。

気持ちを伝えて、ではどうしたいのか、というところまで言おうとしたが、さすがに言葉に詰まる。それは、あまりにも自分勝手な主張だと思ったからだ。

「待つさ」

低く、それでいて澄んだ声に、リンダはハッと顔を上げる。心の底に沈めかけていた願いを見透かされてしまったのかと、驚いて兄を見やる。

「兄さん」

呼ぶと、ファングがゆるく微笑《ほほえ》んだ。彼にしては珍しい、眉間の皺《しわ》もない、優しいだけの笑顔だった。

「リンダの気持ちが育つまで、いくらでも待つ」

気がついたらきつく拳《こぶし》を握っていたらしく、開いたらじんじんと痺《しび》れていた。手のひらに血が通うのと同時に、頬にも熱が戻ってくる。

と、ファングの横に立つカインが「はぁ」と大きな溜め息を吐いた。リンダがビクッと肩をすくませると、頭の後ろに手を回した手で髪をかき乱した。

「ったく、何年待ったと思ってんだ。五年でも十年でも平気で待つぞ、俺も……兄貴も」

なぁ、とカインがファングを見やる。

「当然だな」

それこそ「当たり前」というようにファングが答えて、リンダの左手を取る。

「リンダ。……俺も、お前以外愛せない」

「っつ！」

とんでもないことを言って、ファングがさらりとリンダの手の甲に口づけを落とす。リンダは「えっ」「おっ」と言葉にならない声を漏《も》らして、赤い顔を隠すようにうつむいた。

「……うん」

夜の静寂に消えそうな小さな声で、かろうじて肯定の意を返すと、ファングが嬉しそうに笑う。その笑顔になぜかきゅうと胸が引き絞られてしまって、リンダは「？」と頭の上に疑問符を浮かべた。この胸の疼《うず》きは、一体なんなのだろうか。

リンダが一人あたふたしていると、今度は右手をグイッと引かれた。

「わっ、え？」

引いたのは、カインだ。ファングを睨《ね》めつけてから、「おい」とリンダを呼ぶ。そして、リンダの指をまじまじと見下ろして、そろそろと持ち上げて……、意を決したように、唇で人差し指の先に「ちょん」と触れた。そしてあっという間に手を離して、二、三歩後ろに退《しりぞ》く。

「俺も、あい、……好きだから」

「あ、う、うん」

「好きだからなっ」

なぜか脅《おど》すように指を突きつけられて、リンダは頷《うなず》く。カインは「よし」と満足そうに頷《うなず》くと、自身の手の甲で頬を擦《こす》った。そこがほのかに赤くなっているのを見て、リンダの胸がまたもきゅうと縮む。

(なんだろう。なん、なんだ？)

先ほどから、胸がきゅうきゅうと痛い。捧げ持つように左手を掴んだファングと、少し離れた場所で顔を赤くしてそっぽを向くカインを見比べて、リンダはいたたまれない気持ちで首を傾《かし》げた。

(これって、このきゅうってなるやつって……、なんだ？)

自分の心の奥底でぽこぽこと芽生えだした気持ちをたしかめようと、右手を胸に当てる……と「うぇえ～」と泣き声が耳に届いた。子供部屋のほうだ。

「あ～シャンだな。今日は一人で寝るって言ってたけど、やっぱ無理だったか」

カインが廊下のほうに視線をやり、肩をすくめる。

幼稚舎に通いだしてから、甘えん坊だったシャンもだいぶ変わった。着替えでもなんでも一人でしたがるようになり、夜も「一人で眠れるもん」と言い出すまでになった。……が、まだまだ成長途中のようだ。リンダはファングと顔を合わせて苦笑してから「俺が行ってくるよ」と背筋を伸ばした。

不思議な胸の高鳴りはまだとことこと続いていたが、深呼吸をすればそれもゆるやかに収まっていった。

「じゃ、俺らは片付けの続きな」

「洗い物は引き受けよう」

(聖騎士団の人が見たら、驚いてひっくり返りそうな光景だな)

腕まくりをして皿を運んだり、布巾を掴んで机を拭く二人を横目に見ながら、リンダはくすりと笑う。

「うぇえ〜ん、リン兄ぃ〜ガイル〜」

「はいはい、今行くよ」

暗闇の中、ベッドに蹲《うずくま》って泣いているであろう弟のもとへ、リンダは穏やかな笑みを浮かべて歩いていく。途中「シャン、大丈夫かぁ?」というフィーリィの寝ぼけた声や、ヴィルダのいびき、アレックスとローディの「ううー、眠れない〜ヴィルダのいびきうるさい〜」という不満の声を聞きながら。アズラエル家は、今日も平和である。

(いや、今日だけじゃない)

今日も、明日も、明後日も。きっと変わらず平和だろう。変わらない、けれど少しずつ変わっていく。ファングやカインが家事をするようになって、フィーリィが夕飯を作るようになって、ヴィルダやアレックスやローディがガイルやシャンの面倒を見るようになって、シャンが一人でも眠れるようになって……。ただの主夫だったリンダも、聖騎士になった。そんな少しずつの変化が、変わらぬ幸せと寄り添っている。

リンダの気持ちもきっとそうだろう。ファングやカインに対する、変わらない家族としての愛。そして新たに芽生える思いもあるはずだ。

今はその変化が、嬉しくもあり、少しだけ恐ろしくもある。

(でも、きっと)

それでもきっと、変化は訪れる。そしてその変化は、リンダの心に小さな火を灯す。それは、ゆらゆらと揺れ動く頼りない小さな火だ。それでも、消えることなくリンダの心を温め続けるだろう。いつか来るその日まで。

確信にも近いその思いは、リンダの中できらきらと煌《きら》めき続けていた。

番外編　約束は果たすもの

「いや、あの、もっとゆっくりで大丈夫だからな、……な？」

四《よ》つん這《ば》いで、どうにかベッドから下りようと目指す。と、足首を掴まれて連れ戻された。リンダは「うぅ～」と唸《うな》りながら背後の人物の腕の中に引き寄せられる。

「なんでだ。約束だろ？」

尻に熱いものが当たった……と思った次の瞬間には、それが後孔の肉を割り開きながら、ぬぷ、と侵入してきていた。先ほどまで散々咥《くわ》え込んでいたからか、そこは柔軟に陰茎を包み込む。

「ちゃんと精液を呑ませてやる、って。なぁ」

「ふ……っあぁ、ちょっ」

下から突き上げるように腰を使われて、リンダは眉根を寄せて切なげな声を上げた。睫毛《まつげ》にのった涙が、ほろ、と頬を滑っていく。もうすっかり「リンダの弱いところ」を把握している男は、ゆったりとした動きでもリンダを腰砕けにするのだ。喘《あえ》ぎ声も涙も我慢できるはずがない。

「カイン、あまりリンダをいじめるな」

テーブルの上に置かれたグラスに水を注いだファングが、それをひと息に呷った。

「飲むか？」

上下する喉仏をじっと見ていたからか、ファングがリンダに向かって水差しを掲げる。

その身を包むのはがっしりとした筋肉だけで、布一枚羽織っていない。しかし、均整のとれた傷だらけの逞《たくま》しい体はそれ自体がまるで鎧《よろい》のようで、服をまとっている時以上に雄らしく、勇ましく見える。

なにかひとつ動作するたびにしなる筋肉を潤《うる》んだ視界に捉えながら、リンダはゆるゆると首を振る。と、耳にちりっと小さな痛みを感じた。

「んっ」

「兄貴に見惚《みと》れてないで、こっちに集中しろよ」

痛みの原因は、カインが耳の端を甘く噛んだせいだった。熱っぽい口調でリンダを責めたカインは、そのまま舌先でぬるりと耳を舐《な》め回す。ぐちゅ、ちゅ、と濡れた音が耳元から、そして下半身から絶えず聞こえていて、おかしくなりそうだ。

「見惚《みと》れてな……、あっ」

カインが、リンダの尻を支えていた手を、足のほうに滑らせた。ベッドにつけていた足をグイッと持ち上げられると、自分では体を支えられなくなる。となると必然、尻を起点に自重で体が沈み、陰茎がさらに深くまで入り込む。

「うぁっ……っ！」

はぁっ、と顎《あご》を逸《そ》らして目を見開く。逃れるようにばたつかせた足はカインに左右とも掴まれて、半ば無理矢理開かれる。まるで、目の前にいるファングに結合部を見せつけるように。

と、無言でそれを見ていたファングが水差しからグラスに水を注ぎ、もう一度それを口に含む。そしてベッドに近づいてくると、あっという間にリンダの顎《あご》を持ち上げて、口づけた。

「にい、……んっ」

冷たい水が口の中に溢れかえる。リンダは「ん、ん」と数度に分けてそれを飲み込んだ。

「ん、んんぅ～……っ」

最後には、水ではなく舌が侵入してきた。遠慮もなく口腔を蹂躪《じゅうりん》されて、リンダは唸《うな》り声で抗議する。

「リンダ、こっちに集中しろ」

「んんっ」

と、カインが後ろから腰を突き上げてくる。ビクッと体を跳ねさせると、ファングがリンダの舌を優しく吸い上げて甘噛みした。そして、とろとろと精気を滲《にじ》ませて、水の代わりに呑み下させる。まるで「意識を向けるべきはこっちだ」と主張するように。

「おい、俺が注ぐ番だろ、兄貴は邪魔するな」

カインが、リンダの肩越しにファングに文句を言う。と、リンダから唇を離したファングが「ふ」と短く笑った。

「それをお前が言うのか？　順番もなにもないだろう」

リンダの唇を親指で開き、指先でくちくちと舌をいじめるファングは、片眉を持ち上げてカインを見やっている。

「いいや、俺の番だ。触るな」

「駄目だ。俺も触る」

自分を挟んでやいやいと言い合う兄と弟を、リンダは潤《うる》んだ瞳でどうにか睨《にら》みつける。

「う……、ろうれもいいことで、けんか……ひゅるなぁ、あっ」

ファングに舌を弄《もてあそ》ばれ、カインに後孔を苛《さいな》まれているせいで、どうにも舌足らずな喋り方になってしまう。そんな自分が情けなくて、恥ずかしくて、リンダは、すんっと鼻を鳴らして涙を浮かべた。

（どうして、どうしてこうなった……っ！）

＊

夜中の少し手前、突然「約束を果たしに来た」と部屋にやってきたのは、弟のカインであった。

ギグス村でのあれこれが片付き、リンダが仕事に復帰してからひと月ほど経った日のことだ。

その時、リンダは自室で読書を楽しんでいた。明日は休みだから久しぶりに夜更かししようと張り切って、寝酒まで準備してほくほくとベッドに入ったばかり……というタイミングでの訪問だったので、リンダもさすがに眉間に皺《しわ》を寄せてしまった。

「は？　約束ってなんだよ」

しかし、カインのほうはリンダの不機嫌などまったくこたえた様子もなく。するりと部屋に入ってきて「覚えてないのか？」と肩をすくめて宣《のたま》った。

「ギグス村に行く前、呑ませるって約束しただろう？」

「……なにを？」

「リンダが言ったんだぞ。帰ってきたら精液を呑ませてほしいって」

「ちょ、えっ、……はぁ～？　そんなこと言って……」

とんでもない発言を否定しかけて、リンダは言葉を呑み込んだ。そして「いや、いや……ん？」と腕を組んで自分の記憶をほじくり返し、ようやくその場面に行き着いた。

あれはたしかに、ギグス村に出立する前夜のこと。リンダは「精液が欲しい」とねだって叶わず、駄々をこねるように「呑みたかったのに」とねだって「無事に戻ってきたら」と宥《なだ》められた。

「あー……」

「そうだったな」と元気に頷《うなず》くこともできず、リンダは気まずい思いでちらりとカインを見上げる。なにも言わずとも、リンダが思い出したことを察したらしいカインは「な？」と自信たっぷりに首を傾《かたむ》けてみせた。

「い、言ったけど……今からか？」

リンダは気恥ずかしくなって、ふい、とカインから顔を逸《そ》らした。

カインとファングに「好きだ」と言われてから、ギグス村の件や怪我の療養などがあったので、直接肌を触れ合わせて……いわゆる性行為的な精気の供給はしていなかった。手を繋いだり、軽く額や頬に口づける程度だ。たしかにそれでは十分な量の精気をもらうことはできなかったが、それでもリンダは「このくらいがちょうどいい」と思っていた。なにしろ……恥ずかしかったからだ。

（いやだって、俺のことを好きって知ってるのに、今さらどんな顔してそういうことを……）

「怪我は完璧に治っただろ？」

わずかに顔をうつむけたリンダの顎《あご》を、カインが優しく持ち上げてきた。じっと見つめられて視線を逸《そ》らすこともできず、リンダは「あ、あぁ」と曖昧に頷《うなず》く。

「明日は休みだろ？」

「それは、……うん、まぁ」

家事を当番で回しているため、誰がいつ仕事が休みかというのは、家族みんなが把握している。嘘をつくわけにもいかず、これまたリンダは曖昧に頷《うなず》いた。

「精気も足りてないよな？」

「う……、そう、だな」

微量な摂取しかしていなかったので、たしかに精気は足りない。怪我を治すために自身の中の精気を費やしたことも大きい。最近食事量が増えたことが、なによりの証拠だ。

「ということは？」

じ、と蜂蜜色の目に見つめられて、リンダはたじたじになって眉尻を下げる。

「約束を果たす、いい機会……か？」

ぽそぽそと自信なく告げると、カインが珍しく満面の笑みを浮かべた。そして、リンダの体を抱きしめるように部屋の中に入ると、後ろ手に扉を閉める。キン……ッと微かな音がしたのは、防音魔法と施錠魔法を発動させたからだろう。わずかにだが、魔力の香りが漂った。それだけで、くぅ、と腹が鳴ってしまい、リンダは思わずそこに手を当てる。

「随分腹が減ってるみたいだな」

くっくっ、と笑われて、リンダは恨《うら》みがましくカインを見上げる。

「これは仕方ないだろ、お前が魔法……んっ」

文句を言い終わる前に、口を塞《ふさ》がれてしまった。とろりと落ちてくる精気に気がついて、リンダは「んんん」と唸《うな》りながらも受け入れる。

相変わらず、カインの精気は上質で美味《うま》い。それこそ蜂蜜のように、濃くて、甘くて、とろとろと粘り気があって。気がつけばリンダは、カインの舌先に懸命にちゅうちゅうと吸い付いていた。もっとくれ、とカインの口腔を舌でまさぐってしまうのは、淫魔の本性のせいだろうか。それとも……

「……は。美味《うま》いか？」

「ん、ん」

気がつけば、リンダはカインの肩に腕を回して抱えられていた。カインは軽々とリンダを持ち上げると、ベッドへ運ぶ。

——それから、リンダは思い切りカインに精気を与えられた。

服を脱がされたついでに胸の突起を舐《な》めしゃぶられて精気を注がれ、飛び出した尻尾を撫《な》でられながら精気を注がれ、陰茎を舐《な》められ溢れそうになる精液を押し返すように精気を注がれ、さらに後孔を解《ほぐ》しながら前立腺を刺激するように精気を注がれ。

小一時間も経つ頃には、リンダはひくひくと足先を震わせ、「も、やらぁ」とぐずぐず泣き言を漏《も》らしていた。

「全身、こ、こんな、精気でぐちょぐちょにしやがって……」

リンダの体は、どこもかしこもカインの精気まみれだった。

「せ、精液……、精液くれるって言ったのに」

精気はもちろんだが、今回約束していたのは精液だ。どこか甘えるような口調になっているのは、精気のもらいすぎでわずかに淫魔の本性が出てきているからだろう。待っていましたとばかりに飛び出した尻尾はカインに甘えるように擦《す》り寄っているし、リンダ自身もカインの頬に口づけたり、指をあむあむと甘噛みしたり、どうにもいつものリンダと違う行動をしてしまっている。

「ん？」

約束と違うぞ、と主張するようにカインの胸をぽこぽこ叩くと、双子の弟は嬉しそうに首を傾《かし》げた。

「最初は嫌そうだったじゃん？」

意地悪なことを言うカインに、リンダは頬を膨らませる。そして、すん、と鼻を鳴らしてから、仰向けのまま膝を持ち上げるように折り曲げる。そんなことをすれば、しっかりと解《ほぐ》された淡い桃色の穴まで丸見えになるのだが、リンダは構わず悲しげに眉根を寄せた。

「嫌じゃない、……知ってるだろ？」

リンダが身じろぐたびに、くち、と濡れた音を立てる穴は、明らかにカインの劣情を煽《あお》っている。

そして、リンダ自身も。

「ここに挿れて、そんで……精液注いでって……あっ」

言い終える前に、カインがリンダの膝を掴む。ぐっと力を込められると、自然と腰が浮く。カイン、と名前を呼ぶ前に、熱い塊《かたまり》が穴を押し広げた。

「は、んぅう……っ！」

ひと息に穴の中を満たされて、リンダは「あっあっ」と喜びに満ちた悲鳴を上げながら、シーツを掴んだ。しかし、その手はすぐにカインによって掴まれて、彼の腰に回される。

「しっかり掴んでろ」

「カイ、ンッ、んんっ」

言われたままに腰に手を回すのと同時に、激しく中を突かれて、リンダは折り曲げた足を数度ぱたぱたとばたつかせた。カインの硬い陰茎が、すっかり解《ほぐ》れた穴を犯す。出入りするたびにリンダの中は「はやく精液を注いでほしい」と言うようにうねり、きゅうきゅうといやらしい収縮を繰り返す。リンダは自分でも腰をゆるゆると回しながら、カインの肩口に額を擦《こす》りつけた。

「カイン、カインッ、あ、あ……、気持ちいっ」

気持ちいいよ、出してほしいよ、と繰り返すと、カインが「くっ」と歯を食いしばった。

「そ、っんなん言われたら、我慢、できねぇだろ」

カインの切羽詰まったような声に、リンダは涙の浮かぶ目を瞬《またた》かせながら、ぐりぐりとカインに額を擦《こす》りつけるように首を振った。

「がまん、しないで、っ、何回でも……満足するまで、っん、出していいから、ぁっ」

ひくひくと喉を引きつらせながらそう言うと、カインに強く腰を抱かれる。シーツから尻が離れ腰が離れ、もはや仰向けのまま抱き上げられるような形で激しく犯されて。

「ふっ、……出すぞ」

「出して、いっぱい、中に……びゅうって」

甘えるように耳元でそう言うと、カインが「くっ」と歯を食いしばった。そしてようやく……

「んっ、あぁっ……あつい、は、あぁ……」

腹の中に熱い奔流を感じ取って、リンダは一滴も逃すまいと何度も穴をひくつかせる。

「やっ……、っと、精液、もらえたぁ」

嬉しさで、じわじわと涙が浮かんでくる。よほど幸せそうな顔をしていたのだろう。カインが「はっ、幸せそうな顔しやがって」と笑って髪をくすぐるように頭を撫《な》でてくれた。

「一旦抜くぞ」

「……えっ、や」

荒い息を吐いたカインが離れそうになって、リンダは慌ててその脚に、脚を絡める。そして、ぎゅうっと腰に回した手に力を入れた。

「抜かない」

「お前、はっ、抜かないってなんだよ」

カインに笑われて、それでもリンダは「うう」と半泣きで首を振る。

「抜かない、だって、でちゃう、こぼれる」

「リンダ……、あのなぁ」

端的な単語で、リンダがなにを言いたいか伝わったのだろう。目元を赤くしたままのカインが、リンダの頬に何度も口づけを落としてくる。

「そんなん、何回でもできるだろ」

「ん……」

宥《なだ》めるようにそう言われて、リンダは絡めていた脚をゆるゆると解《ほど》く。そしてカインがリンダの中から陰茎を引き抜いた、……その時。

——バチッ。

部屋の扉が、嫌な音を立てた。

「は？」

リンダが驚いてそちらに顔を向ける。と、リンダの上にかぶさったままのカインが「あー……、来ちまったか」と嫌そうに片眉を持ち上げた。

「来たって、……わっ」

バンッ、と強めに扉が開いて、リンダは思わず「ぎゃあっ」と叫んで身を縮こまらせる。が、そこにいた人物を見て「あれ？」とすぐに首を傾《かし》げた。

「兄さん？」

部屋の扉を開けたのは、ファングだった。今日は仕事だし、アズラエル家には戻ってこないと思っていた……が、実際そこに立っている。

ファングは無言で扉を閉めて、おそらくまた施錠魔法をかけた。

「抜け駆けはなし、の約束ではなかったか？」

これはリンダではなく、カインに向けての言葉なのだろう。明らかに低く、珍しく苛立ちが透けて見えるような声音だった。

「抜け駆け？　リンダが精気不足で困ってたから、先に渡してただけだ。兄貴は忙しそうだったしな」

カインは悪びれずにそう言うと、リンダの上から身を起こし髪をかき上げた。

「なるほど。……それで、一度は注いだようだな」

ファングは納得したかのように頷《うなず》くと、聖騎士の制服の上着を脱ぎ、シャツを脱ぎ、テーブルの椅子に掛ける。

「では、次は俺の番だ」

下は脱がぬまま、ファングがベッドに乗り上げてくる。そして「これは、どうしようか」とファングとカインを交互に見やっていたリンダを抱き上げた。

「ふぐ」

まるでカインの腕から奪うように抱きしめられて、リンダはその厚い胸板に顔を埋める。

「なんだよ、怒ってんのか？」

「いや？　もしやと思って帰ってきて正解だったと喜んでいるところだ」

仕事を終えてそのまま来たのだろう。いつもより濃いファングの香りに鼻腔を刺激されて、リンダの尻尾が嬉しそうに左右に揺れる。

「あっ」

リンダの背を支えていたファングの手が、するりと滑り尻の狭間に辿り着いた。ファングのごつごつした逞《たくま》しい指が、精を受け入れたばかりのリンダの後孔に、にゅぷ、と埋まる。

「あう、あっ」

とろ……、と中に収まっていた精液が流れ出して、リンダはファングの胸の中で必死に首を振った。

「それ、漏《も》れちゃう、だめっ」

一滴たりとて逃してたまるか、という思いから、涙声で「やだ、や」と訴えて、後孔をきゅうと締める。するとファングがリンダを持ち上げながら、下穿きを寛《くつろ》げた。リンダは思わず、そちらを見下ろす。

「大丈夫だ」

「に、さ……？」

まろび出てきた陰茎は、既にしっかりと勃ち上がっており、むわ、と雄の匂いが漂った。リンダの、大好きな精気の香りだ。

「溢れないように、塞《ふさ》いでやる」

「……っんぐっ」

どうやって、と聞く前に、リンダは身をもってその方法を知った。

「んぁ、はい、って……るぅ」

ファングの陰茎が、あっという間にリンダの身の内に収まっていった。下腹部がぽっこりと膨れるのではないか、というほどの質量で、リンダの中に埋まっている。これならたしかに、精液が溢れることもないだろう。そんな隙間などないほど、穴の縁は陰茎にしっとりと吸い付いている。リンダは「あ、あ」と呻《うめ》くように喘《あえ》ぎながら、ひくひくと震える自身の臍《へそ》から下の腹に手を伸ばした。

「ん、に、さんの……、ここに入ってる、う……っ」

すり、と腹を撫《な》でると、ファングの手がそこに重なる。

「……ふっ、わかるのか？」

臍《へそ》のあたりを指先でくすぐられると、どうにもたまらない気持ちになる。リンダの陰茎が、ひくひくっと震えて蜜を垂らした。

「あ、それ、ああ……っ」

下腹部を撫《な》でられているだけなのに、どうしてこんなに気持ちいいのだろうか。またも臍《へそ》をくすぐられ、そのまま陰茎をやわやわと刺激されて、リンダは思わず「んぁっ」と仰《の》け反《ぞ》った。

「おっ、……っと」

倒れかけた体は、カインの腕の中に収まる。ほぼ仰向けに倒れたような格好で、視界の中、逆さまに映るカインを見上げる。

「カイン……んっ」

「あーぁ、兄貴に腹撫《な》でられただけで、気持ちよさそうな顔しやがって」

どこか拗《す》ねたような声でそう言って、カインはリンダの胸の突起を柔らかく摘んだ。

「ぁんっ」

あえかな声が漏《も》れて、リンダは下唇を噛む。が、ファングが、ゆる、と腰を動かしたので、それもすぐに開いてしまう。

「ぁっ、んっ、ぁんっ、ぁんっ」

ファングがぐぐっと腰を持ち上げるように奥を突くと、腹側にある前立腺がぐにゅっと押されて、泣きたいほど気持ちよくなる。たまらない快感から逃れようと尻を持ち上げると、すかさずカインが乳輪ごと指先で何度も乳首を撫《な》で擦《こす》り、ぴんっと跳ねさせる。

「約束だったたな、リンダ」

ゆるい動きだからだろう。息ひとつ乱すことなく、ファングは優しい声音でリンダに語りかけてくる。リンダのほうはといえば、もう息も絶え絶えで喘《あえ》いでいるというのに、だ。

「今度はちゃんと、中に注いでやる」

ぐっ、ぐっ、と腰を持ち上げる勢いで深く突かれて、リンダは首を逸《そ》らして「やっ、やぁっ」と喘《あえ》ぐ。空中に放り出された足が、ぴんっと張っているのが、潤《うる》んで蕩《とろ》けた視界の向こうに見えた。

「いくらでも」

「ん、んぅぅ……っ」

ぐりっ……と穴の奥の、さらに奥を突くように陰茎を差し込まれ、そしてそのままそこでファングが射精した。どぷっ、どぷっ、と、穴の奥深くで精を吐き出されて、リンダは「あ、あ」と唇を震わせながら涎《よだれ》をこぼした。動きは激しくないのに、あまりにも深いところで快感を覚えさせられて、脳が焼き切れそうだ。リンダは「あ、ふぁ」と意味のない言葉を吐きながら、くた、とシーツの上に頭を落とした。そのまま、ゆったりと目を閉じかけたのだが……

「んぅっ！」

きゅうっ、と乳首を引っ張られて、はっ、と目を見開く。犯人は、カインだ。

「リンダ」

声だけは優しく、カインが身を屈《かが》めてリンダに口づける。知らず口を開いてそれを受け入れて、リンダは「んぁ、ん、んぅ？」と鼻にかかったような甘え声で応えた。

「あれだけ『呑みたい』って言ってたもんな。一回や二回じゃ足りないだろ？」

「う……？」

ちぱ、と音を立てて唇が解放されて。じんじんと痺《しび》れるそこを舌で舐《な》めていると、カインが至近距離で微笑《ほほえ》んだ。その笑みはどこか怪しく、裏に嫉妬《しっと》の炎が見えるような気がするのは……リンダの勘違いだろうか。

「次はもっかい俺が注いでやるから」

よいしょ、と体を引っ張られて、ずるぅっ、とファングの陰茎が抜けていく。とぽっ、と音を立てて精液が溢れかけて、リンダは慌てて後孔を引き締めた。

「んっ……。いや、カイン、んっ」

もっとゆっくりでも……、と言いながら、さりげなく四《よ》つん這《ば》いの体勢になり、逃げを打つ。視界の端に、下穿きまで脱ぎ捨てたファングが、立ち上がって水を取りに行くのが見えた。

もちろん、もっと精液が欲しい。いくらでも欲しい。しかし、しばらく直接注がれていなかったからか、摂取の際にえらく疲れてしまう。ファングとカインの濃い精液を注がれ続けたら、一体どうなってしまうのか。

精液まみれのまま、ぐったりとベッドに倒れてひくひくと全身を跳ねさせる自分を想像して、リンダは快感とも恐怖ともとれない感覚に、ゾクッと身を震わせる。

「いや、あの、もっとゆっくりで大丈夫だからな、……な？」

リンダはそちらに向かって逃げるようにベッドを下りようとする……が、あっさりと足首を掴まれたのだった。

＊

リンダの予想は、ある意味大当たりだった。

あの後、ファングとカインは代わる代わるリンダを抱き、精液を注ぎ続けた。二人は交互に抱けるのでいいだろう。抱いていない時は各々《おのおの》回復できる時間があるのだから……、と半分泣きながら文句を言うと、顔を見合わせた二人は「たしかにそうだな」「これでは効率が悪い」と、抱いていない間は、口のほうから精液を摂取させるようになった。

いや、淫魔としては嬉しい。途中精気酔いして淫魔の力を解放してリンダ自身楽しんだりもした。精液も大量に注いでもらって、感じていた空腹もすっかりなくなった。なんなら肌艶《はだつや》がよくなって、視界も良好になったくらいだ。

しかし、しかし、しかし、だ。

「足腰立たなくて、ベッドから起き上がれないのは……困るっ」

リンダは歯噛みしながら、膝に抱えたクッションを拳《こぶし》で叩いた。ぺそっ、と虚しい音をもらしたクッションは膝から転げて、さらにころころと転がりベッドの端から落ちかけた……が、横から伸びてきた腕が、それを受け止める。

「悪かった」

腕の主は、ファングだ。クッションをリンダの膝の上に戻してから、ベッドのそばに持ってきている椅子に腰掛ける。近くには仕事の書類が積んであり、ファングは先ほどからそれを黙々と確認していた。

今日はファングも半休で、仕事には午後から出ればいいらしい。朝から起き上がれなかったリンダの代わりに兄弟のご飯を作り、送り出し、ベッドの住人であるリンダの面倒をこうやって甲斐甲斐しく見てくれている。兄弟には「どうも怪我の調子がよくないみたいだから、午前中はベッドにいるな」と嘘までついて、要らぬ心配をさせてしまった。

「いや、兄さんのせいだけじゃないんだけど、だけどぉ」

そう。元はと言えば「精液を呑ませて」なんて約束をした自分が悪いのだ。まぁ、それに乗っかって文字通りリンダを抱き潰したのは、ファングとカインだが。

「でもほんと、起き上がれなくなるまで、ってのは……」

「今後、誓ってしない」

リンダの言葉に先駆けて、ファングが宣誓してくれる。

「よろしくお願いします。……でも、兄さんがカインを止めもせずに朝までやるって、珍しいよな」

ファングとカイン、どちらかといえばファングのほうがストッパーになることが多い。カインがリンダに精気を過剰に渡そうとして、それをファングが止めるという場面は何度もあった。が、昨日のようにまったく止めず、むしろ自分も同じように抱いてくる……というのはとても珍しい。

「それは、帰って早々リンダが……」

「ん？」

ファングが口を開いて、そして閉じる。珍しく言い淀《よど》む兄を促すように「俺が？」と話の続きをねだると、ファングが口元を手のひらで覆いながら、眉間に皺《しわ》を寄せた。

「リンダがカインに抱かれていて、嫉妬《しっと》したからだ」

「は？」

まさか兄から「嫉妬《しっと》」なんていう単語が出てくると思わず、リンダはぱちぱちと瞬《またた》く。

「今日、リンダが休みということはあいつも、俺も知っていたからな。まさかと思いつつ急いで帰れば、案の定部屋に施錠と防音の魔法が張ってあって……」

言葉を濁《にご》したファングは、気まずそうに咳払いをすると、少し顔をうつむけるようにして目を閉じた。

「少々、……いや、かなり妬いた」

「あ、え……、そうだったの？」

まさか、昨日この部屋にやってきた時、ファングが静かに嫉妬《しっと》していたとは。

（いや、まったく気づかなかった）

ファングがむっつりと顔をしかめているのはいつものことなので、わからなかった。たしかに、自分が好いた相手が与《あず》かり知らないところで恋敵に抱かれていたら、それは嫉妬《しっと》もするというものだろう。

「それは、その、うん……うん」

なんとも言えずに、リンダもまたうつむいてしまう。妙な沈黙に耐えきれず、リンダは「あ～、っと」と場違いに明るい声を出した。

「そ、そろそろ、仕事に行く時間じゃない？　あの、その、俺……だいぶ復活したし、元気、うん、元気！」

懸命にそう言葉を捻《ひね》り出せば、しばしきょとんとした顔をしたファングが「ふ」と柔らかく吹き出した。

「そうだな。仕事に行ってくる」

そして、書類をまとめて腕に抱えると、ぽん、とリンダの頭に手を置いた。

「予定を狂わせて悪かった。せめて休みを満喫してくれ」

「う、うん」

優しい兄の微笑《ほほえ》みに、リンダはぎくしゃくと何度か頷《うなず》く。

ファングはそれを見てもう一度、ぽん、と頭を撫《な》でると、「またな」と言って部屋を出ていった。


誰もいなくなった部屋で、リンダは「ううぅ」と唸《うな》りながらベッドに沈む。ファングにしても、カインにしても、最近好意をまったく隠さなくなってきた。

それがリンダを、照れくさいような、恥ずかしいような、どこか嬉しいような、よくわからない気持ちにさせる。

「うう〜っ、とにかく、今日は休みを満喫するぞ、うん」

頭に浮かぶ諸々の雑念を取り払うように首を振って、リンダは枕元に置いていた本を手に取る。

昨日読み損ねてしまった本だ。

ファングのことも、カインのことも、未だ恋愛的な意味で好きなのかどうかはわからない。ただ、二人からの愛情を感じるたびに、どうにもたまらない気持ちになるのも事実だ。

（まぁ、うん……。まだ待ってくれるって言ってたし、うん）

指は本の頁《ページ》をめくりながらも、内容はなかなか頭に入ってこない。

（だから、もう少し、このままで）

リンダは心の中でそう呟《つぶや》いて、今度こそ読書に集中しようと「うん、よし」と気持ちを切り替える。それでもその頬に灯った熱は、しばらく冷めないままだった。

ハッピーエンドのその先へ ―
ファンタジックなボーイズラブ小説レーベル

&arche NOVELS

アンダルシュノベルズ

前世の記憶が戻ったら
なぜか溺愛されて!?

嫌われてたはずなのに本読んでたらなんか美形伴侶に溺愛されてます

～執着の騎士団長と言語オタクの俺～

野良猫のらん／著

れの子／イラスト

誰もが憧れる男・エルムートと結婚し、人生の絶頂にいたフランソワ。そんな彼に、エルムートは一冊の本を渡し、言った。「オレに好かれたいのなら、少しは学を積むといい」と。渡されたのは、今では解読できる人間がほとんどいない「古代語」で書かれた本。伴侶の嫌がらせに絶望した次の瞬間、フランソワに前世の記憶がよみがえる。なんと彼は前世、あらゆる言語を嬉々として学ぶ言語オタクだったのだ。途端、目の前の本が貴重なお宝に大変身。しかも古代語の解読に熱中しているうちに、エルムートの態度が変わってきて――

詳しくは公式サイトにてご確認ください。
https://andarche.alphapolis.co.jp

異世界BLサイト“アンダルシュ”

新刊、既刊情報、投稿漫画、ツイッターなど、BL情報が満載!

ハッピーエンドのその先へ ―
ファンタジックなボーイズラブ小説レーベル

アンダルシュノベルズ
&arche NOVELS

狼獣人の皇帝陛下に
愛し尽くされて――

引きこもりオメガは、狼帝アルファに溺愛されることになりました。

藤羽丹子 ／著

北沢きょう／イラスト

家族内で唯一のオメガとして生まれた白崎雪哉。彼の背中には、不思議な蕾のような痣があった。オメガとしても珍しいその痣が見つかると、誘拐などの危険があると言われ雪哉は隠されるように育てられた。しかし、ついにある日夜会に参加したところ、そこで巡り合ったのは白銀の毛並みを持つ愛らしい仔狼の獣人皇子と美しい狼獣人の皇帝陛下だった。下級華族の雪哉は彼らとの出会いを一度の夢のように思っていたが、なんと皇帝陛下は雪哉を自らの運命の番と呼び始め――？

詳しくは公式サイトにてご確認ください。
https://andarche.alphapolis.co.jp

異世界BLサイト“アンダルシュ”
新刊、既刊情報、投稿漫画、ツイッターなど、BL情報が満載！

この作品に対する皆様のご意見・ご感想をお待ちしております。

おハガキ・お手紙は以下の宛先にお送りください。

【宛先】

〒 150-6008 東京都渋谷区恵比寿 4-20-3 恵比寿ガーデンプレイスタワー 8F
（株）アルファポリス　書籍感想係

メールフォームでのご意見・ご感想は右のＱＲコードから、
あるいは以下のワードで検索をかけてください。

アルファポリス　書籍の感想　検索

ご感想はこちらから

本書は、「アルファポリス」（https://www.alphapolis.co.jp/）に掲載されていたものを、
改稿・加筆のうえ、書籍化したものです。

アズラエル家《け》の次男《じなん》は半魔《はんま》 2

伊達きよ（だて きよ）

2023年 3月 20日初版発行

編集－渡邉和音・森 順子
編集長－倉持真理
発行者－梶本雄介
発行所－株式会社アルファポリス
〒150-6008 東京都渋谷区恵比寿4-20-3 恵比寿ガーデンプレイスタワー8F
TEL 03-6277-1601（営業） 03-6277-1602（編集）
URL https://www.alphapolis.co.jp/
発売元－株式会社星雲社（共同出版社・流通責任出版社）
〒112-0005 東京都文京区水道1-3-30
TEL 03-3868-3275
装丁・本文イラスト－しお
装丁デザイン－AFTERGLOW
（レーベルフォーマットデザイン―円と球）
印刷－図書印刷株式会社

価格はカバーに表示されてあります。

落丁乱丁の場合はアルファポリスまでご連絡ください。

送料は小社負担でお取り替えします。


ISBN978-4-434-31732-3 C0093